밤의 신이 내려온다

IA-KUAN SUN-TIUNN
(LATE NIGHT PATROL OF THE ABANDONED GOD, 夜官巡場)
by Tiunn Ka-siông (張嘉祥)

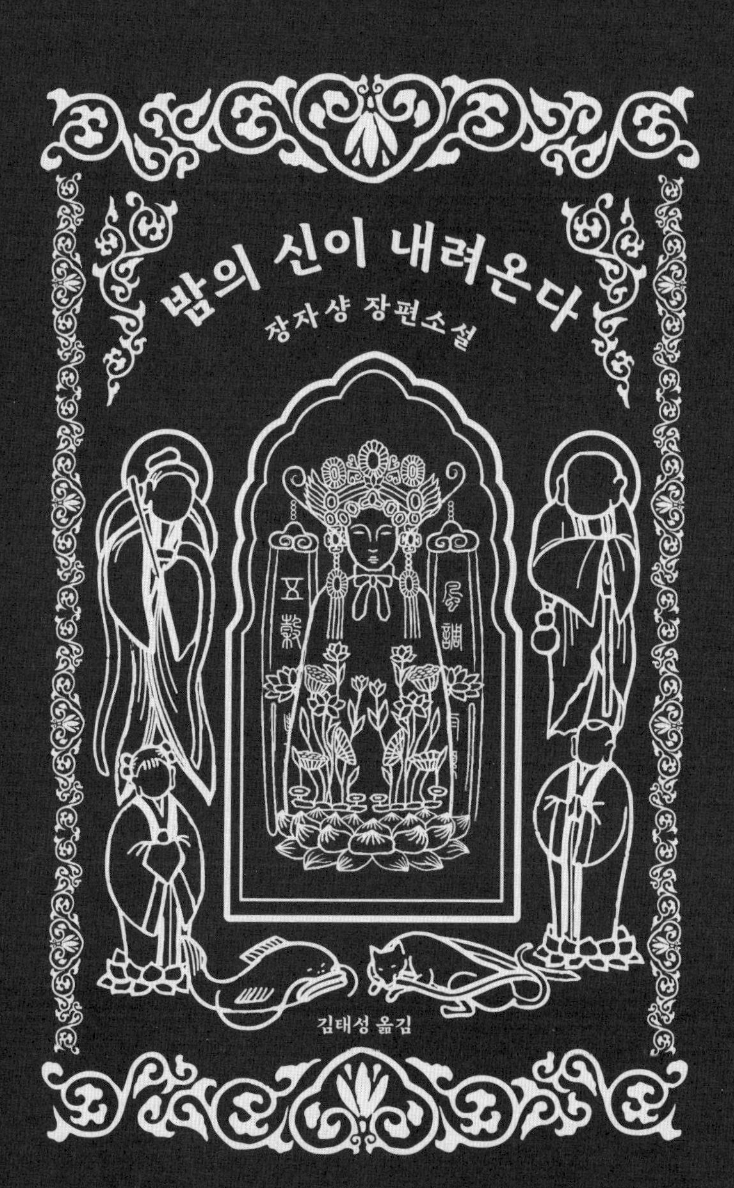

민음사

『밤의 신이 내려온다』를 읽는 건 황혼이 내릴 무렵 늙은 용수 나무 아래 앉아서 설서인*의 얘기를 듣는 것과 같다. 설서인은 흥얼흥얼 노래와 창을 섞어 가며 이야기를 펼친다. 소리가 높아졌다 낮아지기를 반복한다. 이렇게 소설 속 귀신과 신령, 각종 혼귀들을 불러낸다. 낮과 밤이 교차되는 시간이자 환상과 현실 사이의 영역이다. 이때는 모든 것이 가능하다. 훠샤오좡에서 비롯된 언어와 문자는 독특하면서도 친밀한 흙냄새를 지니고 있다. 주인공을 둘러싸고 있는 친척들도 전부 우리가 일찍이 알고 지내던 사람들처럼 느껴진다. 원래는 남 이야기라고 생각했는데, 듣다 보니 사실은 우리 이야기였다는 걸 깨닫게 된다. 이 책은 내게 아주 심각한 상사병을 안겨 주었다.

추창팅(邱常婷, 소설가)

언어는 조직된 소리다. 노래는 정제된 언어이며, 마음속 세계를 펼치게 한다.

장자샹은 이 두 재능을 동시에 갖추고 있는 재원이다. 그가 참여하는 밴드의 음악이든 문학 작품인 『밤의 신이 내려온다』든 간에 우리에게 마음속 향수가 깃든 정경과 뜨거운 타이완 감성을 보여 준다.

『밤의 신이 내려온다』는 내 고향에 대한 기억, 어린 시절 루강(鹿港)의 장례 풍경을 소환한다. 깊은 밤에 수십 점의 가구를 산처럼 쌓아놓고 밑에서 불을 붙인다. 가족들이 큰 소리로 울면서 칼의 산을 상징하는 이 가구 더미 위를 비틀비틀 기어오르는 환상적인 장면이 번득 뇌리를 스치고 지나간다. 몇 사람이 식칼을 들고 칠흑같이 어두운 밤에 허공을 향해 덩실덩실 춤을 추면서 저 앞에서 음식을 나누는 야귀(野鬼)들을 쫓아 버린다.

타이완 사람들이 의식과 이렇게 가까울 수 있다는 사실은, 상대적으

* 說書人. 옛날 중국의 저잣거리에서 창(唱)을 섞어 가며 역사나 귀신들에 관한 이야기를 들려주던 예능인을 말한다(옮긴이).

로 삶의 속도가 대단히 빠른 오늘날에도 어떤 야릇한 관념을 지니게 한다. 이는 타이완 사람들이 지닌 행운이다. 이런 다원화된 모습들은 잘 보존되기만 한다면, 더욱 선명한 모습으로 우리 삶에 살아 있게 될 것이다. 장자샹의 문학은 다원화의 주랑을 통과하여 여러 신들과 여러 종족의 모습을 갖춘다. 그리하여 타이완 사람들의 아름다운 공생을 자세히 기술하고 있다.

커즈하오(柯智豪, 뮤지션)

해마다 나는 반드시 한 번은 훠샤오좡 마을을 지나간다.

자이시에서 종관(縱貫) 공로를 따라 북쪽으로 가다가 민슝 기차역에 이르면 우회전해서 대학로 3단과 대학로 2단을 달리다가 펑셔우촌(豐收村)의 아치형 문이 보이면 다시 우회전해서 직진한다. 수류마 묘를 지나면 우리 집안 선조들의 묘원에 거의 다 온 것이다.

장자샹의 고향 훠샤오좡은 우리 집안 부계 가족이 두 세대 전에 활동했던 지역이다. 우리 대가족이 가산을 분배한 뒤에 자손들이 사방으로 흩어진 지 수십 년이 지났다. 하지만 매년 청명절이 찾아오면 민슝의 장씨 집안 묘원은 여전히 주술처럼 후대 자손들을 불러 귀환시킨다. 우리는 항상 정오 전에 모든 제배와 성묘를 마치고 퇴락한 선조들의 탈곡장으로 돌아와 탁자에 음식을 준비하고 천막을 치고 사부님을 모셔 함께 점심을 먹는다. 지방 특색을 지닌 음식을 두루 갖춘 가운데 식사가 이루어지는 동안에 아이들은 마냥 철없이 굴고, 서로를 잘 아는 대가족의 떠들썩한 분위기가 바람에 쪼글쪼글 주름 잡힌 일회용 붉은 비닐 식탁보처럼 서서히 어지러워지면, 어른들은 하나둘씩 일어나 차를 몰고 자리를 뜬다.

가족들이 자리를 뜰 때도 하늘에는 아직 어렴풋이 빛이 남아 있다. 수로 옆의 수류마 묘당은 자난(嘉南) 평야에 아낌없이 쏟아 붓는 햇빛 아래, 빠른 속도로 백미러 속에서 사라져 버린다. 황혼이 내리기 전, 가족 전체가 가오슝(高雄)으로 돌아와 에어컨을 켜고 과일을 먹는다. 내 기억 속 민숭에는 어두운 밤이 찾아온 적이 없다. 나는 애당초 이 지역을 인식하지 못하고 있는 것이다.

나는 낮과 밤이 전환되면 감각과 기억에도 서로 다른 질량의 변형이 일어난다고 믿는다. 훠샤오좡의 떠도는 귀신들과 구인.* 마을 어귀에서 자란 장자샹은 이제 아름다운 음율을 지닌 CD와 한 권의 소설, 문자와 음부가 부여하는 피와 살을 지닌 형체를 이뤄 냈다.

"나는 원래 계속 내려가 볼 생각이었다. 이 비탈진 땅은 영원히 아래로 이어지는 것 같았다. 내려갈수록 더 황량하고 더 자연에 가깝고 자유로웠다. 그 야신들과 외로운 혼귀들이 우리와 공존하는 것 같았다."

장자샹의 책이 출간됨을 축하한다. 이 책을 통해 훠샤오좡의 기억이 잘 보존되기를 기대한다. 그 황량함과 자유로움이.

장성웨이(張勝為. 뮤지션)

이 책은 자신이 지나온 길지 않은 세월의 회고를 바탕으로 실존했던 다양한 삶의 모습을 기록하는 동시에 전통적인 민간 귀신 이야기들을 서술하고 있다. 장자샹의 소설 내용은 동시에 한 곡 한 곡 환상적이고 전위적인 풍격의 정교한 음악을 만들어 낸다. 앨범 「야관순장」은 이미 상당히 긍정적인 반응을 얻고 있다. 소설 『밤의 신이 내려온다』의 정식 출간은 그의 음악에 심취해 있는 우리들을 다시 한번 허구와 현실로 이뤄진 민간의 시골 생활로 안내하리라 믿어 마지않는다. 아름다운 문자와 음악의 세계에서 열독과 경청을 통해 진정한 우리 자신을 찾는 기회가 될 것이다.

마과(馬瓜. 음악 평론가)

서양 신화나 마법 속 할머니와 마찬가지로 우리는 신불(神佛), 귀혼

* 狗人, 개의 얼굴에 사람의 몸을 가진 허구의 동물이다(옮긴이).

(鬼魂)과 공존하는 시대를 살고 있다. 줄곧 도망만 다니던 한 시골 소년이, 이중 삼중의 눈과 펜과 법술을 통해 고향의 '무연불(無緣佛)'들을 데리고 돌아왔다. 장자샹은 자신의 생명과 훠샤오좡의 역사를 다시 연결하고 중첩시켜 더욱 긴밀하게 빚어냈다. 그의 문학은 소박하고 담백한 동시에 상당한 깊이를 지녔다. 또한 행간 여기저기에 수시로 여백을 남기고 있다.

담백하다는 것은 젊은 세대의 기호이자 일종의 견인력으로, 지나간 시대와 현재를 긴밀하게 연결하는 동력이다. 깊이를 지니고 있다는 것은 지방 출신으로서 자신의 발자취와 흔적을 탐색한다는 걸 의미한다. 장자샹 같은 이방인은 고향에 자신의 각인을 단단하게 남기기를 원한다. 글 사이의 여백은 그의 용감하고 모험적인 기질을 증명한다. 더 멀리 도망쳐서 고향을 떠난 젊은이들과 함께 그 여백을 메우고 강력한 소용돌이를 만들려는 욕망이다. 그 담백함과 깊이와 여백의 배후에 영혼의 빛나는 움직임이 있고, 음악의 탄주가 존재한다. 그리하여 고향은 더 아름다워지고 향토는 다시 살아난다.

뤼메이친(呂美親, 타이완 사범대학 타이완어 어문학과 부교수)

장자샹의 소설은 환상과 역사적 사실을 결합하고 있다. 거친 음악과 따스하고 부드러운 글이 서로를 비추면서 다중적인 이미지를 만들어 낸다. 미시적이면서도 거시적인 서사다. 좡카런 밴드의 음악과 이 소설을 동시에 듣고 읽기를 강력하게 추천한다.

정거쥔(鄭各均, 뮤지션)

음악에서 소설로 이어지면서, 『밤의 신이 내려온다』는 상당히 낯설면서도 친숙한 '민숭의 기괴한 이야기'를 들려 준다. 모든 감각을 동원한 창작이다. 요란한 북관악곡인 〈풍입송(風入松)〉과 〈신보천악(新普天

樂)〉은 우리를 완전히 새롭고 환상적인 로큰롤의 세계로 인도한다. 장자샹은 구술에서 시작하여 음악과 문학에 이르기까지 다양한 수단을 통해 우리 앞에 훠샤오좡의 환상적인 세계를 펼쳐 보여 준다. 주변 세계의 떠돌이 귀신과 버려진 혼귀들, 시골 민간의 나한과 노인, 미친 사람과 선인 등 다양한 존재들이 이 마을의 기억을 구성한다. 수류마와 오곡왕묘, 대사야에서 민숭 귀신의 집에 이르기까지 기억의 편린들이 전부 하나로 이어진다. 밤의 신으로 알려진 '야관'은 뜻밖에도 우리가 항상 숭배하고 봉공해 왔던 보호의 신인 터줏대감이었다. 신과 귀, 보살 사이를 관통하는 건 실제 가족과 친척, 그리고 같은 부족에 속하는 사람들이다. 그리고 여기엔 진실한 역사가 있다. 꿈속에서 혼귀의 형태로 빙의를 반복하는 사람들은 2·28 사건의 희생자들이다. 여기엔 의사 루빙친(盧鈵欽)과 그의 아내 린슈메이(林秀媚)의 소박하면서도 진실한 사랑이 있다. 음악을 들으면서 텍스트를 읽어 내려가다 보면 평범한 민중의 세계로 편안하게 들어서게 된다.

젠샤오루(簡妙如. 중정대학교 신문방송학과 교수)

차례

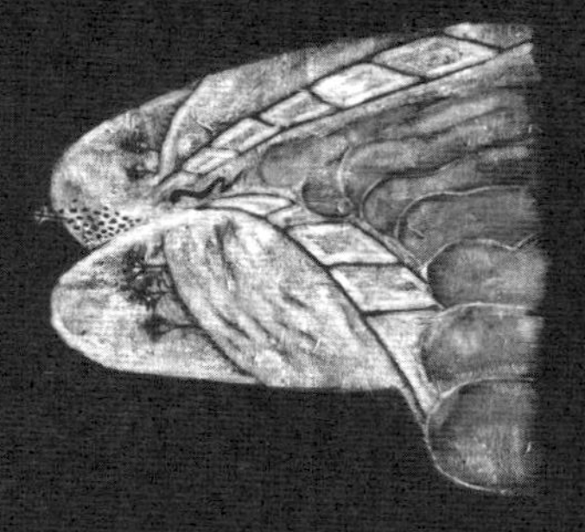

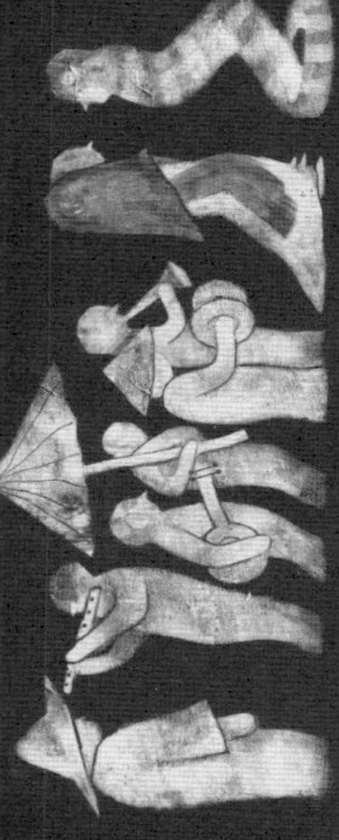

일러두기

1. 이 책의 원제는 『야관순장(夜官巡場)』이며, 이는 소설이 발표되기 전에 작가 장자샹이 결성한 인디 록밴드 좡카런이 낸 앨범 제목과 동일하다.

2. 옮긴이가 쓴 각주는 '옮긴이'로 표기했다. 나머지 주석은 모두 작가의 주다.

3. 이 책에는 타이완 공용 언어인 국어(표준 중국어)와 고유 언어인 타이완어가 함께 쓰였다.

처음부터 애기하자면(自頭講起)

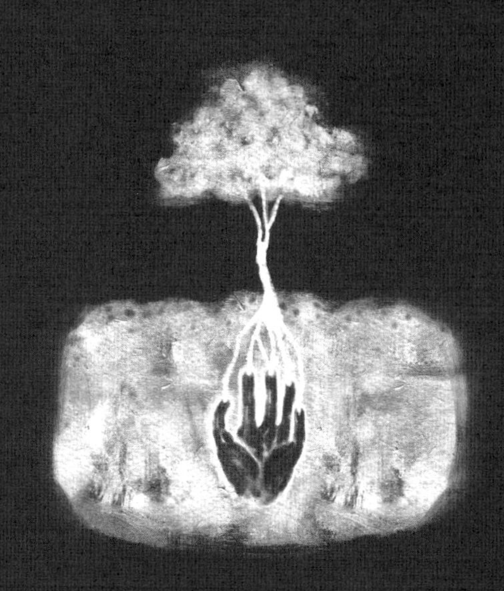

옥녀다.* 어렸을 때 우리 집 화장실에서는 사람 크기의 밀랍인형 같은 옥녀가 나왔다. 옥녀는 눈을 커다랗게 뜨고 나를 내려다보고 있었다. 말은 하지 못하는 듯했다. 엄마의 손을 잡아끌고 다시 가 보면 이미 흔적 없이 사라지고 없었다.

우리 집은 민숭(民雄)의 펑셔우촌에 있었다. 가득히

* 金童玉女. '금동옥녀'의 준말로, 아직 어려서 순진무구한 아이들을 가리킨다(옮긴이).

심은 벼 위로 논에 바람이 불면, 바다 같은 물결이 이는 곳이다. 야관(夜官)과 나한(羅漢), 보살(菩薩) 그리고 수류마*와 후야**는 모두 내 기억 속에 정신(正神)과 야신(野神), 고혼(孤魂)으로 남았다. 매일 마주칠 때마다 인사를 건네는 우리 삼촌과 숙모는 늘 사방으로 돌아다녔다. 대형 화물차를 모는 기사였기 때문이었다. 그 시절 나는 종종 자전거를 타고 관개수로를 따라 마을을 한 바퀴 돌았다. 낮의 마을은 정신(正神)이 관리하지만, 밤은 야신과 고혼들이 돌아다니는 시간이었다. 무섭긴 했지만 나는 이 야신과 고혼들이 마을을 이루는 자연 경물의 일부라는 사실을 알고 있었다. 이 책은 내가 고향에 바치는 노래, 펑셔우촌에 바치는 노래다. 수난을 당한 모든 고혼들에게 바치는 노래다.

* 水流媽. 물에 빠져 죽은 사람이 귀신이 되어 붙은 이름이다(옮긴이).

** 侯爺. 작품 속에 등장하는 사람 몸에 뱀 꼬리를 가진 신으로, 아주 흉악한 얼굴을 하고 있다. 원래는 고대 중국 귀족의 신분 등급 중 하나인 후작을 부를 때 쓰는 말이다(옮긴이).

서장

유토피아로 다시 돌아가다:
남국(南國)·훠샤오좡(火燒莊)

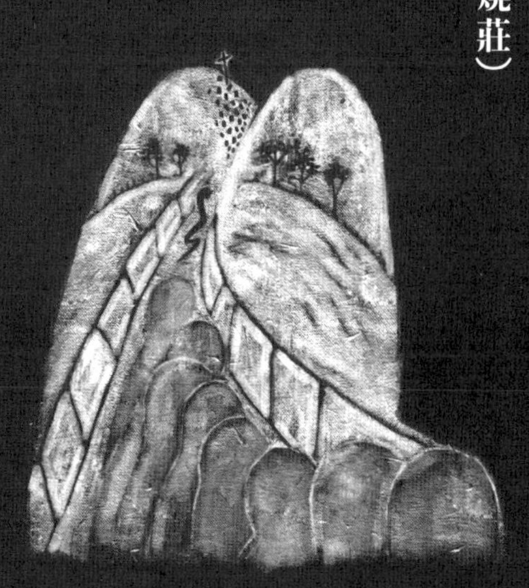

마을 어귀를 지나다 보면 들개들과 마주치게 된다. 머릿수가 많아서인지 들개 무리는 사람을 두려워하지 않는다. 특히 어린아이들은 전혀 두려워하지 않는다.

훠샤오좡*의 오곡왕** 묘당 옆으로는 드넓게 펼쳐진 풍경이 보였다. 강제로 이사하기 전, 망고 나무를 바라볼 때면 그 시절이 떠오르곤 했다. 당시 나는 겨우 아홉 살이었고 막 자전거 타는 법을 배웠다. 일 년 내내 가장 기다려지는 건 음력 4월 26일인 오곡왕의 생신이었다. 이날은 설 전날인 섣달 그믐날보다 더 신났다. 집에 사람들이 많이 찾아오기 때문이다. 잘 모르는 아저씨나 아주머니 들이 오는 것도 좋았지만, 오래 알고 지낸 아이들을 다시 만나는 게 좋았다. 어쨌든 엄마와 아버지 사이의 냉랭한 싸움으로 숨 막혔던 집 안 분위기가 훨씬 활기 넘치게 되기 때문이었다.

* 火燒莊. 타이완 자이(嘉義)현 민슝 펑셔우촌의 옛 호칭이다. 전하는 바에 의하면 도적 떼의 방화로 마을 전체가 파괴된 적이 있는데, 그 뒤로 불타 버렸다는 의미로 '훠샤오좡'이라 불리게 되었다고 한다. 타이완 전역에는 이런 전설을 가진 마을들이 아주 많다.

** 五穀王. 오곡왕은 농사의 신인 신농(神農)을 가리킨다. 훠샤오좡 한가운데엔 신농신을 모시는 '오곡왕묘'가 있다. 1693년에 건립되어 지금까지 3백여 년의 역사를 자랑하는 이 묘당은 확장을 거듭하면서 한때는 야관(夜官)의 신상을 모시기도 했으며, 여전히 훠샤오좡 민간 신앙의 중심 공간으로 자리 잡고 있다.

그 시절 내겐 한 가지 임무가 주어질 때가 많았다. 토지공묘(土地公廟) 가까이 있는 골목의 한 민가를 찾아가서 달걀을 사오는 것이었다. 사실 집에선 나를 혼자 보내는 게 마음 놓이지 않았는지, 누나를 보내서 나를 데리고 가게 했다. 보통 집들과 아무 차이도 없는 붉은 벽돌 단층집엔 간판도 없었고 달걀 사라고 외치는 사람도 없었는데, 누나는 어떻게 그 집에서 달걀 파는 걸 알았는지 지금 생각해도 신기하게만 느껴진다.

달걀 집 주인은 나이 든 노파로, 그 이름은 진작에 잊었다. 단지 침침하며 약간 누런빛을 띠는 조명 아래, 달걀이 가득 담긴 바구니들이 벽에 나란히 줄지어 놓여 있었고, 닭똥 비린내가 약간 났다는 것만 기억날 뿐이다. 노파는 늘 우리를 본체만체했다. 바구니 옆에는 비닐봉지가 있어서, 알아서 필요한 만큼 달걀을 고르고 검사한 다음, 봉지에 담아 노파에게 건네고 무게를 단 뒤에 돈을 내고 나오면 그만이었다. 불필요한 말을 건넬 필요가 없었고, 노파도 뭐라고 말을 걸지 않았다. 사실 누나는 이 집에 달걀 사러 오는 걸 그다지 좋아하지 않았다. 냉기가 도는 소형 슈퍼마켓이 출현하자 달걀 파는 노파는 우리 생활에서 완전히 사라져 버렸다.

늘 들개들이 쫓아왔지만 나는 자전거와 내 발을 믿었

으므로 개들에게 물린 적이 한 번도 없었다. 개들은 그저 큰소리로 짖어댈 뿐이었다. 마치 내가 무슨 큰 죄를 저지른 악한 인간인 양.

어릴 적, 시간은 아주 천천히 흘렀다. 늘 무슨 변화라도 일어나기를 기대하는 세월이었다. 나는 어떻게든 방법을 찾아 집에서 도망쳐 나와서 분위기가 좀 더 좋은 곳으로 가고 싶어했다. 친척 집과 친구 집을 떠돌다가 가끔씩 엄마에게 붙잡혀 집으로 돌아가곤 했다. 내 기억에 아버지가 직접 찾아와서 데려 간 적도 두 번 있었다. 그 중 한번은 친구 집에 있을 때였다. 엄마가 아버지를 같이 끌고 온 게 분명했다. 결국 나는 친구 아버지의 권유에 따라 집으로 돌아가야 했다.

"어린애가 남의 집에 있는 게 무슨 좋은 일이라고!"

또 한 번은 아버지가 친구 집 문 앞에 머뭇거리고 서 있었다. 아버지는 안으로 들어올 생각은 차마 하지 못하고 밖에 선 채 왜 집으로 안 가려고 하느냐고 물었다. 그러면서 돌아와서 가게를 좀 봐 달라고 했다.

"하루 종일 집 밖에서 대체 무슨 짓을 하고 다니는 거야?"

나는 이처럼 부모님의 관심이 소홀해지거나 의지가 약해진 틈을 놓치지 않고 한 번, 또 한 번 집에서 도망쳤다.

훠샤오좡을 떠나고 싶었다. 남국(南國)을 벗어나고 싶었다.

『요재지이(聊齋志異)』라는 옛 이야기 책엔 「들개」*라는 이야기가 있는데, 옛 전장에서 죽은 척하며 전투를 피한 한 병사의 이야기를 담고 있다. 전투가 끝난 후에도 병사는 시체 더미 속에 그대로 숨어 있었다. 그런데 갑자기 모든 시신들이 일제히 벌떡 일어서며 말했다. "들개들이 왔다. 큰일 났다!"

아버지는 민숑 공업 단지에 있는 제지 공장에서 중견 간부로 일했다. 그날은 음력 4월 26일이었다. 아버지는 회사의 친한 동료 몇 사람을 집으로 초대해 요란하게 먹고 마시는 자리를 열었다. 평소 아버지의 인상은 침묵과 엄숙함으로 요약할 수 있는데, 이날은 평소 우리랑 지낼 때와는 전혀 다른 모습이었다. 시종 웃음을 띠었고 두려움이나 위압감은 전혀 느껴지지 않았다. 사실 곰곰이 생각해 보면, 아버지가 큰 소리로 호통을 치거나 폭력을 행사한

* 이 이야기는 『요재지이』 1권 「들개」 편에 등장한다. 집으로 돌아온 나는 한 마리 들개 같았다. 보름이나 한 달 넘게 떠나 있다가 다시 몰래 돌아올 때면 모종의 죄책감을 느꼈다. 엄마와 아버지는 나를 욕하거나 때리지는 않았다. 들개 무리의 곁을 지나쳐도 개들이 나를 절대로 물지 않는 것과 마찬가지로. 하지만 나는 들개들 곁을 지나칠 때마다 두려움 때문에 빠른 걸음으로 지나곤 했다.

일은 없다. 그저 말이 없고 엄숙할 뿐이었다. 아버지에겐 뭔가 흐트러지거나 해이한 모습 같은 게 일절 없었다. 마치 꿈이나 이상 같은 것마저도 다 떨어져 나간 사람처럼. 나중에 프란츠 카프카의 소설을 읽고, 허우샤오셴(侯孝賢) 감독의 영화나 우녠쩐(吳念眞)의 영화 「뒤상(多桑)」을 보고서 나는 우리 아버지의 이런 모습이 타이완, 혹은 전 세계 아버지들의 전형적인 모습이라는 사실을 깨닫게 되었다. 가부장제 사회에서 아버지의 모습은 『변신』에 등장하는 껍질이 단단한 곤충* 같았다.

이날 우리 아버지는 잠시 변신해서 사람으로 돌아와 있었다. 넉넉하고 친근한 사람으로. 심지어 내게 선정적인 우스갯소리 몇 마디를 하기도 했다. 아버지 동료 하나가 나를 놀리면서 집에 오는 게 그렇게 싫으냐고 물었다. 그 자리에 함께한 엄마의 입장이 몹시 난처해졌다. 전통적인 가부장제 사회의 모든 어머니들이 자기 아이를 재주껏 다룰 줄 알아야 한다는 압박감 외에도 다른 원인이 있었다. 엄마는 일찍이 아버지가 술 마시느라 늦게까지 집에 오지 않

* 아버지는 퇴근해서 집에 돌아오면 대리석 의자에 앉아 있었다. 앞에는 TV가 한 대 놓여 있었고, 거기서 나오는 흰 빛에 따라 아버지의 겉모습은 점차 딱딱해져 갔다. 마치 고동색 갑각질로 만들어진 것처럼. 눈빛은 초점을 잃어서 흐릿했고 팔다리가 가슴 쪽으로 모이면서 여덟 개의 발이 돋은 것 같았다. 말하는 것도 곤충 같았다. 그 모습이 몹시도 무서웠다.

자, 혼자 회사 회식 자리를 찾아가 테이블을 뒤집어 엎은 적이 있었다. 아버지 동료의 이 한 마디가 목표로 한 대상은 나 한 사람만이 아니었다. 이리하여 엄마의 목소리가 커졌다. 내 기억으론 4월 26일 그날, 아버지는 흥이 싹 가신 얼굴로 류수석* 연회를 대충 마무리했다. 그때 이후로 다시는 아버지가 회사 동료를 집으로 데리고 와서 식사 자리를 마련하는 광경을 보지 못했다.

나는 때로 엄청나게 많은 들개들과 마주치기도 했다. 어떤 개들은 귀와 코가 예민했다. 멀리 떨어져 있을 땐 분명히 조그맣고 검은 점, 혹은 흰 점으로 보였는데, 금세 내 자전거 옆으로 달려왔을 땐 거대해져서 나를 물어뜯고 갈기갈기 찢어 버릴 기세로 덤벼 들었다. 그래서 나는 페달을 더 힘껏 밟으려고 몸부림쳤고 한 번도 개들에게 물리지 않았다.

공부는 늘 나와 거리가 먼 영역이었다. 특히 학교 수업은 더 그랬다. 숫자 연산과 덧셈 뺄셈은 나를 공포로 몰아넣었다. 천만다행으로 고등학교 때 간신히 어느 국립 고등직업학교에 합격할 수 있었다. 자이 지역에선 나름대로 괜

* 流水席. 참석 인원이 정해져 있는 게 아니고 손님이 계속 올 수 있으며, 오는 대로 다 같이 먹고 가는 연회 방식을 가리키는 말이다(옮긴이).

찮은 학교였다. 단지 주요 과목이 회계와 경제학이라는 게 문제였다. 경제학은 그나마 약간 흥미가 있었다. 사회학과 관련된 학문이라서. 하지만 회계 수업에선 늘 집중이 안 되고 주의가 산만해 져서 수업 내용이 거의 들리지 않았다. 이런 일이 반복되던 어느 날, 나는 아예 책상 밑에 읽고 싶은 책을 숨겨 놓고 읽기로 했다. 무슨 책이든 다 읽었다. 처음에는 딱히 책을 가리지 않았다. 소설에서 역사, 철학까지 두루 읽었고, 보들레르 같은 서양 고전 작가와 간야오밍(甘耀明), 우밍이(吳明益), 천쉐(陳雪), 러이쥔(駱以軍) 등 유명 타이완 소설가들의 작품, 그리고 그 외 잡다한 책들을 닥치는 대로 읽었다. 나는 강의실에서 소란을 피우지 않았고, 선생들도 칠판에 주목하라고 억지로 강요하지 않았다. 상호 간에 마음이 통해서 생겨난 일종의 묵계였다.

이렇게 다양하고 잡다한 책들 덕분에 나는 점차 자신만의 깨달음을 얻게 됐고, 수많은 작품들 사이를 전전하면서 타이완의 동해안 쪽으로 가게 되었다. 허우산(後山)에서 대학을 다니게 된 것이다. 그리하여 나는 정말로 남국을 떠나고 훠샤오좡에서 벗어나게 되었다. 이 허우산이라는 땅에서, 교수들이 전문적으로 현대 문학을 가르치는 학과에서 나는 아주 즐거운 생활을 유지하면서도, 동시에 나 자신이 심각하게 뿌리를 잃어 가고 있으며 풍토에 적응하지 못하고 있다는 사실을 깨달았다. 생리적인 문제가 아니라, 알베르 카뮈가 『이방인』에서 다룬 것과 흡사한 외부자의 느낌이었다. 딱히 훠샤오좡이 그립지도 않았는데 늘 나도 모르게 그곳이 생각났다. 의식적으론 여전히 훠샤오좡으로 돌아가는 데 저항했지만, 때로 자오공 밴드*의 〈풍신(風神)125〉 같은 곡을 들으면 눈시울이 붉어지곤 했다. 훠샤오좡으로 돌아가서 옛 친척이나 친구들을 만나 식사를 하고 한데 모여도 소용 없었다. 서로 생활 방식이 이미 달라져 있었기 때문이다. 심지어 가치관이나 언어마저도 그랬다. 유년 시절부터 고등학교 청년기까지의 친구들도 이 시기부터는 상대가 지닌 가치관의 핵심과 접촉할 길이 없었다. 남국에서, 훠샤오좡에서, 나는 더 직접적으로 내가 남국을 떠났고 훠샤오좡에서 도망쳤을 뿐 아니라 이제 돌아가는 길마저 찾을 수 없게 되었다는 사실을 체감했다. 통속적이고 대중적인 문학 수사로 표현하자면 이미 '고향에서 이방인'**이 된 셈이었다.

* 交工. 1999에 창설되어 2003년까지 활동했던 타이완 인디 밴드로, 메이농(美濃)의 귀향 청년들로 구성되었다. 전통을 통해 음악을 배우며 향토 음악을 지향했다. 주로 객가(客家) 문화와 생활을 음악을 통해 재현했다는 평가를 받고 있다(옮긴이).

** 이 표현은 알베르 카뮈의 『이방인』에서 따왔다. 이런 식으로, 나는 어렸을 때 엄마가 돌아가시지 않았는데도 종종 돌아가신 뒤의 상황을 상상하곤 했다. 생각만 해도 너무나 슬펐다.

들개들이 짖는 소리는 무섭기도 하고 짜증스럽기도 했다. 그 시절 나는 몸집이 왜소한 데다 비쩍 마른 편이었다. 나는 자전거를 길가로 몰고 가서 그다지 설득력이 없는 대나무 가지를 하나 집어 들고 들개 무리를 향해 돌진해서 마구 휘둘렀다. 들개들은 하던 대로 흉악하게 대들지 않고 갑자기 사방으로 흩어져 달아났다. 뜻밖의 반응에 어리둥절해진 나만 홀로 그 자리에 남았다.

최근 2, 3년 동안 훠샤오좡으로 돌아간 건 대부분 혼례나 초상 때문이었다. 상대적으로 혼례는 적었고 초상은 많았다. 그래서 훠샤오좡으로 돌아가는 건 초상에 참석하기 위해 달려가는 느낌이었다. 뜻밖이었던 건 나와 엄마, 아버지의 관계가 많이 좋아졌다는 점이다. 어쩌면 생활 거리가 멀어진 후, 과거엔 위압적이고 긴장했던 아버지가 보통 중년 남자로 변한 덕분인지도 모른다. 심지어 아버지는 나처럼 왜소해 보이기까지 했다. 나는 점차 엄마와 아버지가 당신들만의 독특한 방법으로 나를 보살피거나 혹은 관심을 유지했다는 걸 깨닫게 되었다. 아버지는 동성애에 반대했고 다분히 가부장적이었다. 그리고 엄마는 미신적 성향이 심하고 안전감이 결여돼 있었다. 하지만 이런 가치관의 차이와 가족 성원들 사이의 관심과 보살핌이 서서히 상호 간에 평형점을 찾아가는 걸 느낄 수 있었다.

마음 깊은 곳에서 나 자신이 훠샤오좡으로 돌아가기를, 시간이 천천히 흐르는 그 시골 마을로 돌아갈 수 있기를 갈망하고 있다는 생각이 들었다. 자전거를 타고 비탈길을 빠르게 내달리던 대학생이 넘어지는 사고가 자주 일어났고, 시시때때로 돼지 축사의 악취가 심하다고 항의하는 학생이나 민박업자들이 생겨났다. 대나무 가지로 비료를 뒤섞다가 잠시 멈춰 서서 시원한 바람을 맞으며 휴식을 취하는 사람들도 보였다.

마을 밖 망고 나무는 아직 가지치기를 하지 않아서 멀리서 바라보면 녹색 터널 같았다. 이 터널을 통과해야만 훠샤오좡으로 돌아갈 수 있었다. 고도로 '소외'되기 전의 나 자신으로 돌아갈 수 있었다.

들개들이 사라지자 나는 자전거를 타고 마을 어귀를 빠져 나와서 민슝 시내를 향해 달렸다. 그곳엔 더 무성한 망고 나무들로 이뤄진 녹색 터널이 있는데, 들리는 바에 의하면 이미 100년의 역사를 자랑한다고 했다. 이곳은 토지 공묘에서 꽤 가까워서 왼쪽을 보면 공묘가 한눈에 들어왔다. 엄마와 할머니는 나를 놀랠 요량으로 공묘 안에서 어느 마을 아저씨가 의자에 앉은 채 죽은 적이 있으니 되도록 가지 말라고 했다. 이에 더 호기심을 갖게 된 나는 여러 번 공묘를 찾아갔지만 아무것도 보지 못했다.

녹색 터널을 지나면 그 밖으로 수많은 도로들이 서로 이어지면서 끝없이 펼쳐졌다. 앞을 향해 달릴수록 나는 훠샤오좡에서 멀어졌다. 그렇게 갈수록 멀어져 마침내 나는 보이지 않게 되었다.

1장

비탈·도망과 잠행 : 새로운 사물들

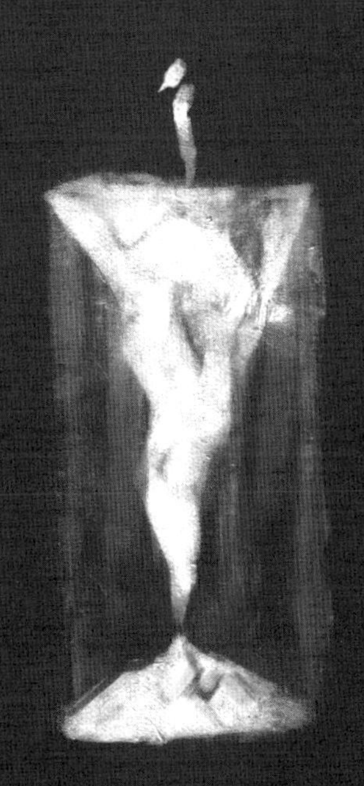

한동안 집 안 물건들이 나날이 새로워졌다. 내 삶과 모든 것이 갈수록 새로워지고 좋아지는 것 같았다.

주말이 되어 학교에 안 가는 날이면 나는 늘 집 밖을 전전했다. 전반 5년 동안은 아버지의 차가운 침묵과 엄숙함이 모든 것의 원죄인 줄 알았다. 후반 5년은 피해자인 척하는 엄마의 태도, 남편과 아이들에 대한 보이지 않는 통제와 간섭이 원죄라고 생각했다. 이 10년 동안 우리는 아버지와 엄마 두 사람의 일에 개입할 수도 없고, 개입할 힘도 없다고 여겼다. 동시에 아버지가 오랫동안 이어져 온 엄마의 블랙 코미디를 참아주는 데 대부분의 시간을 보내고 있다고 여겼다. 또한 아버지가 대부분의 동아시아 아버지들과 마찬가지로 술에 취해서 정신이 무너지면 엄마에게 손찌검하는 걸 용서할 수가 없었다. 일곱 살 때부터 지금까지 나는 계속 도피와 잠행의 시도를 반복했다.

일본인 가타오카 이와오(片岡巖)가 쓴 『타이완 풍속지(臺灣風俗誌)』*라는 책엔 1906년 자이 메이즈컹(梅仔坑) 대지진 때, 누군가가 반드시 순찰해야 하는 중요 지역인 산구덩이 아래에서 지우(地牛)의 꼬리를 발견했다는 이야

* 『타이완 풍속지』는 가타오카 이와오가 쓴 책으로 1921년에 출판되었다. 일제강점기 당시 타이완의 일반 민간 문화와 종교, 예속, 음식, 습관, 민요, 무용, 오락 직업 등에 관해 상세히 기술하고 있다.

기가 있다. 당시 사람들은 땅속의 소가 몸을 뒤집으면 지진이 발생한다고 믿었다.

나는 자이시 북쪽 서부 평원에 자리 잡은 수많은 시골 마을 중에서 우리 마을이 제일 대단하다고 믿어 왔지만, 사실은 그게 아닌 것 같았다. 내가 태어나기 전, 마을의 제일 큰 사당에서 대규모 산비탈 땅을 대학에 기증해 설립 부지로 제공했다. 그곳엔 주치(竹崎)와 메이산(梅山)으로 향하는 길이 있었다. 내가 태어나고 몇 년이 지난 후, 그곳에서 대학생들의 교통사고가 빈번해졌고, 신중하기로 유명했던 우리 할아버지도 대학생들의 오토바이와 추돌한 적이 있었다.

대학교 동쪽 문을 나와 앞으로 조금 깊이 들어가면 바로 외할아버지와 외할머니의 집이다. 현지인들이 부를 때 습관적으로 썼던 '네이산(內山)'이라는 이곳 명칭은 마을과의 상대적 관계에 따라 생겨 났다. 어릴 적 수많은 친구들이 휴일이면 다들 네이산에 와서 시간을 보냈다. 대부분은 내가 이곳으로 도망쳐 왔기 때문에 따라 온 거였다. 처음엔 부모님이 직접 찾아오거나 전화를 걸어 집으로 돌아오라고 했지만, 오랜 시간 후엔 다들 지쳤는지 그냥 내가 알아서 하게 내버려 두었다. 외할아버지와 외할머니 집 한가운데 있는 땅은 제법 넓었다. 이곳은 계속 아래쪽으로 확장되고 있는 비탈길이었다. 문 앞 공터까지 가려면 기울기가 약 60도 가까이 되는 긴 비탈을 지나야 했다. 비탈길 뒤의 건물은 ㄑ자형이었는데, 가운데에 약간 넓은 공터가 있었고 ㄑ자 건너편은 작은 절벽이었다. 들리는 바에 의하면 이곳은 먼 옛날 메이산 대지진*이 발생했던 지진대에 속하는 땅이라고 한다. 작은 절벽 옆에는 커다란 용안(龍眼) 나무가 한 그루가 고집스레 서 있었다. 외삼촌들은 이 나무가 자기들이 어렸을 때도 그렇게 컸다고 했다.

아미(Amis)족 사람들 사이에 전해지는 얘기로는 땅 밑에 큰 물소가 한 마리 있고, 피곤할 때면 몸을 뒤척인다고 한다. 이 지우가 몸을 움직이면 타이완 전역에 지진이 발생한다는 것이다. 일본 인류학자 이노 가노리(伊能嘉矩)는 1896년 《도쿄 인류학회지》**에 발표한 글에서 딴수이(淡水) 평포족(平

* 메이산 대지진은 1905년 3월 17일 새벽에 발생한 진도 7.1의 강진으로, 진앙은 메이산향이다. 타이완 사상 희생자가 가장 많은 지진 중 하나로 기록돼 있다. 우리 할아버지의 말에 따르면, 지진은 산자락에 살면서 죽을 만들어 파는 노인이 장사가 잘되지 않자 죽에 물을 너무 많이 타는 바람에 '후야'가 화를 내서 땅이 움직이는 것이라고 한다.

** 《도쿄 인류학회지》는 1886년 창간되어 지금도 발간되고 있는 잡지로, 동아시아 역사와 문화를 연구하는 중요 참고자료 중 하나다. 이노 가노리는 이 잡지에 제1회 「타이완 통신(臺灣通信)」을 발표하면서 타이완에 대한 학자들의 연구 의지를 증폭한 바 있다.

埔族)*에게도 이 같은 지우 전설이 있다고 밝히면서, 지우가 몸을 뒤집는 바람에 지진이 발생한다는 전설은 대륙의 한인(漢人)들에게서 온 게 아니라 원래는 타이완 원주민들의 것이라고 설명한 바 있다. 한인들은 밭을 갈 때 몸집이 큰 소를 사용했고 당시엔 한인 문화가 강세였는데, 원주민과 한인이 결합한 뒤로 지우가 몸을 뒤집어 지진이 발생한다는 전설이 주류로 자리 잡게 되었던 것이다.

작은 절벽은 외할아버지와 외할머니 댁의 쓰레기 매립장이었다. 유기물이건 무기물이건 전부 그 절벽 아래로 던져 버렸는데도 악취가 그리 심하지 않았던 건 농사 덕분이었다. 거기에 버린 것들 중에 무기물 쓰레기는 비교적 적었고, 대부분 대나무나 죽순 껍질, 낙엽 같은 유기물이었다. 나는 그곳을 영원히 채울 수 없는 공간으로 여겼고, 지금까지 가득 찬 적은 정말 단 한 번도 없었다. 외할아버지 외할머니가 돌아가신 후로 점차 인적이 드물어지긴 했지만 아래를 내려다보면 붓순 나무가 왕성하게 자라나 있고, 커다란 용안 나무 그늘이 그것을 가리고 있는 풍경이 보였다. 나는 한동안 낙엽이나 어른들이 씹다가 뱉은 빈랑**

* 타이완 원주민들은 대개 높은 산에서 살기 때문에 고산족(高山族)이라 통칭한다. 이와 상대적으로 평야 지대에 사는 일부 원주민들을 평포족이라 통칭한다(옮긴이).

찌꺼기를 거둬다가 절벽 아래로 버리면서, 이것들이 부패하여 유기질이 되면 용안 나무와 땅에 계속 자양분을 공급할 거라고 상상했다.

그 땅은 엄격히 말하면 사유지가 아니었고, 희미하게 기억에서나마 언젠가는 정부가 땅을 회수하리라는 사실을 알고 있었다. 단지 그것이 기약할 수 없는 먼 미래의 영역일 뿐이었다. 시간이 좀 더 흐른 후, 나는 한동안 타이난(臺南)으로 가서 공부를 해야 했다. 외할머니가 세상을 떠나시기 몇 년 전까지 집에 돌아오는 일이 드물었다. 어쩌다 돌아오면 외할머니에게서 전화가 걸려왔다. 일흔이 넘은 외할머니는 당뇨병 때문에 시력이 약해져서 사물을 거의 식별하지 못했고 귀도 몹시 어두워졌다. 그러다 보니 생활의 중심이 외지에서 가정을 이룬 딸들에게 전화를 거는 일로 옮겨 갔다. 할머니는 딸들이 받기를 기대하면서 전화를 걸었고, 때로는 내 목소리를 우리 아버지 목소리라 여기고는 간절하고 의미심장한 어투로 엄마에게 전하라며 몇 마디 하기도 했다. 그런 일이 몇 번 있은 후엔 나도 외할머니의 실수를 굳이 바로잡지 않았다. 전화를 곧장 엄마

** 종려나뭇과에 속한 상록 교목으로 열매를 기호품으로 씹기도 한다. 두통이나 설사, 피부병, 구충 따위에 효과가 있으며 약간의 환각작용이 있어 타이완에서는 주로 육체노동 종사자들이 더위와 피로를 덜기 위해 씹다가 뱉는다(옮긴이).

에게 넘겨 엄마가 통화하게 하면 그만이었다.

일제강점기 타이완의 시인 라이후이촨(賴惠川)은 「죽지사(竹枝詞)」에서 "사람들이 연이어 북에서 남으로, 절벽과 제방이 무너진 차오링탄(草嶺潭)으로 갔네. 지우의 털이 흔들리면 대지의 요람이 흔들리기도 했네."라고 노래했다. 지우뿐 아니라 '땅에 돋아난 털'도 지진을 일으킬 수 있다는 견해가 있었다. 사실 이는 한인들의 관념에 더 근접하는 주장이다. 『금문지(金門志)』에는 이런 문자 기록이 남아 있다. "청나라 가경 16년 여름, 한밤중에 동남쪽에서 무슨 소리가 들리더니 지진이 났다. 다음 날, 땅에 검은 털이 돋아났다. 길이가 한 치 남짓 되는 것이 꼭 돼지털 모양이었다."

평소 출근하는 날, 외삼촌과 외숙모가 너무 바빠서 도저히 시간을 낼 수 없을 때는 둘째 누나가 외할머니 식사를 준비해 가져가는 일을 도맡았다. 대개 점심이었다. 점심 때 집에 밥이 있으면 약간의 반찬과 함께 가져가고, 그렇지 못할 땐 가는 길에 컵라면을 사다 점심으로 드시게 했다. 컵라면을 사다 드리면 외할머니는 으레 우리에게 컵라면 값을 건넸다. 우리 돈을 축내선 안 된다는 생각에, 우리로 하여금 눈도 잘 안 보이고 귀도 안 들리고 거동도 불편한 일흔 넘은 노인의 손에서 2, 30원의 돈을 굳이 받게 한 것이다. 한번은 나도 점심을 먹지 않은 터라 누나 대신 내가 밥을 좀 더 많이 퍼 가지고 가서 외할머니와 함께 식사를 한 적이 있었다. 네이산에 도착해 보니 외삼촌이 출근하기 전에 이미 점심 식사를 준비해 놓았다. 시간이 좀 지나 음식들이 식긴 했지만, 다시 데우면 그만이었다. 외할머니가 내게 점심을 먹었느냐고 물었다. 나는 아직 안 먹었다고 대답하고는 외할머니와 함께 먹으려고 음식을 준비해 왔다고 말했다. 그릇과 젓가락을 꺼내자 외할머니는 갑자기 배가 고프지 않다고 하면서 나더러 빨리 먹으라고 했다. 먹을 수 있으면 식탁 위 음식을 하나도 남기지 않고 다 먹어도 된다고 하면서. 당시 나는 집에 돌아가는 일이 아주 적었기 때문에 이게 무슨 상황인지 알아차리지 못했다. 둘째 누나를 쳐다봤지만 누나는 별 말이 없었다. 외할머니는 애정이 가득한 말투였고, 뭔가 화가 난 기미 같은 건 전혀 느껴지지 않았다. 나는 닥치는 대로 음식을 입에 때려 넣었다. 약간 묘한 기분으로 식사를 마치자 마음속으로 약간 께름직한 느낌이 들었다.

유년 시절의 기억이 지금도 아주 선명하다. 외할머니가 앉았던 소파 옆엔 작아서 눈에 잘 띄지 않는 암격*이 하나 있었다. 식사 시간이 아닌데도 우리가 배고프다고 칭얼

* 暗格. 일종의 수납 공간으로, 보이지 않게 설치한 서랍장 같은 것이다(옮긴이).

대면 외할머니는 그곳에서 컵라면을 꺼내 주면서 먹으라고 했다. 우리는 종종 암격을 직접 뒤져보기도 했다. 꼭 보물찾기 하듯이. 이곳엔 어른들이라 해야 노인들뿐이었다. 노인들은 우리를 통제하지 못했다. 청소년과 어린이들의 자치 왕국이라고 할 수 있을 정도였다. 어른들은 휴일도 가리지 않고 바삐 일하면서 동서남북으로 돌아다녀야 했다. 나는 집에서 도망쳐 나와 이 비탈진 땅에서 완전한 해방을 누리고 있었다.

『요재지이』에는 청나라 강희 연간에 발생했던 지진과 관련된 기록이 남아 있다. "강희 7년 6월 17일 술시에 땅이 크게 흔들렸다. ……사람들은 어지러워 제대로 설 수도 없어서 그냥 땅바닥에 주저앉아 땅과 함께 이리저리 몸을 뒤척였다. 강물이 기울어 한 장(丈) 넘게 물이 넘쳐났고, 성 안에는 오리와 개들의 울음이 가득했다. 이런 상황이 두 시간가량 이어지다가 점차 가라앉았다. 거리에는 남녀가 알몸으로 모여 있었고, 옷을 입지 않은 것도 잊고서 서로 앞다투어 당시 상황을 말하려고 나섰다." 타이완에도 놀라운 소문이 있었다. 강희 연간에 타이베이에 호수가 하나 있었는데, 이는 대지진 때 생겨난 것으로, 바다와 이어져 있었다고 한다. 문헌과 사료가 너무 적어서 기존 사료에서 추측하는 견해와 딱히 상충하는 바는 없지만, 오늘날까지 그것이 사실인지 거짓인지는 확실히 밝히지 못하고 있다.

한두 달쯤 밖으로 떠돌다가 몰래 집에 들어간 적이 있었다. 집에 들어가 보니 냉장고가 새것으로 바뀌어 있었다. 또 한번은 잠행을 마치고 돌아와 보니 아버지가 커다란 TV를 새 액정 TV로 교체해 놓았다. 때로는 엄마가 신명탁* 탁자보를 새것으로 바꿔 놓기도 했다. 거의 매번 집에 갈 때마다 약간의 변화가 일어나 있었다. 가전제품이나 가구가 새것으로 바뀌었고, 심지어 조촐하게는 슬리퍼가 바뀌어 있기도 했다. 나는 이 모든 게 갈수록 좋아졌다. 어느 날엔가는 모든 게 새것으로 교체되리라는 생각이 들었다. 모든 것이 새것으로 교체되고, 나중엔 내 기억 속에 있던 것들도 전부 새것으로 교체되기만 하면 된다고. 이어서, 외할머니 댁의 그 메이산 지진대의 작은 절벽이 생각났다. 나는 마른 잎과 담배 꽁초, 말라비틀어진 빈랑 찌꺼기, 죽순 껍질 등을 조금씩 모아 절벽 아래로 던지면서, 마음속으로 그것들이 부식되어 유기물이 될 거라고 여겼다. 새끼 까마귀가 다 자란 뒤에 늙은 어미를 위해 먹이를 물

* 神明桌. 신상을 모셔놓고 제물을 바치거나 절을 올리기 위해 설치한 작은 탁자로, 타이완에는 상점이나 음식점은 물론 집 안에도 보편적으로 설치한다(옮긴이).

어다 주듯이, 이 유기물이 검은 흙이 되어 커다란 용안 나무에 자양분을 공급하면 나무가 더 굵고 튼실하게 자랄 테고, 가지와 잎이 하늘을 가릴 거라고 믿었다. 그렇게 해서 나무가 아주 오래 살게 되리라고 믿었다.

아마도 내가 너무 오래 집에 가지 않은 탓일 것이다. 내 기억 속의 커다란 용안 나무는 그렇게 오래 살지 못했다. 재작년에 외할머니와 외할아버지가 모두 안 계시는 비탈에 가 보았다. 그때 무리를 이뤘던 아이들도 모두 장성하여 각자 외지에 흩어져 일하고 있었고, 외삼촌과 외숙모들은 여전히 가족 사업을 유지하고 있었다. 몹시도 넓고 시끄러웠던 비탈은 텅 빈 땅이 되어 버렸고, 남아 있는 모든 사람과 사물에는 한 겹 먼지가 덮여서 아무리 닦아도 헌 것으로 느껴졌다. 커다란 용안 나무는 이미 죽어 버렸고, 절반쯤 남아 있던 몸체도 완전히 베였다. 작은 절벽을 뒤덮었던 나뭇가지와 잎들도 사라져 이제는 하늘이 훤히 드러났다. 멀리 메이산 아주 깊은 곳으로 통하는 아스팔트 길까지 한눈에 들어올 정도였다. 그 아스팔트 길 위로 수시로 차량들이 오갔다. 알고 보니 비탈 언덕은 한 번도 사회와 그리 멀리 떨어진 적이 없었던 것이다.

정스난(鄭世楠)과 예융톈(葉永田)이 방재 연구 센터에 제출한 「타이완 역사상 재해와 지진이 사회 문화에 미친 충격」이라는 제목의 논문에서는 1906년에 발생한 메이산 대지진이 예상치 못한 영향력을 발휘했음을 지적하고 있다. 이 지진이 여성들의 전족 해방을 가속화했다는 것이다. 당시 일본 정부가 전족 풍습을 엄격히 단속하긴 했지만 푸라오* 출신 여성들 중 거의 6할에 가까운 사람들이 전족을 하고 있었다. 그러다 보니 메이산 대지진이 발생했을 때, 전족을 한 여성들이 전체 사망자 수의 상당 비중을 차지했다. 대지진은 전족 풍습을 따르지 않은 소수의 노인들에게 중요한 깨달음을 주었다. 전족을 하지 않아야 지진이 발생했을 때 재빨리 도망쳐서 목숨을 구할 수 있다는 것이었다.

용안 나무는 심지어 더 오래전에 죽었을 가능성도 있다. 외할아버지가 돌아가신 뒤, 이곳 사람들의 눈에는 약시(弱視)라는 이름의 먼지가 한 겹 드리웠다. 바닥과 소파는 아무리 문질러 닦아도 똥냄새 같은 악취가 사라지지 않았고, 암격 안은 주전부리나 컵라면 없이 텅 비어 있었

* 福佬. 청나라 시기에 생긴 단어로, 민남어(闽南语) 방언을 사용하는 사람들을 가리킨다. 이들은 주로 중국 푸젠성 남부에 거주하던 사람들로, 여러 시기를 거쳐 타이완으로 이주했고, 현재 타이완 인구의 상당 부분을 차지하고 있다. 중국에서는 차오저우(潮州)와 산터우(汕頭) 지역 사람들을 총칭하는 말로 쓰이고 있다(옮긴이).

다. 내가 둘째 누나와 함께 음식을 가지고 다니던 때도 용안 나무는 이미 없었던가? 들리는 바에 의하면 큰 용안 나무는 뿌리가 썩어서 구제가 불가능했다고 한다. 더 일찍부터 이곳에 살았던 사촌형은 그 나무 위에 타이완 미후*를 기른 적이 있는데, 성질이 사납고 거칠어서 많이 싸웠다고 했다. 발톱이 날카로운 미후들은 사촌형의 두 손을 할퀴어 피를 냈고, 형은 너무 쓰라려서 울음을 터뜨렸다. 또 원숭이에게 맞았다고 어른들에게 놀림감이 되기도 했다. 용안 나무는 구제할 길 없이 그 자리에 그대로 내버려 두는 수밖에 없었다. 나무가 점점 말라 죽어 가는 모습을 보면서 외삼촌 일가는 어느 날 썩은 나무가 쓰러져 사람이 깔리지는 않을까 하는 걱정에 키 큰 나무의 절반 정도를 톱으로 잘라내고 안전한 하늘만 남겼다.

나는 과거에 절벽 아래로 내던진 마른 가지와 나뭇잎, 빈랑 찌꺼기, 죽순 껍질 등이 검은 진흙으로 변하지 않았을까, 그래서 용안 나무에 양분을 공급하지 않았을까, 뿌리가 썩는 죽음을 몇 초라도 막아 주지 않았을까, 아니면 더 깊은 고통을 주었을까 하는 생각들을 해 보았다.

* 獼猴. 긴팔원숭이과에 속한 포유 동물로 꼬리가 짧고 몸집이 큰 편이다. 몸은 다갈색 털로 덮여 있고 얼굴과 엉덩이는 선명한 다홍색이다. 30마리에서 150마리까지도 무리를 지어 생활하며 식성은 잡식성이다(옮긴이).

계신(乩身)

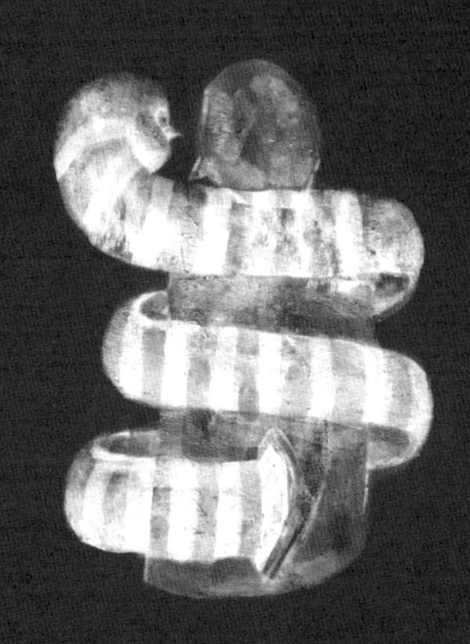

마을의 '귀신 호수(鬼湖)' 주변에 나한*이 하나 살고 있었다. 그는 후야의 계신**이자 더럽고 게으르고 슬프기도 한 거지의 운명을 타고났다.

열여덟 살이 되던 해에 소년 나한은 묘당에서 후야의 화신(化身)을 만나게 되었다. 이때부터 그는 수시로 후야

* 羅漢. 아라한(阿羅漢)의 준말로, 불교에서 깨달음을 얻은 성자를 가리킨다(옮긴이).

** 乩身. 민속 신앙에서 접신이나 접신된 대상을 의미한다(옮긴이).

를 만날 수 있었다. 그가 물가로 가면 후야가 물속에서 떠올랐고, 깊은 산속으로 들어가면 나무에 박혀 있는 후야의 두 눈이 자신을 바라보는 게 느껴졌다. 후야가 소년 나한에게 말했다. "나한아, 네가 후야가 되고 싶지 않다면 이생에서는 나한으로 살아라. 너는 영원히 나한의 상태에서 헤어나지 못할 것이다."

2장

보살 고기 한 솥

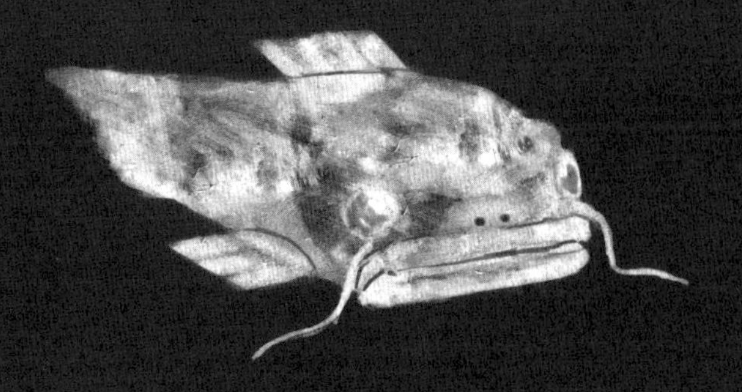

비탈길을 벗어나면 구불구불하게 구릉지가 이어진다. 나중에 이 땅은 몇 년 사이에 서서히 파인애플 밭으로 개간되었다. 그 전에, 내가 도망과 잠행을 이어가기 전에, 엄마와 아버지가 그래도 평화롭게 얘기를 나누던 시기에, 아버지가 낡은 토요타 오토바이를 새것으로 바꾸기 전에, 나의 기억은 거실 돌바닥의 시멘트 비린내에 머물러 있었다. 몸집이 건장했던 할아버지는 엎드려 있던 내 작은 등의 절반 위에 발을 올리더니 웃으면서 내가 땅과 아주 가깝게 지내는 것 같다고 말했다. 그리고 '쿼후이즈'*라는 이름의 커다란 사피견**도 있었다. 이 개는 아빠가 부유한 청년이었던 시절의 마지막 유물이었다. 엄마가 교통사고를 당하기 전, 오른쪽 발에 커다란 못이 다섯 개나 박히는 사고를 당하고 나서 음습하고 추운 날씨에는 발이 마비되기 전의 시간이었다. 그때의 시간들은 항상 어떤 사건으로부터 시작되었다. 그 시절 우리는 가끔씩 마을을 떠돌아다니며 보살(菩薩)*** 고기를 삶아 먹는 식객들을 마주치곤 했다.

* 闊喙仔, kuo hui zai. 민남어로 과장이 심하고 말이 많은 사람을 비웃을 때 쓰는 말이다(옮긴이).

** 沙皮犬. 중국 남부 지방에서 유래한 오래된 견종으로, 생김새가 불도그와 유사하나(옮긴이).

*** 메기를 뜻하는 단어를 책 속 등장인물인 나한이 잘못 발음한 것이다(옮긴이).

자난 평원에는 여러 시골 마을이 흩어져 있었고, 마을마다 떠돌아다니는 나한과 선인(仙人)들이 있었다. 그들은 이를테면 타이완의 그 유명한 '아미타불 누나'*라든가 '정대 흔들이형'**과 비슷하다고 할 수 있다. 나한과 선인들이 전부 다 정신이나 지능에 문제가 있는 건 아니다. 우리는 나이 마흔이 넘은 나한을 하나 알고 지냈다. 그는 예랑(野狼)125 오토바이를 타고 다니면서 하루 종일 화물 운송 합작사***에서 일했다. 먹고 자는 것까지 전부 거기에서 해결했다. 중간에 일이 없을 때면 소파에 반쯤 누운 상태로 19번 디스커버리 채널에 심취하거나 자신의 예랑125를

* 阿彌陀佛姐. 혼자 자전거를 타고 타이베이의 야시장에 출몰하면서 아미타불을 노래하며 진심으로 중생들을 위해 복을 비는 인물로, 2021년 제12회 금음(金音) 창작상 주최측은 이 누나를 초청하여 시상식 기록영화 「고수는 민간에 있다(高手在民間)」를 촬영하기도 했다.

** 政大搖搖哥. 타이베이에서는 아주 보기 드문 '구름을 타고 다니는(踏雲)' 나한으로, 타이베이시 원산(文山)구에 위치한 타이베이 3대 명문 대학 중 하나인 국립 정치대학 주변을 돌아다니는 사람이다. 길을 걸으면서 손발을 휘젓고 머리를 흔들면서 혼잣말을 중얼거리지만 공격적인 성향을 보이진 않는다. 2016년 타이베이 시정부가 이 '흔들이 형' 본인의 동의를 구하지 않고 아무 예고도 없이 경찰을 동원하여 강제로 그를 정신병원으로 보내려 하자, 바로 다음 날 여러 학자들과 인권 단체가 법원 앞으로 달려가서 "권력 남용을 중단하고 그를 즉시 석방하라"고 외쳤다. 덕분에 그는 그날 저녁 무사히 석방되었다.

*** 合作社. 작게는 개인의 가게부터, 크게는 농협이나 축협의 판매처를 일컫는 말이다(옮긴이).

타고 마을을 누볐다. 돌아다니면서 뭘 해야 하는지조차 모르는 경우가 대부분이었다.

마을에선 바야흐로 북관* 연주가 엄청난 유행이었다. 그 중에서도 〈풍입송〉**의 입롱*** 단락은 악사들에게 너무나 익숙한 대목이라서 다들 일찌감치 악보를 다 외웠고, 공척보****를 볼 필요도 없었다. 자세히 들어 보면 악곡 구조가 서양 재즈 음악의 즉흥적이고 자유로운 단락과 꽤 유사하다는 걸 알 수 있었다. 북고(北鼓) 지휘자가 북을 탁탁 가볍게 치는 이른바 '고점(鼓點)'으로 연주자들에게 연주의 시작을 알린다. 이 단락의 음부는 고

* 北管. 한(漢)족의 전통 현악기를 통칭하는 말이다. 주로 푸젠성에서 통용되어 푸젠 출신 사람들이 많은 타이완에도 정착되었다(옮긴이).

** 風入松. 북관의 전통 곡패(曲牌)로, 악곡 중에 가장 많이 연주되는 고전적인 곡이다. 사람들은 화려한 무대 배경을 설치하는 배장(排場) 공연과, 사람들의 복을 빌거나 특종 신의 탄신을 축하하는 경축 행사인 요경(繞境)을 북관을 배울 수 있는 좋은 기회로 활용한다.

*** 入弄. 북관의 연주 규칙으로, 약정한 악구(樂句)에서 반복되는 연주를 말한다. 서양 음악의 도돌이표와 유사하다. 이런 반복 연주를 나타내는 음표를 입롱이라 칭하기도 한다. 그리고 이런 반복 구간에서 벗어나는 걸 '출롱(出弄)'이라 한다. 입롱 구간에선 서로 다른 헌사(軒社)들이 각기 다른 연주 약정을 행하기도 한다. 예컨대 악사가 고팔도(高八度)와 저팔도(低八度) 음부를 자유롭게 연주하는 것이다.

**** 工尺譜. 공척보는 중국의 전통 악보 수기 방식의 하나로 '공(工)', '척(尺)' 등의 글자를 곡 이름에 기재하는 일종의 문자 악보라고 할 수 있다. 원래는 중국 당나라 시기에 시작되었으나 나중에 일본, 베트남, 조선 등지로 전래되었다(옮긴이).

팔도나 저팔도 가운데 자유롭게 선택해서 연주할 수 있었다. 출롱 지점만 잘 기억하면 됐다. 나는 시골 마을에 살 때는 이걸 이해하지 못했다. 북관 음악을 그저 시끄럽고 잡다하게 울려대는 날라리 소리라고 여겼을 뿐이었다. 오곡왕야의 생일을 맞을 때마다 행사 음악은 늘 시끄럽고 요란한 날라리와 징, 북의 연주였다. 시끄럽기만 해서 길거리 노점에서 흘러나오는 기계 음악에 비하면 재미가 없었다. 지금 하나하나 떠올려 보면, 훠샤오좡에 대해 내가 보고 들은 건 많지만 완전히 알거나 이해하진 못했고, 사건의 심층으로 들어간 경우는 거의 없었다.

이제 102세가 된 할아버지가 말했다. "옛날 우리 마을을 훠샤오좡이라고 불렀어. 외지에서 온 사람들의 마을이었지. 훠샤오좡이라고 부르게 된 건 마을 사람들이 꽤 거칠고 사나웠기 때문이야. 일찍이 토비들이 인근 마을을 찾아다니며 돈을 갈취했지. 우리 마을은 돈이 없는 데다 있다고 해도 줄 생각이 없었어. 오히려 창과 칼을 들고 토비들에 맞서 싸우려 했지." 할머니가 말했다. "관부에서는 고양이 한 마리 보내지 않았어. 자기들이 토비들과 싸워 이길 수 있을지 알 수가 없었으니까 말이야. 결국 마을은 토비들 손에 불타고 말았어. 그 뒤로 인근 마을 사람들은 우리 마을을 훠샤오좡이라 부르게 되었지."

"흰 쥐 네 마리가 고구마를 굽는데, 땔나무를 계속 넣어 집 천장이 다 타 버렸네."*

저우메이후이(周美惠)는 할아버지 댁 바로 옆에 살았다. 나이가 내 또래로, 초등학교에 들어가기 전에는 함께 우리 집 뒤편 넓은 관개용 개천에서 동요로 서로를 조롱하고 놀리면서 놀았다. 개천 물 속을 들여다보면 민물게와 말거머리, 물고기 같은 것들이 보였다. 우리라고 해야 그 애와 나 둘뿐이었다. 내 생각엔 앞으로 펼쳐질 서사를 저우메이후이 쪽에 더 집중하는 게 나을지도 모르겠다. 분명히 그 애는 보살과의 관계가 꽤 밀접하기 때문이다.

《자이현지(嘉義縣誌)》: 본 마을의 초기 이름은 태평장(太平莊)이었다. 동치 원년(1862년)에 이르러 대만생(戴萬生)**

* 원문은 "四隻白鳥鼠, 想欲炕蕃薯; 柴火直直添, 厝頂燒燒去."다. 타이완 동요 가사로, 교사들이 아이들에게 민남어를 가르칠 때 가장 많이 쓰이는 노래다.

** 대호춘(戴湖春)의 민란을 가리킨다. 타이완에서는 속칭 '만생반(萬生反)'이라고도 한다. 이는 청나라 통치기인 동치 원년(1862년)에 발생한 타이완 역사상 가장 오래된 민란이다. 타이완에는 '훼샤오좡'이 아주 많고, 훼샤오좡의 기원에 관한 주장과 견해도 각양각색이다. 대만생 때문이라고 주장하는 사람도 있고, 임상문(林爽文) 때문이라고 주장하는 사람도 있다. 역병 때문에 마을을 불태운 일로 인해 훼샤오좡이라는 이름이 생겨났다는 견해도 있다.

이 반란을 일으키자 마을 사람들이 청나라 관병들과 함께 대만생에 대항했다. 반란배들이 훠샤오좡에 불을 지르자 다른 마을 사람들이 이 마을을 훠샤오좡이라 부르기 시작했고, 나중에는 이것이 정식 명칭으로 정착했다. 전하는 바에 의하면 성이 종(鐘)씨인 선인이 이곳에 처음 왔을 때 바람과 비바람이 순조롭고 날씨가 좋으며 오곡이 풍성하기를 기원하고자 묘당을 건립하고 오곡왕을 모셨다고 한다. 일제강점기인 메이지 39년(1906년) 메이산 대지진 때 묘당의 주 건물이 무너지자 현지 사람인 천스화가 1,300원을 기부하여 재건했다. 이때 함께 훼손된 왕야묘, 토지공묘의 주신과 태자야(太子爺)도 오곡왕묘에 함께 모셨다.

저우메이후이는 말하는 걸 별로 좋아하지 않았다. 마을 아이들은 저우메이후이가 아빠도 엄마도 없는 애라고 놀려 댔다. 저우메이후이도 그 애들을 좋아하지 않았다. 전에 우리 엄마에게서 들은 얘기에 따르면 저우메이후이의 엄마는 아빠와 이혼하고 다른 남자에게 갔다고 한다. 과거에 저우메이후이의 아빠는 바로 옆집에서 금지* 가게를 운영했지만 이혼의 충격을 견디지 못하고 가게 2층 침실에서 목을 매 자살하고 말았다. 저우메이후이는 아직 어려서 아

* 金紙. 명지(冥紙) 혹은 지전(纸钱)이라고 부르기도 한다. 중국에서 제사나 장례 때 망자에게 바치는 전통적인 제수용품이다(옮긴이).

빠가 자살한 사실을 몰랐다. 사나흘이 지나서야 마을 끝에 살던 저우메이후이의 할머니가 금지 가게가 문을 열지 않고 장사도 하지 않는다는 소문을 듣고는 아들이 틀림없이 술에 취해 인사불성이 됐을 거라고 생각하면서 욕을 호되게 퍼부을 요량으로 가게를 찾았다. 방문을 열어 보니 저우후이메이가 침대에 누워 있는 모습이 가장 먼저 눈에 띄었다. 아이는 의식이 없었다. 죽은 쥐가 썩는 듯한 냄새가 건물 두 층을 가득 채우고 있었다. 때는 가장 무더운 8월이었다. 엄마 말로는 저우메이후이 아빠의 얼굴은 모습을 알아볼 수 없을 정도로 검게 변해 있었다고 한다. 게다가 얼굴에서는 계속 눈물이 흘러나오고 있었다고 한다.

엄마는 저우메이후이 아빠가 그렇게 술을 좋아하지만 않았어도 저우메이후이의 엄마가 그와 이혼하는 일도 없었을 거라고 했다. 그러면서 엄마는 말을 마치고 아빠를 힐끗 보았다.

법회가 끝나자 저우메이후이 할머니는 금지 가게 2층의 실내 장식을 새로 손봐서 인근 대학에 다니는 학생에게 세를 주었다. 저우메이후이 아빠의 침실엔 바깥을 향하는 창문이 두 개 있었다. 우리는 그 방에 들어가 보지 못하고 그저 2층 창문을 통해 침실 천장에 선풍기가 하나 달려 있는 것만 보았다. 이사해 들어간 대학생은 전기 요금을 절약하기 위해 에어컨은 틀지 않고 선풍기만 틀었다. 그 천장 선풍기가 줄곧 직직거리며 흔들리는 걸 보면서, 나는 뭔가가 그 위에서 상당한 무게를 더하고 있는 것 같다는 느낌이 들었다.

저우메이후이 할머니는 금지 가게 1층으로 이사해 들어와 가게를 경영하면서 저우메이후이를 돌봤다. 할머니가 밤에 가게에서 함께 자지 않으면 저우메이후이가 쉬지 않고 울어 댔고 아무리 때려도 소용이 없었기 때문이었다. 금지 가게는 상상했던 것처럼 그렇게 장사가 잘되진 않았다. 환경 보호 정책이 갈수록 더 엄격해지면서 다들 금지를 뿌리기보다는 향을 태우고 절을 올리는 쪽으로 관습을 바꿨기 때문이었다. 저우메이후이 할머니는 같은 마을에 사는 천(陳) 씨에게 알자리를 소개해 달라고 부탁해서 기차역 청소부로 일하게 되었다. 당시 타이완 철도는 청소 업무를 용역 회사에 위탁하지 않아서 청소부도 타이완 철도의 정직원이었고, 대우도 나쁘지 않았다. 퇴근해서 집에 돌아오면 계속 금지 가게를 운영할 수 있었고, 위층의 방세 수입도 있어서 생활은 비교적 안정적인 편이었다.

저우메이후이 할머니는 기차역에서 일하느라 가까운 이웃들에게 저우메이후이를 부탁해야 했다. (우리 집은 늘 건너뛰었다. 우리 엄마 아버지도 남을 돌볼 처지가 아니었기 때문이다.) 다행히 우리 할아버지와 할머니가 바로 옆에서 구멍가게를 하고 있었다. 내가 고등학교에 들어갈 때까지도 할아버지와 할머니의 가게는 여전히 마을 노인들이 모여 얘기를 나누고 수다를 떠는 장소였다. 이리하여 할아버지와 할머니가 저우메이후이를 돌보기로 했다. 말이 돌보는 거지, 실제로는 식사할 때 밥그릇 하나 더 놓는 데 불과했다. 식사를 마치면 나랑 저우메이후이는 알아서 한쪽으로 가서 놀았다. 저우메이후이는 말하는 걸 좋아하지 않았고, 항상 대답 대신 간단한 손동작으로 반응하는, 이른바 '소리에 옷소매로 대답하는' 말이 없는 여자아이였다. 만약 내가 똑같이 굴었다면, 맺고 끊는 게 분명하고 에너지가 넘치는 우리 엄마는 일찌감치 거친 말로 몰아쳐서 '소리로 대답하게' 했을 것이다. 하지만 우리 엄마는 저우메이후이는 그냥 내버려두었다. 나는 엄마가 그러는 게 그 애가 우리 집 애가 아니기 때문인 줄 알았다. 타인에게 비교적 예의를 차리는 걸로만 알았던 것이다. 그런데 한번은 엄마가 이렇게 말했다.

"그 애는 야관불조(夜官佛祖)께서 육신의 몸으로 현신하신 거야. 너같이 한심한 녀석이랑 불조 신명을 어떻게 비교할 수 있니."

당시만 해도 나는 야관불조가 뭔지 몰랐다. 우리 마을엔 이런 신명을 모시는 묘당이 존재하지 않았다.

훠샤오좡 현지 사람인 천스화는 동치 9년(1870년)에 태어났다. 그의 주요 사적은 일제강점기에 기록되었다. 전해 오는 바에 따르면 마을에서 그의 별칭은 '도둑놈 집(賊仔舍)'이었다고 한다. 그의 화려하고 웅장한 서양식 건물 뒤편 화원에서 옛날에 묻어둔 황금을 캐내 부자가 되었기 때문이라고 했다. 천 씨의 화려한 저택 옆에 살지도 않았던 할아버지가 한 얘기라 사실이 아닐 가능성이 크다. 천 선생은 심성이 따스하고 문아하며 예의가 몸에 밴 서생이었고, 황금을 캐냈다는 소문이 나기 전부터 천 씨네는 원래 훠샤오좡의 명망 있는 대부호였다. 게다가 당시 천 씨 저택의 화원은 공사 중이었고 외할아버지가 가서 일을 도와주고 있었다. 만일 황금이 있었다면 외할아버지가 발견하지 못했을 리가 없다.

마을에는 선인(仙人)도 있고 선녀도 있었다. 선녀는 세습이 가능한 혈연 신분이었다. 나는 선녀들의 성이 뭔지 몰랐다. 천(陳) 씨인 것 같기도 하고 리(李) 씨인 것 같기도 했다. 저우메이후이도 안다고 장담할 수 없었지만, 물어 봐도 그 애는 대답하지 않을 게 뻔했다. 선녀들 집에는 다 합쳐서 세 명의 선녀가 있었다. 엄마 선녀 아메이(阿美)와 언니 선녀 아주(阿珠), 동생 선녀 아쉐(阿雪)였다. 선녀의 남편은 수도와 전기를 다루는 노동자였는데, 항상 폭음하면서 일을 게을리해서 가족들이 끼니도 제대로 잇지 못했다. 들리는 바로는 언니 선녀에게 오빠가 하나 있었는데 세 살까지도 말을 하지 못했다고 한다. 원래는 그 역시 선인이라고 여겨졌는데, 초등학교에 들어가서 지능검사를 하는 과정에서 담당 선생으로부터 시작하여 담임과 교장, 교육처 관료에 이르기까지 모든 사람을 놀라게 했다. 마지막으로는 술에 취해 집에 돌아와 아직 술이 깨지도 않은 아버지까지 놀라게 했다. 하지만 이 날이 수도와 전기를 다루는 아버지와 엄마 선녀가 오빠를 본 마지막 날이 되었다. 사회복지과에서는 이 일을 대충대충 처리했다. 오빠를 타이베이로 데려가 어떤 혈연관계인지조차 알 수 없는 먼 친척에게 입양을 보내 버린 것이다. 선녀들은 그대로 훠샤오좡에 남았다. 천만다행으로 사회 복지 대상자 자격으로 앞으로 수십 년 동안 청소해 주는 사람 없는 집에서 굶어 죽는 일이 없도록 돌봄 서비스를 받게 되었다.

저우메이후이는 항상 동생 선녀 아쉐와 '함께 놀았다.' ……어쩌면 이는 정확한 표현이 아닐지도 모른다. 아쉐가 저우메이후이 옆에 달라붙어 있었다고 해야 옳을 것이다. 저우메이후이 말고는 누구도 아쉐와 함께 있고 싶어 하지 않았기 때문이다. 함께 다니는 것도 불가능했다. 아쉐의 몸에서는 항상 이상한 냄새가 났기 때문이다. 고약한 냄새였는데 우리 집 돼지 축사에서 나는 냄새와도 달랐다. 땀 냄새도 아니었다. 도시락을 가방 안에 한나절 놔뒀다가 점심 때 꺼내 놓을 때 책에 밴 냄새와 비슷했다. 음식이 상한 게 아니라는 걸 분명히 알면서도 그 냄새는 정말 맡기 싫었다. 다행스럽게도 급식 제도가 전면적으로 보급되면서 도시락을 이 년만 싸가지고 다녔지만, 가방 안에서는 그 뒤로도 이삼 년 동안 냄새가 가시지 않았다.

저우메이후이가 아쉐를 쫓아 낼 리는 없었다. 나는 아쉐를 좋아하지 않았지만 저우메이후이는 그녀를 쫓아 내지 않았고, 나도 미안해서 쫓아 버리지 못했다. 필경 저우메이후이는 엄마가 증명한 바 있는 '불조'였다. 어떤 불조이든 간에 불조인 것만으로도 엄청 대단했다. 게다가 저우메이후이라면 따라다녀도 엄마가 나를 야단칠 리 없었다. 선녀들의 가정교육은 어느 정도 양호한 편이었다. 엄마 선녀는 언니 선녀와 동생 선녀를 데리고 다니는 곳마다 길가에서 마주친 사람과 이웃들에게 몸을 움직이여 가며 인사를 건넸다.

"훠왕 아주머니, 좋은 아침이네요."

"수이무 아저씨, 안녕하세요?"

"아펑, 잘 지내지?"

당시에는 이 선녀들이 지닌 남다른 장점이 마을 전체 사람의 성명과 별명을 거의 다 기억하는 점이라는 사실을 알아차리지 못했다. 하지만 적어도 이삼백 명은 이들의 기억을 벗어나지 않았다. 엄마 선녀에게 아이들을 데리고 어딜 가느냐고 물으면 엄마 선녀는 딸 선녀들을 데리고 따마오* 시내에 간다고, 도보로 8, 9킬로미터 정도 된다고 했다. 이들은 옛 시장에 가서 어느 노점에서 닭고기 구이를 만들 때 고기를 자르는 광경을 구경했고, 철수하는 노점에서는 구석에 흩어진 고기 부스러기를 얻어먹을 기회도 있었다. 나는 2, 3일에 걸친 '놀이 여행'이 선녀들에게는 커다란 즐거움이었을 거라고 생각했다. 엄마 선녀는 수도와 전기를 취급하는 아빠로부터 멍청한 돼지, 지적 장애인이라는 욕을 듣지 않아도 되고, 아이들을 교육시킬 줄도 모르고 집 안을 정리할 줄도 모르고 밥도 하지 않는다는 핀잔을 피할 수 있었기 때문이다. 우리 마을에는 따마오 시내로 통하는 녹색 터널이 하나 있었다. 일제강점기부터 심어온 망고 나무가 길 양쪽에 쭉 늘어서 있고, 수관과 잎이 공중에서 서로 만나 터널 모양을 이루는 길이었다. 여름에 이 길을 걸으면 아주 시원하고 상쾌했지만 과하게 익은 망

* 打貓, Tann-niau. 민슝 지역의 옛 이름이다. 가장 이른 문헌 기록인 1636년 네덜란드인들의 기록엔 평포족인 홍야족(洪雅族)이 현 지역을 부르던 호칭이 'Dovaha'였던 걸로 나온다. 이를 민남어로 음역하면 따마오(打貓), 즉 'Ta-ba'에 가깝다. 민남어로 '貓'는 광범위한 고양잇과 동물들의 통칭이다. 하지만 다른 견해도 있다. 1875년 2월에 마카오에서 상업을 하던 영국인 아서 코너(Arther Corner)가 타이완으로 탐험 여행을 왔을 때 일기에 따마오를 'Tarniou'로 기록했다는 것이다. 여러 견해를 종합하면 일제강점기 이전까지 따마오의 현지 발음은 'Ta-niau'에 가까웠다고 할 수 있다.

고가 머리 위로 떨어지는 걸 조심해야 했다. 엄마 선녀는 딸 선녀들을 데리고 이 길을 걷는 걸 무척 좋아했다. 선녀들은 길을 걷다가 망고를 따 먹었다. 한번은 저우메이후이가 내게 말했다.

"아메이는 아쉐에게 정말 잘해. 닭고기 구이가 생기면 가장 먼저 아쉐에게 나눠 주고, 옛 시장 노점에서 주전부리를 사도 가장 먼저 몰래 아쉐에게 먹이고, 남는 걸 집으로 가져가서 아빠에게 술안주로 먹으라고 준대."

저우메이후이는 말을 잘했다. 단지 말하는 걸 좋아하지 않았을 뿐이다. 어차피 그 애는 '불조'라서 누구도 그 애에게 이래라 저래라 할 수 없었다. 그 애는 말하고 싶을 때만 말하면 그만이었다. 단 그 애 할머니는 예외였다. 할머니는 얼마든지 그 애를 욕하고 때릴 수 있었다.

천스화가 훠샤오좡에 관해 쓴 책 『태평장지』의 「재해」* 편에는 이런 기록이 남아 있다. "메이지 39년 1월에

* 『태평장지』 「재해」 편 : 천스화(1870~1945)는 민숭의 명망가 출신이다. 천 씨 집안의 역대 선조들은 여러 차례 정부 관료를 역임한 기록이 있다. 천스화의 세대에 이르러 가문의 재력이 튼실해지고 인재들이 많이 배출되었다. 천스화는 상업 활동 종사(민숭의 3대 부자 중 하나로 불렸음) 외에 『사기』의 편년체 방식을 모방해서 지방 장지인 『태평장지』를 저술했다. 이 책은 「두인(頭人)」 편과 「재해」 편, 「지리」 편, 「농업」 편, 「구문(舊聞)」 편, 「이문(異聞)」 편 등으로 구성돼 있다고 알려지지만 대

메이산 산갱 아래서 어떤 사람이 지우의 꼬리를 발견했다. 지우가 사라진 틈새에 청자색을 띠는 검은 털이 나 있었다. 메이산 동쪽에는 원래 호수가 하나 있었다. 호수 수면이 아주 넓어서 르웨탄*과 견줄 만했다. 호수 주변에는 마을이 있었다. 마을 사람들은 이 호수를 '귀신 호수'** 라고 불렀다. 모시는 신도 외부 지역과는 완전히 달랐다. 그 신명의 이름은 현명후야(玄冥侯爺)로, 사람 몸에 뱀 꼬리를 가졌으며 성별이 없었다. 지진이 발생하기 한 달 전에 귀신 호수의 물이 말라 버렸다. 마을 밖에서 야관이

부분 소실되어 남아 있지 않다. 태평장은 훠샤오좡의 옛 이름이다.

* 日月潭. 타이완 최대의 호수로 중부 산간 지역에 위치해 있다. 산으로 둘러싸여 있어 수목이 무성하고 경관이 수려해 주요 관광지로 꼽히고 있다(옮긴이).

** 청나라 통치기에 메이산 산속에 호수가 하나 있었다. 호수 주변에는 마을이 있었다. 산자락에 사는 사람들은 이 마을이 선인들이 모여 사는 곳이라고 했다. 귀신 호수에 가려면 반드시 이 마을을 거쳐야 하는데, 이 마을에 들어서면 윤회의 고통에서 벗어나 초탈할 수 있다고 했다. 타이완에는 '귀신 호수'에 관한 전설이 몇 가지 있다. 난터우(南投) 푸리(埔里)에는 마린굴(瑪璘窟) 귀신 호수 전설이 있는데, 일본인들이 타이완에서 물러갈 때 이 호수 안에 황금을 숨겨서 이를 찾아내는 사람은 갑부가 될 수 있다고 한다. 어떤 사람은 마린굴에서 일본인들과 타이완인들이 많이 죽었기 때문에 이 호수에 들어가는 사람은 전부 귀신들에게 끌려간다고 한다. 타이동(臺東)과 빙동(屏東)의 경계지에 있는 산간 루카이족(魯凱族, Drekey)의 성지엔 크고 작은 귀신 호수들이 있고, 이와 관련하여 바링(巴冷) 공주(Balenge ka abuiru)의 전설이 전해지고 있다.

산을 봉쇄하고 아무 말도 하지 않았다. 마을 사람들이 흔적도 없이 실종되자 주러우(諸羅)* 현 정부는 깜짝 놀랐다. 두루 수색을 해 보았지만 성과가 없었고 사흘 뒤에 메이산 지진이 발생했다. 훠샤오좡 사람들은 이 호수가 메이산 깊은 곳에 위치해 있으며, 야관들이 보호하고 있다고 전했다."

예랑125 나한은 마을을 돌아다니다가 대부분 사냥한 짐승 고기로 배를 채웠다. 나는 저우메이후이와 함께 종종 예랑125 나한의 뒤를 쫓아다녔다. 어차피 마을이 크지 않았고, 오토바이를 타고 다니긴 했지만 그가 산짐승이나 물고기를 잡으러 가는 대나무 숲이나 관개용 개천은 그리 멀지 않았다. 게다가 예랑125 나한은 우리 외삼촌이 다니는 합작사에서 일을 하지 않을 때면 우리 엄마의 돼지 축사에서 돼지 먹이를 주면서 푼돈을 벌었기 때문에 내가 그를 따라다닌다 해도 그가 감히 나를 쫓아낼 리는 없었다. 오히려 종종 자신이 구운 산짐승 고기를 먹으라고 내게 나눠 주곤 했다.

그는 앞니가 하나 없어서 말을 할 때면 발음이 샜다. 하지만 그는 허세 부리기를 좋아했고 항상 자신이 대단하다

* 자이(嘉義)현의 옛 이름이다(옮긴이).

고 말했다. 우리 외삼촌은 그를 항상 '허풍쟁이'라고 불렀다. 한번은 나랑 저우메이후이가 외삼촌네 합작사에서 유선 TV 방송을 보고 있었다. 허풍쟁이가 2층에서 잠이 덜 깬 눈으로 내려와 초록색 소형 냉장고 안을 이리저리 뒤적거리더니 잠시 머리를 긁적였다. 그러다가 나를 힐끗 쳐다보곤 밖으로 나갔다. 잠시 후 예랑125의 시동을 거는 소리가 들렸다.

우리가 헐레벌떡 허풍쟁이를 찾아갔을 때 그는 이미 작은 플라스틱 의자를 펼쳐놓고 관개용 개천 옆 용안 나무 아래 앉아 왕우렁을 한 자루 잡아놓은 터였다. 그러고는 빈랑을 씹으면서 작은 대나무 꼬챙이로 우렁 살을 파내 낚싯바늘에 끼우고 있었다. 허풍쟁이는 우리가 다가오는 걸 보고는 마침내 구경꾼이 생겼다는 생각에 흐뭇한 표정으로 빈랑 즙을 한 입 내뱉으며 말했다.

"내가 뭘 잡으려는지 알아?"

"물고기 잡으려는 거잖아요. 아니에요?"

"멍청한 소리 하고 있네. 당연히 물고기지. 내 말은 무슨 물고기를 잡으려는 건지 아느냐 말이야!"

저우메이후이는 허풍쟁이와 거의 말을 섞지 않았고, 허풍쟁이도 이 어린애가 약간 '이상하다고' 여겨서 가까이하려 하지 않았다. 그의 질문은 전부 나를 향한 것이었다.

"난 지금 보살(菩薩)을 잡을 생각이야. 왕우렁이는 녀석들이 가장 좋아하는 미끼지."

"보살이 어떤 물고기예요?"

"너 보살 몰라? 사람을 무는 그 보살 말이야."

한참을 얘기하고 나서야 허풍쟁이가 말하는 '보살'이라는 어종이 메기라는 사실을 알 수 있었다. 말을 할 때 바람이 새기 때문에 메기인 '투스(土虱)'를 보살인 '푸사(菩薩)'로 잘못 발음한 거였다. 우리가 자신이 하는 말을 못 알아듣자, 구경꾼들을 확보했다는 그의 기쁨은 산산조각 났다.

"공부도 안 하는 무식하고 한심한 놈들 같으니라고!"

"아저씨야말로 공부 안 하잖아요! 저는 내년에 1학년에 입학한단 말이에요!"

허풍쟁이는 개천을 따라 열 개 남짓한 낚싯대를 꽂아 놓고는 밤에 다시 와서 살펴야겠다면서 우리를 돌려보내려고 했다. 이미 해가 질 무렵이라 학교가 파할 시간이었다. 엄마 선녀가 언니 선녀 아주와 동생 선녀 아쉐를 데리고 학교에서 돌아올 시간이었다. 사실 아주와 아쉐는 나랑 저우메이후이보다 나이가 훨씬 많았다. 큰 선녀 아주는 열다섯 살이고 작은 선녀 아쉐는 열세 살이었지만 똑같이 6학년이었다. 두 선녀는 외모 차이가 아주 컸다. 아주는 체형이 풍만하고 행동거지나 말투가 비교적 성숙하고 총명한 편이었다. 이에 비해 아쉐는 오랫동안 영양실조에 시달린 아이처럼 사지가 가냘프고 허약해 보였다. 머리 모양은 엄마 선녀가 잘라준 단발머리였다. 길이가 일정하지 않은 걸 보면 아무렇게나 자른 게 분명했다. 아주에 비하면 더 멍청해 보였다. 어쨌든 아주와 아쉐 둘 다 예쁘다는 말과는 거리가 멀었고, 그녀들에게 가까이 다가가려는 사람도 없었다.

엄마 선녀가 두 선녀를 데리고 우리에게 다가와서는 늘 그랬듯이 두 딸과 함께 모든 사람에게 인사를 건넸다.

"허풍쟁이, 잘 지내지?"

"허풍쟁이, 밥 먹었어?"

"메이후이, 안녕!"

허풍쟁이는 그녀들을 몹시도 무시했다. 그리고 그에겐 남을 큰소리로 욕할 수 있는 기회가 흔치 않았다. 그래서인지 자신의 위풍을 과시하고 싶었던 그는 마침내 기회를 잡았다고 생각하고 목청을 가다듬었다.

"배가 고파 울기 직전이군! 어서 꺼져, 이 거지들아! 꾹 돼지불알 같은 것들이!"

저우메이후이는 아무 말도 하지 않았다. 나도 선녀들에게 이런 욕설의 의미를 설명해 주고 싶지 않아서 저우메이후이를 잡아끌고 집으로 돌아와 밥을 먹었다.

밤이 되자 우리 할아버지는 저우메이후이의 할머니가 직장에서 잘릴 것 같다는 소식을 전했다. 청소 업무를 용역 회사에 하청을 주게 되었고, 실제로 실행되는 시기는 내년 연말쯤이 될 거라고 했다. 저우메이후이 할머니는 왜 청소 업무를 하청을 주려 하는지 이해하지 못했다. 그녀는 설마 기차역 화장실의 모든 변기 어디에 금이 가 있고 어디가 깨끗한지 자기보다 더 잘 아는 사람이 있기라도 하냐고 항변했다. 당시 철도국 직원들에겐 복지 차원에서 철도국이 발행하는 잡지 《창류(暢流)》*를 무료로 제공했다. 하지만 이미 이 잡지를 보는 사람이 거의 없었고 한동안 정간된 터였다. 저우메이후이 할머니는 잡지가 정간되기 전에 다른 직원들에게서 그들이 보지 않는 잡지를 전부 얻어왔다. 팔아서 돈을 벌 속셈이었다. 금지 가게의 카운터 뒤엔 금지 외에도 이 《창류》가 잔뜩 쌓여 있었다. 나랑 저우메이후이는 아직 글을 모를 때라 표지에 뭐라고 쓰여 있는지 전혀 알지 못했다. 단지 그림이나 사진이 있는 부분만 대충 들춰 볼 뿐이었다. 어쨌든 우리에겐 너무나 시시하고 재미없는 내용이라서 한 무더기 쌓인 잡지에 대한 흥미는 아주 빠르게 식었다.

하지만 잡지들이 아주 오래 그 자리에 놓여 있었던 건 기억하고 있다. 잡지들은 금지 가게를 철거할 때까지 쌓여

* 1950년부터 1991년까지 간행된 타이완 철도국의 반월간 잡지다. 열차 승객들과 철도국 직원들을 위한 종합 잡지로, 세간의 화제와 재미있는 소문들을 주요 내용으로 하여 시사(詩詞), 여행 수기, 인물 평전, 문화 탐색, 해외 뉴스, 문학 창작물 등을 곁들였다.

있다가 가게와 함께 깨끗이 사라졌다. 아마 팔지도 못하고 전부 쓰레기차에 실려 소각장 소각로에 던져졌을 것이다.

다음 날 집에서 점심식사를 마치고 나랑 저우메이후이는 또다시 외삼촌이 일하는 합작사로 TV를 보러 갔다. 합작사 밖 복도의 수도꼭지 아래 흰 플라스틱 통이 하나 놓여 있었고, 그 안엔 메기 두 마리가 꿈쩍도 않고 있었다. 호기심이 많았던 저우메이후이는 메기를 만져 보려 했다. 메기의 몸에는 침이 나 있었다. 저우메이후이의 손가락이 공격당해서 금세 피가 났다. 저우메이후이는 울지 않고 그저 손가락에서 피가 흘러나오는 걸 보고만 있었다. 오히려 내가 놀라 소리를 지르면서 황급히 안으로 뛰어 들어가 저우메이후이가 피를 흘리고 있다고 말했다!

합작사 안에는 세상 경험이 많고 인품이 훌륭한 회계 담당자 아저씨가 한 분 있었다. 우리 같은 아이들에게도 아주 친절했다. 아저씨는 재빨리 저우메이후이를 안으로 데려가 상처를 소독하고 붕대로 감싸 주었다. 다행히 상처는 그리 크지 않았고, 병에 수탉이 그려진 연고를 바르니 금세 치료되었다. 하지만 화가 난 회계 아저씨는 2층으로 뛰어 올라가서 자고 있던 허풍쟁이를 깨워 한바탕 욕을 퍼부었다. 그러고는 메기를 다른 곳에 잘 치워 두라고 지시했다. 허풍쟁이는 얼굴 가득 못마땅한 표정으로 아래층으로 내려가 플라스틱 통에 들어 있던 오래된 물을 버리고 수돗물을 틀어 새 물로 갈아 주면서 우리에게 말했다.

"어서 꺼져. 무슨 큰일이라도 난 줄 알아? 너희들 때문에 나만 낭패를 봤잖아!"

그는 직접 저우메이후이를 향해 뭐라 하지는 못했고 그저 나한테 말할 수밖에 없었다. 억울한 마음에 화가 나서 곧장 눈물이 쏟아졌다. 저우메이후이가 내 손을 잡아끌고는 건물 안으로 들어갔다. 그렇게 우리는 함께 TV를 봤다.

나는 모든 사람이 성장하기 전에 천성적으로 약간씩은 주문과 법술, 무술을 알고 있으며, 영험한 순간을 경험한다고 믿었다. 그게 얼마나 황당한 생각인지도 몰랐다. 어느 날 정말로 유치원에 가고 싶지 않았던 일이 생각난다. 나는 엄마에게 그날 미리 선생님한테 얘기해서 유치원에 가지 않게 해 달라고 졸랐지만, 당연히 엄마는 내 요구를 받아들이지 않았다. 엄마는 그날을 한 번 더 살 수 있다면 유치원에 가지 않아도 된다고 말했다. 나는 마음속으로 울분을 느끼면서 양치질을 하고 신발을 신고 가방과 물통을 메고서 구멍가게 앞 나무 의자에 앉았다. 지금도 분명히 기억하지만, 두 손을 무릎 위에 올린 상태였다. 손이 바지에 닿지도 않았다. 반바지였기 때문이다. 마음속으로는 계속 묵상을 하면서 하루를 다시 살 수 있게 되기를, 제발 하루의 시간을 다시 한 번 보낼 수 있게 되기를 기도했다. ……갑자기 내 손바닥이 무릎을 지나더니 몸이 어떤 걸

쭉한 상태의 공간을 관통하는 듯했다. 다시 눈을 떠보니 방 안 천장이 보였다. 침대 위에서 깨어난 나는 신발도 신지 않고 옷도 입지 않은 상태였다. 양치질도 하지 않았다. …… 그래도 유치원에 가야 했다.

이 일이 있고 나서 나는 갖가지 신화, 전설과 요정, 귀신에 깊이 심취하게 되었다. 특히 때로는 어린아이들이 타고난 무술사(巫術師)나 법사, 마술사일 수도 있다고 굳게 믿었다. 전설의 이야기 속에 살아 있는 것이다.

천스화 선생은『태평장지』「구문」편에서 귀신 호수 마을에 살았던 나한에 관한 이야기를 기술하고 있다. 이를 통해 초기 마을 나한들의 생활 정경을 살필 수 있다.

"나한이 구름을 밟고 돌아오니 해가 반쯤 가라앉아 있었다. 나한은 땀에 젖은 옷을 한손에 쥐고 귀신 호수 옆에 몸을 반쯤 기대어 누웠다. 다른 한 손에는 푼돈을 모아서 산 백주(白酒) 한 병이 들려 있었다. 발밑에 놓인 어탕 위로 바람에 흔들리는 잔광이 반사되면서, 선인의 술잔을 든 그는 천천히 취해 갔다. 나한의 몸 주위에 바람이 솔솔 일고, 나뭇잎과 먼지가 날리더니 가볍게 떠서 사방으로 흩어져 나한을 팔방에서 에워쌌다. 기류가 스치자 나한은 시원하고 상쾌하여 몸을 떨더니 '백 리에 바람이 풍족하니 일을 멈추고 술이나 마시라.'고 하면서 손을 휘저으며 바람을 향해 남은 백주를 뿌렸다. 조금도 아까워하지 않았다. 이어서 몸을 일으킨 나한은 큰 걸음으로 더러운 초옥으로 돌아가서 정리되지 않아 지저분한 방에서 코를 골며 잤다." 천스화 선생은 이 기록에 주석을 달았는데, 이 이야기 원문은 귀신 호수 마을에 사는 어느 한학(漢學) 선생의 기록에서 가져온 것으로, 한 글자도 바꾸지 않았다고 밝혔다. 천스화 선생은 이 이야기에 전기(傳奇) 소설의 작법이 가미되었으며, 귀신 호수 마을 사람들은 따마오 인근의 한인들이 아닐 것이라고 평가했다. 그들의 글과 말의 방식은 따마오 사람들과 전혀 달랐기 때문이다.

한 마을에는 그 마을을 보호해 주는 정신(正神)뿐 아니라 사방에 야신(野神)과 음신(陰神) 들이 흩어져 돌아다니고 있었다. 이 신들은 문명 시스템의 개조를 거친 신령이 아니라 정령이나 귀혼과 신령 사이에 존재하는 '인간 영혼 이외의' 귀신들이라서, 남의 도움을 기대할 수 없는 절망적인 상황에 처한 사람들과 도둑질이나 구걸 행위로 먹고사는 사람들이 모시는 신이다.

마을 어귀 패방* 밖에서 곧장 앞으로 나아가면 다리

* 牌坊. 효자나 정절을 지킨 열녀 등 남의 모범이 되는 행위나 공적이 있는 사람을 기념하고 표창하기 위해 마을 어귀에 세우는 문짝 없는 커다란 문이다(옮긴이).

를 건너기 전에 음묘*가 하나 있었다. 마을 사람들은 이 묘당의 주신을 수류마(水流媽)라고 불렀다. 들리는 바에 의하면 다리 밑에 물살을 타고 떠내려 온 시신이 한 구 있었다. 다리 근처엔 이 귀신을 봉공하는 사람이 없었으나 오랜 세월이 지나면서 이 귀신도 신이 되었다. 우리 집 돼지 축사가 작은 개울 하나를 사이에 두고 다리 근처에 설치돼 있어서 이 음묘를 마주보고 있었는데, 수류마에게도 그 고약한 축사 냄새가 나는지 어쩐지는 알 수 없었다. 어느 날 밤 아주 늦은 시각인데 웬일인지 아버지가 집에 돌아오지 않았다. 엄마가 갑자기 나를 데리고 돼지 축사로 갔다. 어찌된 일인지 모르지만 저우메이후이도 함께 갔다. 아버지는 돼지 축사에서 뭔가를 수리하고 있었다. 나랑 저우메이후이는 엄마의 오토바이에서 내려 축사 입구에 서 있었다. 엄마가 축사 안으로 들어가더니 아버지와 말다툼을 하는 것 같았다. 왜 싸우는지는 모르겠지만 목소리가 점차 커졌다. 얼마간 시간이 흐르자 저우메이후이가 나를 한쪽으로 잡아끌더니 다리 쪽을 향해 걷기 시작했다. 나는 아무것도 모르고 있었다.

* 陰廟. 아무도 모시지 않는 혼귀들을 모시는 묘당. 인도적인 보살핌에 기초하여 이런 묘당을 세움으로써 혼귀들이 더 이상 떠돌지 않고 귀속할 곳을 갖게 해 주려는 것이다(옮긴이).

수류마는 제법 영험했다. 내가 출생하기 전 다자러* 열풍이 불던 시기에 수류마가 사람들에게 여러 번 행운의 패를 내주었다고 엄마는 말했다. 수류마 묘당은 원래 작은 대나무 울타리에 불과했는데, 이 복권에 당첨된 사람들이 돈을 내서 묘당을 지어 준 덕분에 지금은 붉은 벽돌 몸체에 기와 지붕을 얹은, 작지만 어엿한 묘당이 되었다. 금속으로 만든 향로도 구비했다. 나는 밤중에 수류마 묘당 앞을 지나간 적이 한 번도 없었다. 묘당 안에는 노란 등불이 미약한 빛을 발하고 있었다. 나는 낮에 저우메이후이와 함께 그 앞을 지나면서 봉공하는 신단 양쪽에 가느다란 촛불 두 개가 놓여 있는 걸 보았다. 본디 신상이 놓일 자리엔 창백한 잿빛 얼굴에 전신이 나체인 중년의 사람이 몸을 구부린 자세로 앉아 있었다. 오른손은 정수리에서부터 반원을 그리며 내려와 왼쪽 볼에 가져다댔고, 왼손은 등을 돌아서 오른쪽 허리에 대고 있었다. 엄마는 수류마가 원래 남자인데, 시신을 거둬준 마음씨 고운 사람이 시신을 옹기 항아리에 담아 주었다고 말했다. 남자라면 수류마가 아니라 수류공(水流公)이라고 해야 하는 게 아니냐고 묻자 엄마

* 大家樂. 1985년 급성장하던 타이완 경제가 잠시 침체기를 맞게 되자 생겨난 불법 복권으로, 중부와 남부 지방에서 크게 유행했다. 국가가 발행하는 복권보다 배당률이 훨씬 높았기 때문에 큰 성공을 거두었다(옮긴이).

는 대답을 하지 못했다. 아마 엄마도 잘 모르는 것 같았다.

수류마는 저우메이후이를 보자마자 계속 울기 시작했다. 왼쪽 뺨과 오른손, 오른쪽 허리와 왼손으로 합장한 모습은 저우메이후에게 절을 올리는 것 같기도 했고, 뭔가를 요구하는 것 같기도 했다. 저우메이후이는 한 마디도 하지 않고 땅바닥에서 돌을 집어 수류마를 향해 던지기 시작했다. 던지는 힘은 갈수록 더 세졌다. 수류마의 울음소리도 갈수록 커졌다. 저우메이후이가 돌을 한 줌 집어 내 손에 쥐여 주면서 나도 던지라고 했다. 하나 던졌지만 약간 겁이 났다. 던질수록 더 겁이 났지만 손에 쥔 돌을 전부 다 던졌다.

몇 년 후 공익 복권이 발행되기 시작하자 수류마는 또 한 차례 파도와 같은 신도들의 뜨거운 흐름을 맞게 되었다. 당첨자 발표 전날이면 이곳에 모이는 인파는 음력 4월 26일 신농대제의 탄신일에 뒤지지 않았다. 주차한 차량이 다리 있는 곳에서부터 마을 입구 패방까지 이어졌다. 감자와 소시지, 주라(酒螺) 등을 구워 파는 노점들이 자리다툼을 하기에 이르렀다. 끝내 수류마가 정말로 영험하다고 판명되자 작은 묘당은 곧 대형 묘당으로 변했다. 다리 옆에 백 평이 넘는 규모로 새 묘당이 건축되면서 엄연히 정신(正神)의 자세와 크기를 갖추게 된 것이다. 복권에 당첨된 신도 하나는 여덟 개의 금메달을 만들어 수류마에게 바치기도 했다. 저우메이후이는 내게 어느 날 밤에 수류마가 몸에 금메달 여덟 개를 달고 있는 걸 보았다고 했다. 구부정한 몸으로 더 커진 신단 위에 쭈그리고 앉아 있었고, 양쪽엔 팔뚝만 한 양초가 조용히 타고 있었다고 했다. 수류마는 이번에도 눈물을 흘리고 있었고, 저우메이후이에게 자신은 누구에게도 행운의 패를 내린 적이 없다고 말했다. 수류마는 자신이 빠져 죽은 개천을 내려다보면서 신단에서 내려오지 못하고 있었다.

마을의 음신들뿐 아니라 정신들 역시 야신(野神)으로 변할 수 있었다. 저우메이후이가 메기(보살)에게 손을 공격당하고 며칠이 지난 후, 나랑 저우메이후이는 마을의 망고나무 터널 인근에 있는 작은 토지공묘에 가서 놀았다. 그곳에는 묘당 지기 비슷한 역할을 하는 아저씨가 하나 있었다. 나이가 아주 많고 토지공묘 주변을 잘 관리하는 아저씨는 절을 하러 찾아오는 마을 사람들에게도 무척 따스하고 예의 바른 태도였다. 우리는 종종 그곳으로 놀러 가곤 했다. 우리가 갈 때마다 아저씨가 '매일C 주스' 한 병과 짭짤한 소다 비스킷을 줬기 때문이다. 어린아이들만 이런 호사를 누릴 수 있었다. 이날 우리는 토지공묘 의자에 앉아 주스를 마시고 비스킷을 먹었다. 엄마 선녀는 딸 선녀들을 데리고 따마오 시내에 갔다가 돌아오는 길이었다. 선녀들은 저 멀리 녹색 터널에서부터 우리를 보고는 가까이 다가와 인사를 건네려 했다. 마침 신탁을 닦고 있던 묘당 지기 아저씨는 선녀들을 무시하지 않고 그들의 인사에 일일이 호응해 주었다. 선녀들의 나이가 많았기에 주스나 비스킷은 주지 않았지만.

나는 동생 선녀 아쉐가 나랑 저우메이후이가 비스킷을 먹는 걸 보고 다가와서 한 조각 달라고 해도 나눠 주지 않을 작정이었다. 그래서 남은 마지막 한 조각을 얼른 입 안에 쑤셔 넣고 주스를 마셨다. 입 안의 비스킷이 금세 목구멍 안으로 넘어가 버렸다. 주스도 마저 다 마셔 버렸다. 아쉐는 저우메이후이에게 기대를 거는 수밖에 없었다. 저우메이후이는 비스킷 한 조각을 입에 넣고 세 조각을 남겨서 곽까지 통째로 아쉐에게 건네 주었다. 그러고는 부스러기를 흘리면서 비스킷을 먹으며 낮은 목소리로 말했다.

"보살이 너를 괴롭히면 너는 이렇게 말하는 게 좋아. 보살의 주둥이가 벌할 거라고.* 핫! 보살에게 이걸 세 번 말해야 해. 알아듣겠어?"

동생 선녀가 관음보살상을 두려워한다는 건 아마도 마을을 통틀어 엄마 선녀와 언니 선녀, 그리고 저우메이후이만 아는 사실이다. 그림으로 그린 관음보살은 그나마 괜찮지만 거대한 조각상의 경우, 동생 선녀는 신상이 살아 있

* 이 문장들에서 앞의 보살은 진짜 관음보살을 가리키고, 뒤의 보살은 발음이 흡사한 메기를 가리킨다(옮긴이).

다고 여기기도 했다. 관음보살이 살아 있으면 자신을 잡아 갈 수도 있다고 무서워했다. 다행히 마을에는 관음보살상이 없었다. 한번은 대형 화물차가 앞부분에 거대한 관음불상을 달고 지나간 적이 있었다. 이를 본 동생 선녀는 놀라서 땅바닥에 넘어지고 말았다. 엄마 선녀와 언니 선녀는 그제야 동생 선녀가 관음보살을 무서워한다는 걸 알게 되었다. 저우메이후이는 아마도 아쉐가 말해 줘서 알게 되었을 것이다.

선녀들이 떠나자 나는 저우메이후이에게 왜 갑자기 아쉐에게 그런 말을 했느냐고 물었다. 저우메이후이는 우리 엄마가 자기를 데리고 영화관에 가서 「마법 할머니」*를 보여 주었다고 털어놓았다. 자신이 보살(메기)에게 손을 물렸기 때문이었다고 했다. 그러면서 저우메이후이는 손으로 허공에 획을 그으면서 입으로 "핫!" 하고 외쳤다. 나는 약간 화가 났다. 엄마가 이 일에 관해 아무 말도 하지 않았기 때문이다. 나도 아직 「마법 할머니」를 못 봤는데.

* 魔法阿媽. 왕샤오이(王小棣) 감독이 1998년에 만든 타이완 제작 만화 영화로, 타이완 민간 신앙과 풍속을 기반으로 하여 할머니와 손자가 힘을 합친다는 이야기를 담고 있다. 이 영화에서 주인공 떠우떠우(豆豆)의 할머니는 손자에게 오뢰인(五雷印)을 가르쳐 주면서, 인간의 양기로 귀신들의 음기를 제압할 수 있다고 말한다. 아울러 사람과 귀신의 거리가 가까울수록 양기의 위력이 세지고, 주문을 걸 때 "핫!" 하고 외치면 위력이 배가된다고 설명한다.

천스화 선생의 넷째 아들인 천롄쉰이 마을 역사를 이어서 써내려 가면서 『태평장지 속사』 「구문」* 편에서 이렇게 말했다. "1947년 3월, 자이 기관차와 수상 비행장에서 학살이 벌어진 후 감히 망자들의 시신을 수습하려는 사람이 없었고, 한 주가 지나서야 누군가 용감하게 수습에 나섰다. 시신들은 역한 냄새를 풍기면서 검게 변해 갔고, 총상을 입은 상처와 눈알에 벌레가 꼬이기 시작했다. 아무도 거둬 가지 않는 망자들의 시신을 훠샤오좡 천 씨 집안에서 돈을 내 사람을 고용해서 수습한 다음, 전부 다 메이산 귀신 호수 마을 옛터의 뒷산에 묻었다. 전하는 소문에 의하면 그 산은 야관이 지키고 있어서 훠샤오좡 사람들은 망자들이 이를 통해 위안을 얻으리라 굳게 믿었다고 한다."

저우메이후이는 자신이 무슨 야관불조 같은 게 아니라는 걸 잘 알고 있었다. 왜 옆집 구멍가게 할머니가 자신을

* 천롄쉰(陳聯薰, 1910~1998)은 천스화의 넷째 아들로 일찍이 민슝의 여러 초등학교와 중학교, 고등학교에서 교사로 일했으며 음악 이론과 촬영에 정통해서 여러 학교의 교가를 지어준 바 있다. 한가할 때는 부친의 대를 이어 지방 역사 저술에 뜻을 두고 『태평장지 속사』를 쓰면서 기존의 편목에 「교통」 편과 「풍속」 편을 추가했다. 하지만 천롄쉰은 자신이 저술한 지방지가 완전치 못하다는 이유로 공개하지 않아서 그 글은 아직도 그의 자택 안에 그대로 보존되어 있다.

그렇게 부르는지 알 수가 없었다. 그녀가 말을 거의 하지 않는 건 무슨 말을 해야 할지 모르기 때문이었다. 그 애는 옆집 구멍가게 손자처럼 그렇게 할 말이 많지 않았다. 그 애가 금지 가게에서 자는 걸 좋아하는 이유는 그곳에서 자면 아빠가 함께 있는 것처럼 느껴지기 때문이었다. 아빠와 자신이 같은 공간에 살고 있다는 느낌이 들었다. 사실 아빠가 떠난 직후 며칠 동안 그녀는 아빠가 떠났다는 사실을 알지 못했다. 배가 몹시 고팠지만 밥도 먹지 않았고, 고약한 냄새를 맡긴 했지만 잠을 잘 때면 아빠의 손이 자신의 얼굴과 머리를 따스하게 어루만지며 자장가를 불러주는 느낌이었다. 결국엔 정말로 더워서 아빠가 창문을 열었다. 그녀는 아빠가 떠나고 이미 닷새가 지났다는 사실을 몰랐다. 할머니가 방 안에 들어오기 전까지 저우메이후이는 계속 아빠를 느끼고 있었다.

생각해 보니 오곡왕묘 옆에 작은 공원이 하나 있었다. 공원 안에는 뽕나무가 한 그루 있었다. 매년 봄에서 여름으로 접어들 무렵이 되면 오디가 가득 열렸다. 빨간 오디도 있고 자줏빛 오디도 있고 푸른 오디도 있고 흰 오디도 있었다. 나는 구멍가게 손자와 함께 오디를 따러 갔다. 언니 선녀와 동생 선녀가 공원 뒷문 쪽에서 달려왔다.

"저우메이후이, 안녕!"

"아샹(阿祥), 안녕!"

언니 선녀는 나무의 다른 쪽에서 오디를 따 먹었다. 구멍가게 손자가 선녀들을 굉장히 싫어해서 줄곧 일정하게 거리를 두거나 피해 다녔기 때문이다. 하지만 아쉐는 조금도 굴하지 않고 내 옆을 따라다녔다. 구멍가게 손자는 그냥 내버려 두는 것 외에 달리 방법이 없었다. 동생 선녀는 자기가 보살을 무서워한다고 말하면서 언니 선녀가 들을까 겁이 났는지 아주 작은 목소리로 논리가 뒤죽박죽인 말을 했다.

"야관불조, 보살을 불러오지 마. 내가 착하게 굴게. 있잖아, 나는 쓰레기가 아니야. 나는 충분히 깨끗해. 보살이 나를 씻어 버리지 못할 거야."

전설에 의하면 관음보살의 손에는 정수(淨水)가 담긴 병이 있어서 순결치 못한 모든 사물을 깨끗이 정화할 수 있다고 한다. 동생 선녀는 어디서 이런 전설을 들었는지 관음보살이 그 병에 든 정수로 자신을 '씻어 버릴지' 모른다고 생각했던 것이다. 사실 그때 나는 그녀를 어떻게 달래야 할지 몰랐다. 한참을 생각하다가 토지공묘에서 그녀를 만났을 때의 일이 생각났다. 아울러 영화관에서 본 「마법 할머니」의 이야기도 생각났다. 다들 내가 야관불조라고 했다. 그녀가 그렇게 무서워하는 걸 보면서, 나는 마법 할머니가 떠우떠우에게 가르쳐 준 방법을 알려 주었다. "핫!" 하고 외치는 것만으론 좀 약하다고 생각해서 다른 주문도 만들어 줘야 법술이 더 완전하고 위력도 강할 거라고 생각했다.

나는 어려서부터 허풍쟁이를 싫어했다. 그의 몸에선 냄새가 났다. 다들 선녀들에게서 심한 냄새가 난다고 했지만 나는 허풍쟁이 냄새가 더 견디기 어려웠다. 그가 메기를 잡고 내 손이 물린 이틀 후에 그는 두 마리 메기 중 한 마리를 우리 할머니에게 가져다 주었다. 들리는 바에 의하면 합작사 아저씨가 그에게 우리 할머니를 찾아가 사과를 하라고 했다고 한다. 할머니는 옆집 구멍가게 손자의 엄마에게 나를 데리고 영화관에 가서 영화를 보라고 말했고, 그 엄마가 다리를 다쳐 아프다면서 메기를 그들에게 주려고 했다. 구멍가게 손자의 엄마는 또 잘 삶은 메기의 절반을 다시 우리 집에 보내 주었다. 약선 방식으로 삶았다는 설명을 덧붙여서. 게다가 빨간 구기자도 들어 있었다. 나는 구기자를 무척 좋아했다. 나는 다른 한 마리의 행방도 보았다. 이치대로 하자면 보지 말았어야 했다.

같은 날, 마을 사람들 모두 막 저녁식사를 마쳤을 때였다. 나는 그 메기를 곁들여 할머니와 함께 식사를 마치고 목욕을 한 다음 1층 방 침대 위에 누워 있었다. 2층 방은 이미 대학생에게 세를 주었다. 내가 자고 있는 이 방 위는 바로 아빠의 방이었다. 위층 대학생이 에어컨을 켜지 않아서 천장 선풍기가 돌아가는 소리가 벽을 타고 들려오는 것 같았다. 윙윙윙윙. 하지만 나는 분명히 자고 있지 않았다.

나는 나 자신을 볼 수 없었다. 그저 어떤 장면만 보일 뿐이었다. 허풍쟁이는 자신의 예랑 125를 타고 토지공묘로 가서는 뒷자리에 실린 아이스박스에서 메기를 꺼냈다. 이미 삶은 것이었다. 약선으로 조리한 것과 똑같이 거무튀튀했다. 하지만 빨간 구기자는 없었다. 그는 묘당의 시원한 의자에 앉아 메기를 먹었다. 망고 나무 녹색 터널에서 동생 선녀 아쉐가 걸어왔다. 내가 높이 날면서 시야도 더 높아져 토지공묘의 지붕도 보였고 녹색 터널도 보였다. 이 두 지점 사이에는 삼각형의 거대한 논이 가로놓여 있었다. 마지막으로 두 가지 소리가 들리더니 눈앞이 온통 칠흑같이 어두워졌다.

"이봐, 아쉐, 보살 먹고 싶지 않아?"

" ……아주 좋아할 것 같은데."

" …… 난 …… 배불러. 고마워."

" ……."

"아, 배가 아플 것 같아. 관심 없어."

" ……."

"보살의 주둥이가 너를 벌할 거야, 핫!"

"보살의 주둥이가 너를 벌할 거야, 핫!"

"보살의 주둥이가 너를 벌할 거야, 핫! ……."

"보살의 주둥이가 너를 벌할 거야, 핫!"

"보살의 주둥이가 너를 벌할 거야."

"보살의 주둥이가 ……."

나는 이런 주문을 들으면서 우리 집 1층 천장을 바라보았다. 나는 아직 침대 위에 누워 있었다. 여러 날이 지나자 마을 전체가 조용해졌다. 그날 밤은 그저 꿈을 꾼 것 같았다. 나도 꿈을 꾼 게 아닌가 생각했다. 동생 선녀는 여전히 길 가다 만나는 마을 사람들에게 인사를 건넸다. 허풍쟁이에게도 예외가 아니었다. 엄마 선녀와 언니 선녀에게 이상한 징후는 보이지 않았다. 심지어 허풍쟁이도 여전히 예랑125를 타고 여기저기 돌아다니고 있었다. 아무 일도 일어나지 않은 것 같았다.

그렇게 모든 게 꿈이라고 치부한 뒤에 어느 날 오후, 나는 구멍가게 손자와 합작사에서 TV를 보고 있었다. 허풍쟁이가 같이 있었기 때문에 우리는 그가 보는 디스커버리 채널을 봐야 했다. 그는 다른 쪽 일인용 소파에 앉아 있었다. 다리를 쩍 벌려 약간 구부린 상태로 소파 위에 발을 올려놓고 있었다. 절반쯤 보았을 때 그가 갑자기 기침을 하기 시작했다. 기침 소리는 갈수록 더 커졌다. 회계 담당 아저씨가 안쪽 사무실에서 걸어 나와 허풍쟁이에게 혹시 식도가 막힌 게 아니냐고 물었다. 허풍쟁이는 고개를 들어 회계 아저씨를 쳐다보고 뭔가 말을 하려고 했지만 또 기침에 눌리고 말았다. 이어서 숨을 쉬지 못하는 것 같더니 얼굴이 새빨개졌다. 거의 자줏빛에 가까웠다. 결국 '우억' 하는 소리와 함께 그는 손바닥만 한 메기를 토해 냈다. 메기는 아직 살아 있었다. 위액과 목구멍에서 난 피가 범벅이 된 기이한 모습으로 바닥에서 펄떡거리고 있었다.

"아니, …… 보살이 …… 보, 살이 …… 보살이 ……."

허풍쟁이는 구멍가게 손자의 외삼촌 손에 이끌려 병원으로 달려갔다. 병원 검사에서는 아무것도 나오지 않았다. 외삼촌은 입원해서 검사를 진행할 생각이면 자신이 입원과 퇴원에 필요한 비용까진 대줄 수 없으니 본인이 부담해야 한다고 말했다. 허풍쟁이는 합작사로 돌아가 좀 쉬면 괜찮아질 것 같다고 했다. 합작사로 돌아온 허풍쟁이는 메기를 또 한 마리 토해 냈다. 그가 흰 플라스틱 통에 약간의 물과 함께 담아 놓았던 두 마리 메기는 그 안에서 조용히 기다리고 있었다. 허풍쟁이가 위층에 올라가서 좀 자고 싶다고 말하자 외삼촌은 그렇게 하라고 했다. 저녁이 되자 구멍가게 손자의 엄마가 그 일에 관한 소식을 듣고는 허풍쟁이를 법사에게 데리고 가서 보여야 한다고 말했다. 다들 허풍쟁이가 자고 있을 위층 방으로 가 보았으나, 방은 텅 비어 있었다. 주차장에 세워져 있던 예랑125도 보이지 않았다. 그에게 삐삐를 쳐보았지만 회신이 없었다. 외삼촌과 구멍가게 손자네 온 가족이 나서서 그를 찾기 시작했다. 어쨌든 허풍쟁이는 그들이 고용한 일꾼이었기 때문이다.

밤 9시까지 찾아 봤지만 아무 소득이 없었고, 잠시 쉬었다가 내일 다시 찾아보기로 했다.

다음 날 토지공묘의 묘당 지기가 경찰에 신고를 했다. 그는 아침 일찍 묘당을 청소하러 갔다가 묘당에 들어서기 직전에 허풍쟁이의 예랑125를 발견했다. 허풍쟁이는 차가운 의자에 앉아 있었다. 두 눈이 꼭 메기 눈 같았다. 입은 크게 벌어진 상태였다. 입 안에서 뭔가 움직이고 있었다. 묘당 지기는 처음에 허풍쟁이가 자신을 상대로 장난을 치는 줄 알았으나, 더 가까이 다가가 살펴 보니 장난이 아니었다. 큰일이 터진 게 분명했다. 그가 툭 건드리자 허풍쟁이는 쿵 하고 쓰러지면서 입에서 커다란 메기를 한 마리 토해 냈다. 이 일이 마을에 전해지자 누군가가 수류마 묘당 바닥에도 메기가 한 마리 있는 걸 발견했다. 허풍쟁이가 음신에게 자신에게 걸린 법술을 풀어 달라고 기도했지만 수류마가 그의 기도를 들어주지 않았고, 토지공묘에 와서는 또 토지공에게 벌을 받은 거라고 다들 말했다. 뭔가 아주 안 좋은 일이 있는 게 틀림없다면서.

나는 이것이 토지공의 공로가 아니라 동생 선녀가 발동한 주문 때문이니, 그녀만이 법술을 풀 수 있을 거라고 생각했다. 하지만 동생 선녀는 법술을 풀어 줄 생각이 없을 듯했다. 허풍쟁이의 요구를 한 번쯤은 무시하는 게 공평할 것이기 때문이었다.

나는 저우메이후이에게 허풍쟁이의 일에 관해 물었다. 그 애가 내 물음에 대답을 했을 수도 있고 안 했을 수도 있다. 시간이 너무 많이 흘렀다. 당시 나는 너무 어렸기 때문에 기억이 가물가물하다. 녹색 터널 옆의 토지공묘는 이 일이 일어난 후로 찾는 사람들이 거의 없었다. 다들 참배를 원치 않았던 것이다. 향불도 점점 줄어들었다. 마을 사람들은 여기서 죽은 사람은 음신이 될 가능성이 높다고 말했다. 또한 다들 토지공묘 앞을 지나다가 혹시 안 좋은 일을 당하거나 벌을 받지나 않을까 두려워하게 되었다. 나이 지긋한 묘당 지기 아저씨는 우리가 초등학교 몇 학년으로 올라갈 때쯤인지 모르지만 어느 날 묘당 안에서 의자에 앉아서 죽은 채 발견되었다. (허풍쟁이가 앉았던 그 차가운 의자는 태워 버리고 새로 산 의자였다.) 묘당 지기 아저씨가 앉았던 그 의자도 불태워졌다. 그 뒤로 누구도 이곳의 묘당 지기를 하겠다고 나서지 않았다. 그저 그 옆에 있는 삼각형 논의 농부가 이삼 일에 한 번씩 묘당을 찾아 청소를 해 주면서 토지공에게 농사가 잘되게 해 달라고 기도할 뿐이었다. 다들 이곳이 훠샤오좡에서 가장 음기가 센 묘당이라고 했다. 이것이 바로 정신이 야신으로 변한 사례였다.

마을 밖 다리 앞에 세워진 묘당 안의 수류마는 해가 다르게 발전해 갔다. 나와 저우메이후이는 점차 자라서 시기를 달리하여 각자 훠샤오좡을 떠났다.

천스화 선생의 『태평장지』 「구문」 편에는 귀신 호수 마을 '나한' 이야기의 완전한 원문이 수록되어 있다. 한학 선생인 양(楊) 선생이 기록한 것이다.

〈추시(醜尸)〉

흐르는 물이 몸을 스치는 것은 물고기들에게는 바람이 부는 것과 같다. 과거에는 마을에 바람이 없었고 귀신 호수는 거울처럼 잔잔했다. 그러다가 후야(侯爺)들이 터를 잡게 되면서 이 현명후야가 토해 내는 바람으로 호수 수면에 물결이 일었다. 신령이 몰고 오는 이 바람은 안개를 동반해서 마을 공기가 더 이상 한데 뭉치거나 따스해지지 않았고 갈수록 차가워지기만 했다. 아울러 마을에 안개가 자욱하게 되었고 일 년 내내 햇빛을 가렸다.

마을의 무뢰한이자 나한이자 선인이 마을을 이리저리 돌아다니다가 느긋하게 귀신 호수 주변으로 모여들어 쭈그려 앉았다. 움직임 없이 단정한 모습이 마치 조각상 같기도 하고 구리를 주조한 동상 같기도 했다. 이 명칭들은 한 사람을 가리키고 있었다. 희미한 기억으로는 과거에 성이 장(張) 씨였다고도 하고, 아직 젊었을 때 후야 묘당에 들어가 후야의 계신(乩身)이 되어 후야와 소통할 수 있게 되었다고도 했다. 반인반사(半人半蛇)의 흉악한 후야상 앞에 선 그는 살이 쪼그라들고 몸이 덜덜 떨렸으며 눈알이 하얗게 뒤집히고 눈가에 주름이 잡혔다. 목소리가 산산조각 나고 두 눈이 감겼으며 두 발이 길게 늘어나고 상체가 흔들렸다. 마을 노인들은 두려움에 떨면서도 흥분을 감추지 못했다. 그가 더 이상 마을을 하릴없이 떠돌아다니는 무뢰한, 사방으로 다니면서 문제를 일으키고 소란을 피우는 젊은이가 아닌 듯했다. 그의 몸 뒤에 거대하고 흉악한 신명이 강림했다고 여겨졌다. 이에 노인들은 무릎을 굽히고 머리를 땅에 부딪히며 그에게 절을 했다. 신명이 강림하는 중에도 젊은이는 큰소리로 떠들고 길게 늘어난 발을 동동 구르며 타 버린 향의 재가 수북이 쌓인 붉은 신탁을 걷어차기도 했다. 하지만 얼마 못 가서 속았음을 알고 화가 난 마을 사람들에 의해 젊은이는 후야 묘에서 쫓겨났다. 그가 "후야가 정말 오셨다니까요! 단지 그 신명이 미처 육신으로 강림하지 못해 사람들을 놀라서 도망치게 한 것뿐이라고요!" 하고 해명을 했지만 믿는 사람은 하나도 없었다. 십몇 년 혹은 이십여 년이 지나면서 젊은이는 늙어서 얼굴에 주름이 자글자글해졌고 성씨도 잊혔다. 사람이 바뀌고 계절이 바뀔 때마다 무뢰한이자 나한이자 선인은 마을을 떠돌아다니면서 게으른 거지가 되어 성씨도 바꾸고 이름도 어울리지 않는 다른 것으로 바꿨다.

마을 사람들은 마음씨가 좋아서 때로는 나한이자 선인이 구름을 밟고 마을을 돌아다니는 걸 보면 불쌍히 여겨 잡은 물고기를 나눠 주기도 했지만, 그가 매번 그것을 고맙게 받아들이는 건 아니었다. 통상적으로 매달 가장 중요한 절기가 되면 나한은 화를 내면서 "집집마다 죄다 물고기만 보내오네. 돼지고기를 먹으면 배탈이라도 난다는 거야!" 하고 툴툴대면서 물고기를 대문 앞에 던져 버리고 소매를 턴 뒤에 가 버리곤 했다. 이 게으른 거지는 마을 밖 서쪽 귀신 호수에 붙어 있는 넓은 숲 뒤에 작은 초옥을 짓고 살았다. 어쩌다 강한 바람을 만나 미친 듯이 몰아치면 초옥이 뒤집히기도 했다. 다행히 매번 초옥을 다시 지을 수 있었다. 풀을 엮어 만든 벽과 바닥은 항상 까맣게 반들반들했고 너무 더러워서 코를 찌르는 냄새가 났다. 마을을 돌아다니다가 돌아와 식사를 하고 나면 남은 음식을 매번 여기저기 흘리거나 던져 버리는 바람에 그것들이 썩어 고약한 냄새가 났고, 파리와 진드기, 구더기가 꿈틀대는데도 전혀 신경 쓰지 않고 먼지 구덩이에서 잠을 잤다. 매년 후야의 생신이 되어서야 귀신 호수에 가서 몸을 씻었다.

현명후야가 숨을 토하면 바람이 되고, 멈추지 않는 바람은 점차 영기를 갖춰 천지를 뒤흔들었다. 학의 몸에 사슴 머리를 한 신명이 있었는데, 뿔 한 쌍이 얽히면 날개를 펼친 듯했다. 때로는 날개를 늘어뜨려 천 리를 날고, 때로는 우듬지 위에서 참새처럼 깡총깡총 뛰었다. 혹은 바람에 의지하여 물 위를 살짝 스쳐가기도 했다. 그를 '준궁(準

恒)'이라는 이름으로 불렸다. 마을 사람들은 그를 바람의 신으로 모셨다. 준궁은 아무런 구속도 받지 않았고, 현명후야도 그를 지휘할 수 없었다. 하지만 현명후야는 거하는 곳이 여럿이라서, 준궁이 모습을 나타내면 또 바람이 불었다. 준궁이 날아 왔기 때문이다. 이처럼 하나의 신이 여러 곳에 나타나기도 했다. 준궁은 구속 받을 일이 없었기 때문에 향불도 받지 않았고 제사도 받지 않았다.

나한이 구름을 밟고 돌아오니 해가 반쯤 가라앉아 있었다. 나한은 땀에 젖은 옷을 한손에 쥐고 귀신 호수 옆에 몸을 반쯤 기대어 누웠다. 다른 한 손에는 푼돈을 모아서 산 백주 한 병이 들려 있었다. 발밑에 놓인 어탕 위로 바람에 흔들리는 잔광이 반사되면서, 선인의 술잔을 든 그는 천천히 취해 갔다. 나한의 몸 주위에 바람이 솔솔 일고, 나뭇잎과 먼지가 날리더니 가볍게 떠서 사방으로 흩어져 나한을 팔방에서 에워쌌다. 기류가 스치자 나한은 시원하고 상쾌하여 몸을 떨더니 '백 리에 바람이 풍족하니 일을 멈추고 술이나 마시라.'고 하면서 손을 휘저으며 바람을 향해 남은 백주를 뿌렸다. 조금도 아까워하지 않았다. 이어서 몸을 일으킨 나한은 큰 걸음으로 더러운 초옥으로 돌아가서 정리되지 않아 지저분한 방에서 코를 골며 잤다.

선생은 이렇게 쓰고 있다. "마을 안 귀신 호수에는 나한이 살고 있었다. 그는 후야의 육신으로, 말처럼 게으르고 빌어먹으며 살 슬픈 운명을 갖고 태어났다. 열여덟 살이 되던 해에 소년 나한은 묘당에서 후야로 화신했고, 이때부터 그는 수시로 후야를 만났다. 물가로 가면 그는 물속에서 떠오르는 후야의 모습을 볼 수 있었다. 깊은 산속에 들어가면 후야가 쳐다보고 있는 걸 느낄 수 있었다. 나무 꼭대기에서도 그를 바라보고 있었다. 물가에 바람이 가라앉고 물결이 잔잔해졌다. 봄여름가을겨울 할 것 없이 후야는 인간 세상의 육신으로 그렇게 멍청하게 살았다."

화신(花神)

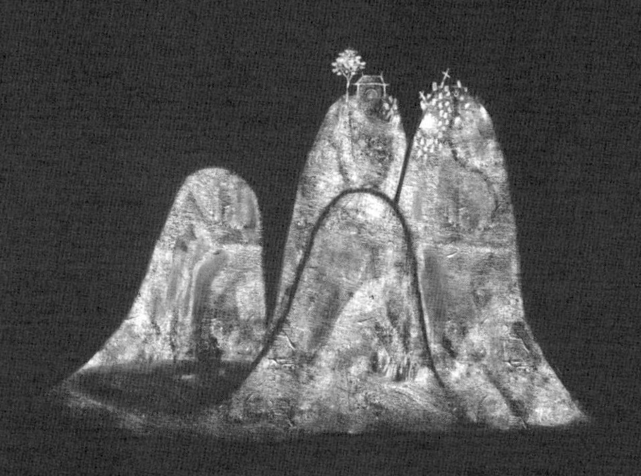

우리는 옛적부터 이 마을에 살았다. 마을 밖에는 끝없는 산이 펼쳐져 있고 그 수많은 산들 한가운데 '귀신 호수'라는 호수가 있었다. 호수 가장 깊은 곳에는 사람들의 발길이 닿은 곳이 있고, 그곳에 후야(侯爺)가 살았다. 후야는 사람 몸에 뱀 꼬리를 가진 신으로, 아주 흉악한 얼굴을 하고 있었다. 후야는 이 마을과 인근 산수천지의 창조신이자 왕생을 대표하는 훼멸의 신이기도 했다. 동시에 사랑을 상징하는 화신(花神)이기도 했다.

춘삼월이 되어 복숭아꽃이 만개하는 요염한 시기가 돌아오면, 후야는 모든 복숭아꽃 꽃송이 안에 들어가 살았다. 이에 남녀를 가리지 않고 마을의 모든 젊은이들이 후야의 묘당을 찾아 자신들의 사랑을 지켜 달라고 기도했다. 묘당 앞의 그 길을 마을 사람들은 '화항(花巷)'이라고 불렀다

3장

잃어버린 자전거 여덟 대

나는 아주 늦게서야 자전거 타는 법을 배웠다. 훠샤오좡에서 어린애가 자전거를 타지 않는다는 건 상상하기 어려운 일이었다. 마을의 수많은 선녀들도 길을 걷는 고생을 마뜩찮게 여겼을 뿐 아니라 어린애들은 한 치를 걷는 것조차 힘들다고 생각할 정도였다. 나는 초등학교 3학년이 되어서야 보조바퀴가 달린 자전거를 타는 법을 배웠고, 초등학교 5학년이 되어서야 보조바퀴를 떼어 내고 진정한 '이륜' 자전거를 탈 수 있었다. 좀 더 진지하게 계산하면, 초등학교 5학년 때 자전거 타는 법을 배웠다고 하는 게 정확할 것이다.

자전거 타는 법을 배운 뒤로 나는 어디를 가든 항상 자전거를 탔고, 이런 습관은 지금까지도 유지되고 있다. 이리하여 내가 보유했던 자전거도 아주 많았다. 자전거들은 서로 크기도 다르고 모델 번호도 달랐다. 이 모든 자전거들의 공통점은 결국 도둑을 맞음으로써 내 생활에서 벗어났다는 것이다. 나는 내 인생의 첫 번째 자전거를 민숑 번화가의 자이언트 자전거 대리점에서 샀다는 걸 기억하고 있다. 성인용 자전거보다 아주 작은 은색 자전거였다. 크로스컨트리용 자전거를 모방한 스타일의 이 자전거는 내 초등학교 입학 선물이었다. 자전거를 탈 줄 몰랐기 때문에 처음부터 뒷바퀴 양쪽에 노란 보조바퀴를 달아야 했다. 그러다 보니 아주 귀여운 조립식 장난감 자전거처럼 보였다.

그런 나에 비해 저우메이후이는 자전거를 아주 빨리 배웠다. 저우메이후이 할머니는 내게 자전거가 생긴 걸 보더니 얼른 저우메이후이에게도 한 대 사 주었다. 빨간색 숙녀용 꼬마 자전거였다. 저우메이후이 할머니는 350원을 더 들여 보조바퀴를 달아 주려 했지만 저우메이후이는 필요 없을 것 같다고 했다. 그 애는 일주일 만에 이미 숙녀용 꼬마 자전거를 타고 씽씽 달릴 수 있었다. 무릎 주위에 비스듬히 무수한 반창고가 붙어 있긴 했지만. 저우메이후이는 아픈 걸 두려워하지 않으면 나도 자전거 타는 법을 금세 배울 수 있을 거라고 했다. 나도 정말 그러고 싶었지만, 나는 아픈 걸 무척 두려워했다.

다이쇼* 11년(1922년) 8월 30일에 《타이완 일일신보(臺灣日日新報)》에는 머릿기사로 한 가지 소식이 전해졌다. 베이터우(北投)에서 타이완 신사(지금의 위안산 인근)까지 승객들을 태우고 가던 버스가 도중에 사람 하나가 도로 한가운데 서 있는 걸 발견하고는 차를 세우고 그를 길에서 쫓아내려던 차, 사람은 흔적 없이 사라지고 그 자리에 검은 개 한 마리가 앉아 있었다고 한다. 기사는 차를 멈추고 후진하려 했으나 다시 나타난 검은 개가 거칠게 차를 향해

* 大正. 일본 다이쇼 천황 재위기 연호이다(옮긴이).

달려들었다. 개는 갑자기 몸집이 사람만큼 커지고 힘도 대단했다. 버스를 넘어뜨릴 정도였다. 기사는 승객들을 염려하며 인근 파출소로 가서 신고했다. 당시 유행했던 기이한 소문이자 잡다한 이야기 중 하나였다.

초등학교 1학년 때 수요일에는 오전 수업만 했다. 때로는 할아버지가 진왕(金旺)100 오토바이로 나를 데리러 왔다. 사설 어린이 통학 차량을 타고 돌아오기도 했다. 차량 기사는 우리 형과 누나들도 전부 태운 적이 있었다. 마을 집집마다 일정한 액수의 돈을 걷어서 어린이 통학 차량 운영에 보탰다. 이리하여 학부모들은 아이들을 학교까지 데려다 주는 시간과 출퇴근 시간이 겹치는 어려움을 피할 수 있었다. 나랑 저우메이후이, 아쉐가 어린이 통학 차량에서 내릴 때면 아쉐와 저우메이후이는 손을 흔들면서 차에 타고 있는 아이들에게 안녕 하고 작별인사를 건넸다. 나는 굴레에서 해방된 기분이었다. 차에는 아이들이 가득 타고 있어서 여름이면 퀴퀴한 냄새가 났다. 특히 그날은 아쉐도 타고 있어 차에 아쉐의 몸에서 발산되는 시큼한 땀냄새 같은 악취가 가득했다.

나는 책가방을 방 안에 던져 놓고 저우메이후이와 함께 할아버지 할머니의 구멍가게에 가서 점심을 먹었다. 저우메이후이의 할머니는 이미 우리 할머니에게 약간의 돈을 그 애의 식비 조로 맡겨 놓았다. 나랑 저우메이후이가 점심을 먹고 난 뒤에도 해는 놀라울 정도로 뜨거웠다. 하지만 집에 있으면 너무 심심했기 때문에 할머니가 잠시 꾸벅꾸벅 조는 틈을 타서 저우메이후이와 나는 함께 자전거를 몰고 집 뒤의 관개용 개천 주변을 돌아다녔다. 할머니는 내게 그곳이 '후바이(後壁) 개천'이라고 알려 주었다. 나는 집 뒤의 개천이라는 뜻이려니 생각했다. 사실 할머니도 나를 데리고 후바이 개천에 가서 바지락을 잡아다가 국을 끓이거나 염장해 준 적이 있었다. 하지만 내가 저우메이후이와 함께 개천에 가는 건 허락하지 않았다. 때문에 나랑 저우메이후이는 방학이 되어야 함께 작은 자전거를 타고 후바이 개천에 가서 물속의 가재나 민물 게, 말거머리 같은 것들을 구경할 수 있었다.

나는 후바이 개천에 가는 걸 몹시 좋아했고, 저우메이후이도 꺼리진 않았지만 항상 억지로 끌려가는 듯한 태도였다. 나는 개천에서 처음 보게 되는 줄 모양의 동물이나 곤충을 무척 좋아했다. 이런 생물들은 신기한 느낌이었고 심지어 자연 체험학습 효과도 주었다. 이런 생물들은, 어항 속 물고기나 가재들이 아무리 봐도 그 놈이 그 놈인 것과는 달랐다. 내게 후바이 개천은 끊임없이 갱신되는 유기적 상태였고, 매번 그곳에 갈 때마다 완전히 새로운 체험을 할 수 있었다. 계절과 시간, 온도, 심지어 바람의 세기와 각도도 매번 달랐고, 이 모든 것이 그날 만나는 생물들에게 영향을 미쳤다. 그러다가 한번은 나랑 저우메이후이가 개천에서 한 번도 본 적이 없는 완전히 새로운 생물을 보게 되었다.

해는 아주 뜨거웠고 개천은 갈수록 왼쪽으로만 흘러갔다. 수류의 갑문 때문에 수심이 낮아져서 개천을 거의 벗어나는 범위에 이르면 물이 표층에만 흐르기 때문에 거의 진흙탕 상태가 되었다. 나는 바로 이 지점에서 진한 갈색 꼬리를 지닌 쇠사슬뱀*을 발견한 적이 있었다. 뱀은 굵기가 당시 우리 초등학교 1학년 학생들의 허벅지만 했다. 오늘 나는 저우메이후이에게 지난번에 봤던 쇠사슬뱀이 얼마나 대단한지 얘기해 주었다. 그러면서 타이완의 독사들 중에서 쇠사슬뱀이 가장 무섭다는 설명도 덧붙였다. 저우메이후이는 자전거를 타고 옆에서 달리면서 내 말에 아무 대꾸도 하지 않았다. 나는 그 애를 후바이 개천 맨 왼쪽으로 데려가 손가락으로 지난번에 쇠사슬뱀이 나타났던 곳을 가리켰다.

저우메이후이는 내가 가리키는 쪽을 보지 않았다. 그러기는커녕 다른 곳을 가리키며 말했다.

* 타이완 중앙 산맥과 그 동쪽 지역에 서식하는 살무사과에 속하는 치사율 높은 독사로, 빙동(屛东)과 화롄(花莲), 타이동(臺东), 가오슝(高雄) 등지에 출몰한다. 머리는 삼각형이고 등이 짙은 갈색이다(옮긴이).

"저기 좀 봐, 저게 뭐지?"

그 애의 손가락을 따라 눈길을 돌린 나는 진흙탕 속에 엎드려 있는 거대한 살색 동물을 발견했다. 네 발이 있고 꼬리가 달린 생물이었다. 다리가 달린 커다란 살색 올챙이 같았다. 개천 맨 왼쪽은 물이 가장 얕고, 거기서 조금만 더 가면 도로가 나왔다. 그 옆에는 바닥이 보이지 않을 정도로 수심이 깊은 작은 저수지가 하나 있었다. 지금 생각해 보니, 도로 밑이 후바이 개천과 연결돼 있었을 것 같다. 이 작은 저수지는 물을 빼거나 모아두기 위한 것이었다. 거대한 살색 올챙이는 아마도 저수지에서 기어 올라왔을 것이다. 나는 이 거대한 생물에 호기심과 놀라움을 금할 수 없었다.

"혹시 플라스틱으로 만든 가짜 아냐? 아, 알았다! 흙으로 만든 토우(土偶)일 수도 있겠네."

저우메이후이는 아니라고 말했다. 그 생물은 미세하게 움직이면서 숨을 쉬고 있었다. 우리는 그 자리에 서서 한참을 내려다보았다. 그때까지 그렇게 큰 생물은 본 적이 없었다. 게다가 그 놈은 이동하거나 몸을 숨기지도 않았다. 그러다가 나는 곧 이 신기한 생물에 대한 흥미를 잃었다. 후바이 개천에는 초등학교 1학년인 내가 보지 못한 다른 생물들도 아주 많았기 때문이다. 나는 저우메이후이의 손을 잡아끌어 개천 오른쪽으로 자전거를 몰고 내려갔다.

오른쪽 구석에는 대마죽순이 개천에 바싹 붙어 자라나 있었다. 왠지는 몰라도 그곳 물속에 가장 많아 보이는 건 물고기나 민물 게가 아니라 수중에서 아주 빠르게 움직이는 말거머리들이었다. 육지에서는 아주 느리게 꿈틀대며 움직이는 것들이 물속에서는 그렇게 빠르고 리드미컬하게 움직인다는 건 상상하기 어려운 일이었다. 말거머리들의 복부에는 부채꼴 파문 같은 규칙적인 유동(游動)이 드러나 있었다.

천스화의 『태평장지』 「농업」 편에는 이런 기록이 있다. "태평장에서는 오곡왕묘 뒤로 흐르는 개천을 활용하기 위해 체계적인 수로 공사를 진행했다. 쇼와* 5년(1930년)에는 자난 대천을 준공한 데 이어 자난 농전 수리회가 중간에서 연구와 토론을 진행하고, 지역 신사들이 돈과 노동력을 제공하여 물을 끌어올 수 있는 노선에 따라 쇼와 8년(1933년) 2월에 태평장 수리 하천 체계를 완성했다.

저우메이후이와 함께 대나무 숲으로 피해 들어가자 태양은 더 이상 우리를 괴롭히지 못했고, 그런대로 시원함을 느낄 수 있었다. 나는 물가에 바싹 붙어 거의 엎드리다시

* 昭和. 일본 쇼와 천황의 집권기에 사용된 연호이다(옮긴이).

피 하고 있었다. 물속에는 말거머리 말고도 제법 큰 틸라피아와 붕어, 산천어, 대두어(大肚魚), 브라질 거북, 민물 게 같은 생물들이 가득했다. 후바이 개천의 민물 게는 살이 별로 없어 맛도 없는 데다 배에 흙 비린내만 가득했다. 내 기억으로는 나랑 누나가 이 게를 잡아서 집으로 가져갔다가 할머니로부터 아무 쓸모도 없는 걸 잡아왔다고 핀잔만 들은 적이 있다. 나랑 누나가 할머니의 말을 안 믿으려 하자 할머니는 게를 삶아서 우리에게 먹으라고 줬다. 생강과 마늘로 범벅을 했는데도 흙 비린내가 가시지 않았고 입에 넣어도 역시 불쾌하기만 했다. 살은 적고 뻑뻑하기만 한 게, 계륵 같았다. 중학교 때 '먹자니 맛이 없고 버리자니 아깝다(食之無味, 棄之可惜)'는 말을 배우면서 머릿속에 떠오른 예가 바로 이 게였다.

집으로 돌아가기 전에 나는 저우메이후이와 함께 후바이 개천 왼쪽으로 가 보았다. 그 다리가 길고 몸집이 큰 올챙이가 아직도 있는지 확인해 보고 싶어서였다. 해는 반쪽으로 쪼그라들어 저 멀리 밭 위에 무기력하게 떠 있었다. 개천 바닥 진흙탕에는 거대한 올챙이의 모습이 보이지 않았다. 발자국조차도 남지 않았다. 나와 저우메이후이는 혹시 우리가 잘못 본 건 아닌지 의심하기 시작했다. 긴 다리의 거대한 살색 올챙이는 정말로 존재했던 걸까.

집에 돌아오니 아니나 다를까 할머니가 내게 욕을 한

바가지 퍼부어 댔다. 이날 저녁 저우메이후이 할머니는 비교적 늦게 퇴근했고, 저우메이후이는 우리 집에서 저녁을 먹고 할머니와 함께 집으로 돌아갔다. 다음 날 아침 날이 밝자마자 엄마가 몹시 긴장한 얼굴로 온 가족을 깨웠다. 우리 집 앞에는 자전거가 세 대 세워져 있었다. 큰누나 것과 둘째 형 것, 그리고 내 것까지 다 합쳐서 세 대였다. 이 세 대의 자전거가 몽땅 사라지고 없었다. 이것이 내가 처음으로 잃어 버린 자전거였다.

다행히 당일에 자전거를 전부 찾아올 수 있었다. 얼마 지나지 않아 훠샤오좡 파출소에서 우리에게 잃어 버린 자전거를 찾아가라고 통보해 온 것이다. 자전거를 훔쳐간 도둑은 훠샤오좡에서 대학교 방향으로 이어진 작은 산언덕에 사는 중년 여자였다. 그녀는 한밤중에 남편과 함께 소형 화물차를 끌고 와서 자전거 세 대를 전부 실어 갔다. 나는 우리 식구들이 다들 완고하고 '고집이 세다는' 생각을 했다. 이 일 후에도 여전히 자전거를 문 앞에 세워 두었기 때문이다. 처음에는 자물쇠를 채웠지만 며칠이 지나자 그것마저 채울 생각을 안 했다.

이 은색 아동용 자전거를 나는 초등학교 6학년 때까지 계속 타고 다녔다. 저우메이후이는 초등학교 4학년 때부터 이미 성인 여성용 자전거를 타기 시작했다. 탈 때 약간 힘들어 보이긴 했지만 그 모습을 바라보는 나는 한없이 부럽기만 했다. 내가 '진도'에 뒤처져서 저우메이후이에게 진 것 같은 기분이었다. 하지만 나는 발육이 너무 느렸고 왜소했기 때문에 성인용 자전거를 타려면 계속 서 있어야 했다. 둘째 형은 그런 내 모습이 꼭 원숭이 같다고 말했다. 엄마는 내게 성인용 자전거를 사줄 경제적 여유가 없었다. 초등학교 6학년이 되어서야 마침내 억지로 키가 조금 컸다. 여전히 평균 신장엔 미치지 못했지만 적어도 성인용 자전거를 탈 수는 있었다. 발끝을 세워야 페달을 밟을 수 있었지만 어쨌든 마침내 저우메이후이의 진도를 따라갈 수 있게 되었다.

두 번째 자전거는 산 것이 아니었다. 둘째 누나는 이미 중학교를 졸업해서 자이 시내의 고등학교에 다녀야 했다. 훠샤오좡과 자이시는 거리가 아주 멀어서 자동차로 반시간이나 걸렸기 때문에 등하교는 기본적으로 대학이 있는 단지에 가서 무료 셔틀버스를 타야 했다. 이리하여 내가 둘째 누나의 자전거를 물려받게 되었다. 자이언트 회사에서 제작한 은색 여성용 자전거였다. 나는 5학년 때부터 저우메이후이와 함께 자전거로 등하교를 하기 시작했다. 마침내 어린이 통학 차량의 그 무시무시한 냄새에서 벗어날 수 있었기 때문에 무척이나 기뻤다.

내가 저우메이후이와 자전거를 타고 등교할 때 가장 좋았던 건 마을을 빠져나오는 그 망고 나무 가득한 길이었다. 좀 더 큰 다음에야 나는 이 망고 나무들이 일제강점기에 심은 것이라 이미 백여 년의 역사를 갖고 있다는 사실을 알게 되었다. 망고 나무는 아주 크고 무성했으며, 길 양쪽의 수관이 서로를 끌어안으며 길게 죽 이어져 터널을 이루고 있었다. 이른 아침 훠샤오좡에 안개가 끼면 나뭇길이 안개에 묻혔고, 나랑 저우메이후이는 그 사이로 자전거를 타고 달렸다.

천롄쉰의 『태평장지 속사』 「교통」 편에는 이런 기록이 있다. "이 마을 마오시구(貓市區)에 연이어 두 군데 도로를 개설하여 마을 어귀와 끝 두 군데에 길이 났다. 일제강점기인 쇼와 8년에 태평장 수로를 체계적으로 완공하고 그 해에 장정단*을 보내 두 군데 도로를 건설했다. 붉은 흙으로 노면을 잘 다지고 도로 양쪽에 망고 나무를 심었다. 민국 61년(1972년)에 국민당 정부는 마을과 외부를 연결하는 도로인 자(嘉)106 향도**를 설치하면서 일제강점기의 방식을 그대로 사용하여 노면을 다졌다. 이리하여 자동차와 오토바이 전용 도로가 되었지만 일제강점기에 심은 망

* 壯丁團. 일제강점기에 식민 당국이 타이완 지역 치안을 유지하기 위해 설치한 민간 조직을 가리킨다(옮긴이).

** 우리 마을을 외부 도로와 연결해 주는 길로, 중정(中正) 대학교와 타이산(臺三)현, 민숭 시내 등을 연결하는 도로이다.

고 나무는 그대로 두고 도로만 넓혔다."

나는 할아버지가 일제강점기의 장정단 사람들이 몹시 힘들었다고 얘기하는 걸 들은 적이 있었다. 그들은 아무런 보수 없이 힘든 노동을 했다. 다행히 한 끼 식사는 제공하지만 대부분의 경우 임금이 없었다. 노동에 필요한 도구와 복장도 스스로 구비해야 했다. 할아버지도 도로 공사에 차출된 적이 있었다. "당시 우린 길을 닦아야 했어. 원래 마을 끝에 있는 길은 아주 좁았지. 마차 한 대가 간신히 지나갈 정도였거든. 마주 오는 수레 두 대가 통과하려면 서로 잠시 길을 비켜야 했지. 일본인들은 도로를 넓힐 노동력을 확보하려고 집집마다 한 사람씩 뽑아서 공사장으로 끌고 갔어. 일본인들은 우리가 농사일을 못 하는 건 상관하지 않았지. 서둘러 길 닦을 생각만 하면서 마구 닦달을 해 댔어. 우리 집도 형편이 어려웠지만 미리 음식을 마련해서 내가 배불리 먹고 길을 닦는 현장으로 갈 수 있게 해 줬지."

초등학교 6학년이 되어서도 나는 후바이 개천 주변을 돌아다니는 게 좋았다. 왼쪽으로 끝까지 자전거를 타고 가면 작은 저수지가 있었다. 그러면 오른쪽 끝엔 뭐가 있었을까. 오른쪽으로는 끝까지 가 본 적이 없는 것 같았다. 그쪽은 대학교와 산비탈로 가는 방향이었다. 희미하게 기억나는 건 그쪽 방향에 우리 집 소유의 전답이 있었다는 것이다. 죽순을 심었던 것 같다. 작은 산이 온통 대마죽순이었다. 여름이면 우리는 엿새에 한 번씩 아침 일찍 그곳에 가서 죽순을 캤다. 어른 아이 할 것 없이 가족 전체가 일을 해야 했다. 다들 훠샤오쾅 주변을 빙 돌아서 가야 했다. 대마죽순을 심은 밭이 사방에 흩어져 있었기 때문이었다. 당시 할아버지는 5원짜리, 10원짜리, 500원짜리 가리지 않고 마구 땅을 사들였다. 우리 집엔 과거에 쇠로 만든 소*가 한 마리 있었다. 나는 그 쇠로 만든 소 뒤를 따라가면서 날이 채 밝기도 전에 땅에 박힌 죽순을 캐서 뒤로 던지던 일을 지금도 기억하고 있다.

초등학교 6학년이던 어느 날, 나는 곧장 후바이 개천으로 자전거를 몰고 갔다. 그제야 내 기억 속에서 사방으로 펼쳐져 있던 논밭과 도로가 이미 보이지 않는다는 걸 알게 되었다. 그 논밭과 작은 길들이 커다란 도로로 개발되어 다린(大林) 시내까지 연결된 것이다. 그리고 우리 대마죽순 밭이 있던 산자락은 이미 최근 몇 년 사이 정부가 제창하는 '정치(精緻) 농업'으로 전환되어 단가가 높은 아보카도를 재배하기 시작했다. 그 해에 막 접붙이기가 완료되어 아직은 작은 묘목 상태이다 보니, 산이 알몸을 그대로 드러낸 벌거숭이 같았다. 이곳은 낮에 너무 더운 데다 모

* 기계화된 경운기를 가리키는 말로, 엔진 동력을 이용하여 물건을 실어 나르는 화물차로도 쓰였다.

기도 많았다. 나랑 저우메이후이는 이곳까지 오는 일이 드물었다. 아버지는 나와 둘째 형을 데리고 이곳에 와서 접붙이기 기술을 가르쳐준 적이 있었다. 우리는 아버지를 무서워했다. 아버지가 왜 말도 거의 안 하고 웃지도 않는지 알 수가 없었다. 아버지가 말을 할 때는 누군가를 욕하기 위해서였다. 우리는 남몰래 아버지는 사는 게 즐겁지 않은가 보다고 생각했다.

접붙이기를 가르치면서 아버지가 웬일인지 큰 소리로 적극적인 모습으로 설명을 이어 갔다. 드문 일이었다. 전날에 엄마가 아버지의 건강검진 결과를 말해 주는 걸 들었다. 간 지수가 아주 높고 폐도 별로 좋지 않은 것 같다고 했다. 아버지는 손에서 담배를 놓지 못하는 사람이었다. 게다가 걸핏하면 퇴근하고 나서 회사 동료들과 함께 술을 마셨다. 초등학교 6학년인 나는 나이는 어렸지만 이미 엄마의 말을 다 알아들을 수 있었다. 엄마 아버지의 말과 표정으로 미루어보건대 아버지는 자신이 세상을 떠난 후의 일을 생각해서 우리에게 접붙이기 기술을 가르치려는 듯했다. 둘째 형은 나보다 나이가 다섯 살이나 위였다. 그날 저녁 무렵 집으로 돌아왔을 때 둘째 형은 내게 이 작은 산이 과거에는 전부 묘지였다고 했다. 근처에 사는 대학생들 중엔 밤에 이곳을 지나다가 흰 소복 차림의 여자가 산에서 아래를 내려다보는 모습을 본 사람도 있다고 했다. 그래서 한동안 나도 이곳을 혼자 지나다니지 못했다.

아버지는 한동안 담배를 끊으려고 시도했으나 금세 실패하고 말았다. 얼마 못 가서 계속 담배를 피우고 술을 마셔댔다. 술에 취할 때마다 아버지는 자기가 간 지수가 높다고 한탄을 했지만, 지금 내가 대학교를 졸업하고 4, 5년이 지났는데도 여전히 매주 그 작은 산에 가서 아보카도 나무의 가지치기를 하고 있다. 체력 상태도 매일 실내에서만 일하는 나보다 훨씬 좋은 것 같다. 나는 아버지의 간 지수가 인간이 측정할 수 있는 영역과 측정할 수 없는 영역 사이 어딘가에 위치한다고 믿게 되었다. 현학(玄學)의 범주에 속해 있달까.

둘째 형은 사실 같기도 하고 꾸며 낸 것 같기도 한 귀신 이야기를 많이 알았다. 우리 집 화장실 밖에는 지붕 천장과 이어지는 지점에 작고 신비로운 틈새 구멍이 하나 나 있었다. 우리 집은 단층집이었지만 그 구멍이 이웃집 천장으로 이어져 있기 때문에 실제로는 2층이나 마찬가지일 정도로 높았다. 또 계단을 타고 올라갈 수도 있어서, 나는 어려서부터 어른이 될 때까지 줄곧 옆집 안을 들여다볼 수 있었다. 낮에는 구멍에서 햇빛이 새어 들어왔다. 엄마는 그곳이 잡동사니를 쌓아두는 공간이라고 했다. 하지만 둘째 형은 내게 우리가 사는 이곳이 '신축 주택'이라고 했다. 상대적으로 할아버지 할머니의 구멍가게는 구축이라는 것이다. 그러면서 신축 건물을 지을 때 땅의 토지신에게 제사를 올려야 하는데, 우리 집 사람들이 토지신에게 공봉하는 걸 본 적 있느냐고 했다.

"있지! 우리 집 뒤편 후바이 개천 쪽 대나무 밭에 가서 자주 절을 올렸다고!"

"넌 어쩌면 이렇게 멍청하냐. 절을 하는 거랑, 거기 사는 건 다른 문제잖아. 네가 직접 찾아가 본 적 있어? 너더러 대나무 밭에 가서 살라고 하면 살 수 있겠냐고."

우리 집에서는 후바이 개천의 대나무 밭에 토끼 사육장을 지은 적이 있었다. 그곳에서 토지신을 공봉하며 절을 올렸다. 지금은 무너진 인조물 벽만 남아 대나무와 공생하고 있다. 나는 고개를 가로저었다. 대나무 밭의 모기들이 온몸을 공격하던 게 생각났다. 둘째 형은 그 바로 옆이 지기주*가 실제로 거주하는 곳이라고 했다. 지기주는 '새 집'에 사는 걸 좋아하기 때문에 모든 집들이 막 완공되어 새 집일 때 집 안의 일정 공간을 지기주의 거처로 비워 둬야 한다고 했다. 둘째 형은 내게 지기주가 어떤 모습인지 본 적이 있느냐고 물었다. 내가 고개를 가로젓자 둘째 형은 지기주가 늘 기어다닌다고 말했다. 그 뒤로 나는 욕실

* 地基主. 집이나 건물의 수호신으로, 지주(地主)나 개기조(開基祖)라 불리기도 하는 민남(閩南) 문화 특유의 신앙에서 생겨난 산물이다(옮긴이).

쪽 공간을 예전보다 더 무서워하게 되었다.

저우메이후이는 항상 우리 집에 와서 나와 함께 숙제를 했다. 나는 그 애에게 욕실 밖 천장에 붙어 있는 그 구멍에 지기주가 살고 있다고 말했다. 지기주가 늘 기어다닌다는데, 그게 사실이냐고 물었다. 그 애는 내 질문에 대꾸하지 않고 계속 국어책에 나오는 새 단어들을 써 내려갔다. 새로 나온 단어를 열 번씩 쓰는 게 숙제였다. 그 애는 아주 진지한 자세로 숙제를 계속했지만, 나는 포기하지 않고 계속 물어 댔다. 지기주의 진위 여부를 확인하고 싶었을 뿐 아니라 숙제를 하기가 싫었기 때문이다. 나는 글씨 쓰는 걸 몹시 싫어했다. 그리하여 내겐 저우메이후이의 대답을 듣는 게 아주 중요한 일이 되고 말았다. 아마도 저우메이후이는 나 때문에 몹시 귀찮고 곤혹스러웠을 것이다. 마침내 교과서에서 눈길을 뗀 그 애가 나를 쳐다보며 말했다.

"아니야. 지기주는 바로 네 뒤에 있잖아."

저우메이후이는 초등학교 6학년 친구들 중에서는 키가 아주 작은 편이었다. 말을 거의 하지 않았고, 때로는 다른 사람들이 까닭을 모를 일을 하곤 했다. 한번은 수업이 반쯤 진행되고 있는데 갑자기 일어서더니 자기 책상 옆에 섰다. 선생님이 제자리에 가서 앉으라고 했지만 그 애는 자기 자리에 누군가 앉아 버렸다고 했다. 내가 재빨리 그 애와 눈빛을 주고받으며 눈짓으로 말했다.

"진짜야. 사람 없어."

그 애는 잠시 선생님을 바라보다가 또 나를 쳐다보았다. 그러고는 또 의자를 보았다. 그러더니 약간 고통스럽다는 표정을 지으며 의자로 돌아가 앉았다. 그 애는 내게 자신이 야신이나 고혼을 본 적이 있다고 말한 적이 한 번도 없었다. 친구들이 물어도 그 애는 본 적 없다고 대답했다. 매번 괴상한 행동을 해 놓고도 지나간 다음엔 자신이 잘못 봤다고 말했다.

초등학교에서 중학교로 진학한다는 건 훠샤오좡의 아이들에겐 같은 학교로 올라가는 거나 다름없었다. 차이가 있다면 보통반과 우수반이 있다는 것뿐이었다. 저우메이후이는 성적이 항상 좋았다. 기본적으로 반에서 5등 안에 들었다. 당연히 그 애는 우수반에 들어갔다. 내가 보통반에 들어간 것도 당연한 일이었다. 중학교에 들어간 후로 저우메이후이는 갑자기 성숙해졌다. 혹은 사람들과의 정상적인 교제와 대응이 이뤄지기 시작했다고도 할 수 있다. 때로 의자나 벽 구석을 바라보면서 넋이 나간 표정을 짓긴 했지만, 더 이상 수업 시간에 갑자기 벌떡 일어나는 상황은 벌어지지 않았다.

천롄쉰은 『태평장지 속사』 「구문」 편에서 '유시(游屍)'라는 제목으로 귀신 호수 마을의 주민 하나가 선계에 들어간 이야기를 기술하고 있다. 이 중 일부를 옮기면 다음과 같다. “어두운 등불 빛과 도깨비불이 치직치직 소리를 내면서 타오르고, 행인들의 어깨는 갈수록 무거워졌다. 바람에 날린 개연꽃이 하늘을 뒤덮고, 가득 내린 이슬이 옷에 스며들면서 사람들의 몸이 차가워졌다. 주민들은 마을에서 팔 리나 멀리 떨어진 귀신 호수를 겹겹이 에워싸고 있는 산속을 걷고 있었다. 그들은 최대한 사람과 짐승의 흔적이 없는 수풀 사이를 뚫고 갔다. 동쪽으로 가고자 했으나 잡초가 뒤엉켜 숲을 이루고, 풍상을 견디던 나무들은 쇠락하여 부서진 돌 언덕이 되어 있었다. 부서진 돌들이 점점 거대해지면서 우뚝 서더니, 그 사이로 가느다란 은대(銀帶)가 생겨나 바위 위에 얹히면서 바위 모퉁이가 더욱 울퉁불퉁해 보였다.

거대한 바위로 이루어진 봉우리에는 남방 특유의 강향황단목(降香黃檀木)이 자라나 있었다. 애석하게도 이미 죽은 나무라 잎이 없었으나, 음침하게 남은 큰 줄기와 가지는 여전히 하늘을 향해 해를 가릴 기세로 서서 뭇 바위들을 가소롭다는 듯이 내려다보고 있었다. 행인들은 어깨 위의 천 보따리를 내려놓고 가래와 호미를 꺼냈다. 뿌리 부분은 거대한 바위에 박혀 있고 부서진 채로 한데 얽히긴 했으나, 키가 큰 나무는 여전히 제대로 서 있었다. 행인들은 뿌리 부분 앞으로 다가가 가래를 꺼내 그 밑의 커다란 돌을 마구 내리쳤다. 몇 차례나 내려치고도 만족하지 못했다. 가래와 돌이 서로를 거부하며 싸우는 듯했다. 한 행인은 이리저리 찾아보다가 마침내 뿌리 왼쪽에서 걸음을 멈췄다. 그러고는 이번에는 호미를 꺼내 있는 힘을 다해 내려찍기 시작했다. 원래 금이 잔뜩 가 있던 돌 표면이 한순간에 갈라져 깨지더니 구멍이 보였다. 호미와 가래를 들고 부스러진 돌을 치우면서 사람들은 이마에 흐른 땀을 닦았다. 그러고는 고개를 들어 화석과도 같은 강향황단목을 바라보았다. 웅장하게 선 바위의 기세에 찬탄을 금치 못하다가 몸을 돌려 그 구멍 안으로 뚫고 들어갔다." 이 대목에 대한 천 선생의 해설은 이렇다. '이 기록은 귀신 호수 마을의 특수한 생사 관념에 관한 것으로, 이 마을 사람들에겐 선계가 망자의 세계이므로, 우리 태평장의 도가와 불가가 뒤섞인 생사 관념과는 서로 일치하는 바가 없다.'

우리는 매일 자전거를 타고 등교했다. 매일 안개가 피어오르는 망고 나무 터널을 지나다녔다. 중학교는 초등학교보다 더 멀었다. 학교에 도착할 즈음이면 온몸에 땀이 났다. 여름에는 더 심해서 상의가 다 젖을 정도였다. 중학교는 군사화 관리 교육을 숭상하는 전통적인 시골 학교로, 남녀가 반을 나누어 수업했다. 남학생들은 일률적으로 상고머리에 흰 운동화, 흰 셔츠를 입어야 했고, 여학생들은 귀를 가리지 않는 단발에 무릎을 살짝 덮는 치마를 입어야 했다. 나는 대부분의 시간을 훠샤오좡 아이들과 함께 어울려 놀았다. 중학교 2학년 첫 학기가 막 시작되었을 때 우리는 약속이라도 한 듯이 도서관에 가서 책을 읽기 시작했다. 당시에 도서관은 보수 공사 중이어서 책을 읽고 있자면 이곳이 절반은 공사장이라는 느낌이었다. 그러다가 나를 포함한 일부 남학생들은 도서관에 들어앉아 책을 읽는 데 흥미를 상실했다. 도서관에 간다는 구실로 밤낮을 가리지 않고 인근의 인터넷 카페에서 워크래프트3 게임을 했다. 그중에서 '노부나가의 야망'이나 '수호여신' 같은 게임은 고등학교와 대학교, CS의 대전 게임 시기까지도 계속했다. 그리고 바로 이 시기에 나는 처음으로 항상 저우메이후이와 함께 노는 상태에서 벗어나게 되었다.

저우메이후이 할머니는 우리가 중학교에 진학했을 때 철도국에서 다른 업무를 맡게 되었다. 원래는 청소 업무가 외부 용역 회사에 하청되면서 일자리를 잃을 줄 알았지만, 노조의 항의와 협상을 통해 철도국 소속 청소부들의 업무가 검표나 내근 잡무로 전환되었다. 일이 훨씬 가벼워진 셈이었다. 이렇게 직무 전환 혜택을 받게 된 사람들은 아마도 마지막 청소부 세대일 텐데, 이미 나이가 많아 5년이나 8년 후에는 전부 은퇴해야 하는 계층이었다. 시골 기차역은 유동인구가 많지 않아서 저우메이후이의 할머니는 보조 검표원으로 업무가 전환된 뒤로 검표구에 앉아 노상 하품을 해 대는 일이 많았다. 마침 기차역도 보수 공사 중이라 공기가 잘 순환되지 않았고, 보수 공사로 인한 규칙적인 소음 때문에 할머니의 머리에선 산소 포화도가 계속 저하되었던 것이다.

중학교 2학년 2학기의 어느 날 수업을 마치고 나는 저우메이후이와 함께 도서관에 자리를 차지하고 앉아 교과서를 읽고 있었다. 다음 날이 중간고사였기 때문에 시험공부를 좀 해야 했다. 저녁 7시가 되자 몹시 피곤했던 나는 저우메이후이에게 함께 집에 가자고 했다. 저우메이후이는 얼른 가방을 쌌다. 우리는 함께 아래층으로 내려가 도서관 앞에서 자전거를 끌어내려 했다. 한참을 찾았으나 내 은색 여성용 자전거는 보이지 않았다. 이번엔 자전거를 도둑맞은 게 틀림없다는 걸 알았다. 그날 나는 저우메이후이를 뒷자리에 태운 채 그 애의 여성용 자전거를 몰고 집으로 돌아왔다. 망고 나무 터널을 지나자 갑자기 들개떼가 나타나서 자전거를 쫓아왔다. 나는 죽어라고 페달을 밟았고, 저우메이후이는 개들을 향해 책가방을 휘둘렀다. 뒤로 밀려난 개들은 더 이상 짖지 않았다. 그저 계속 자전거 뒤를 따라오면서 한 마리씩 차례로 저우메이후이가 휘두르는 가방의 공격을 받았을 뿐이다. 뒤를 돌아보니 들개들은 마치 가방에 맞으려고 줄을 서 있는 것 같았다.

"저우메이후이! 가방 휘두르지 마. 저 개들 뭔가 이상해!"

나는 저우메이후이에게 당장 동작을 멈추라고 했다. 저우메이후이가 멈추자 사방의 들개들은 큰 소리로 짖으면서 시야에서 사라졌다. 우리 주위엔 들개가 한 마리도 없었다. 그러자 나는 더 빨리 페달을 밟았다. 빨리 집으로 돌아가고 싶었다. 이것이 내가 두 번째 잃어버린 자전거였다.

사실 중학교를 졸업할 때까지 나는 도서관에서만 다 합쳐서 세 대의 자전거를 잃어버렸다. 그것도 은색 여성용 자전거를 잃어버리고 얼마 지나지 않아서였다. 한번은 작은 이모부가 우리 집에서 술을 마시다가 내게 농담조로 돈이 떨어져서 자전거를 내다 판 건 아니냐고 물었다. 나도 곰곰이 생각해 보니 이렇게 연쇄적으로 잃어버렸다는 것보다는 나 스스로 자전거를 끌고 가서 팔아 버렸다고 하는 게 더 개연성 있고 합리적일 것 같았다.

세 번째로 잃어버린 자전거는 둘째 형의 자전거로, 역시 자이언트 대리점에서 산 것이었다. 둘째 형은 이 자전거를 중학교 때부터 그 당시까지 타고 있었지만, 이제 고3이라서 대학에 가야 하기 때문에 자전거를 탈 일이 거의 없었다. 엄마는 내가 은색 여성용 자전거를 잃어버린 뒤로 둘째 형의 자전거를 타라고 했다. 은색 자전거는 좌석과 핸들 사이 지지대가 곧게 직선으로 연결된 구조였다. 나는 다리가 짧아서 자전거를 세우고 지면에 내려서려면 그 연결 지지대를 두 다리 사이에 끼워야 했다. 아주 어색하고 불편한 자세였다. 다행스럽게도 그 불편한 자전거도 얼마 지나지 않아 도서관 앞에서 잃어버렸다.

네 번째 자전거는 큰누나의 것으로, 짙은 남색 레저용 자전거였다. 가장 흔히 볼 수 있는 자이언트 제품이지만 내가 이 자전거를 좋아하게 된 건 아마도 어렸을 때 큰누나가 나를 이 자전거에 태워 터우차오 인근까지 데려갔기 때문인 것 같다. 자전거로 50분 정도 달려야 도달할 수 있는 곳이었다. 나는 그때 자전거 뒷자리에 앉아 시원함이 뭔지, 스트레스가 없는 완벽한 자유의 상태가 어떤 것인지 알게 되었다. 큰누나는 이 무렵엔 타이중에 가서 대학에 다니고 있었다. 사실 나는 줄곧 누나가 그림을 그릴 줄 안다는 게 너무나 부러웠다. 누나는 내게 머릿속에 있는 것을 그려 내라고 말했다. 하지만 내가 그리는 것은 머릿속에 있는 것과 매번 달랐다. 이번에 자전거를 도난당한 후 유증은 아주 심각했다. 나는 자전거에 자물쇠를 채워 역시 도서관 앞에 세워 두었던 걸 분명히 기억한다. 하지만 도서관을 나왔을 때는 자전거가 자물쇠와 함께 통째로 사라져 버리고 없었다. 그리하여 또 집에 와서 술을 마시던 작은 이모부는 나에게 한 가지 제안을 했다. 자전거를 가로등이나 난간과 연결하여 자물쇠를 채우라는 거였다.

좋은 제안이었지만 실제로는 아주 번거로웠다.

다섯 번째 자전거는 골동품에 가까운 자전거로, 네이산 외할머니 댁의 오래된 창고에 처박혀 있던 것이었다. 창고는 반쯤 버려진 돼지 축사와 연결돼 있었다. 바로 그 비탈 위였다. 비탈 맨 윗부분은 도로이고, 그 아래로 외할머니의 ㄷ자형 주택이 있고, 또 그 아래에 돼지 축사가 있었다. 그리고 그 아래는 드넓은 대나무 숲이었다. 고등학교 들어가기 전까지 긴 방학이 찾아오면 나는 대부분의 시간을 집이 아닌 네이산의 외할머니 집에서 보냈다. 앞에서 얘기한 내용만 보면 내가 저우메이후이와 줄곧 함께 지냈던 것처럼 보일 수도 있지만, 그건 내가 '집에 있을 때'의 일이다.

외할머니 댁 창고에 처박혀 있었던 이 낡은 자전거는 내가 중학생일 때 처음 발견되었다. 가산을 분배하기 전에 여덟째 외삼촌이 끄집어낸 것이다. 창고 안에는 수많은 잡동사니들과 함께 먼지가 잔뜩 쌓여 있었다. 어른들은 이곳에 거의 발을 들여놓지 않은 듯했다. 외할머니 댁에는 몸을 잘 움직이지 못하는 노인들과 어린아이들뿐이었다. 가산 분배 이전의 여덟째 외삼촌은 내게는 아주 좋은 사람이었다. 당시 삼촌은 갓 스무 살이 넘었다. 지금 생각해 보니 여덟째 외삼촌은 좀 늦게 성숙해진 유형이라 매사에 약간 겁을 먹고 있는 듯 보였다. 게다가 외할아버지는 남자다움과 강인함을 중시하는 일본식 교육 풍격을 지녔기 때문에, 이처럼 미숙하고 겁 많고 용기가 부족한 성격의 소유자가 강인함을 요구하는 압력을 받다가 세상과 습속에 대한 분노와 광적인 반응을 보이게 됐을지도 모른다.

천롄쉰『태평장지 속사』「구문」편의 '유시' 항목 발췌 기록 : "구멍은 옆으로 걸어야만 통과할 수 있었고 행인의 어깨가 꽉 끼었다. 좌우로 몸을 비틀어야 어렵사리 안으로 기어 들어갈 수 있었다. 몸이 너무 꽉 끼이다 보니 숨쉬기조차 힘들었다. 한순간에 온갖 생각이 들었다. 허공의 저승길로 미끄러져 들어가는 것 같기도 하고, 아주 먼 곳에서 희미하게 빛이 발산되고 있는 것 같기도 했다. 대나무 마디가 수레를 이탈하는 소리가 들리는 것 같기도 했다. 구멍이 갑자기 확 넓어지더니 몸을 똑바로 하여 설 수 있을 정도가 되었다. 심지어 제자리에서 폴짝폴짝 뛸 수도 있었다. 지나온 구멍을 보니 주먹 하나 크기밖에 되지 않았다. 구멍 가장자리 벽에 희미하게 나무 뿌리가 드러났다. 빽빽한 수염이 잔뜩 엉켜 주먹만 하게 뭉쳐 있는 듯했다. 죽은 사람들의 뼈가 숲을 이루어 손톱처럼 울퉁불퉁하게 튀어나와 구멍 여기저기에 널려 있었다. 다행히 갈림길은 아니라서 길을 잃을 걱정을 할 필요는 없었다. 하지만 길이 너무 길어서 저 아득히 먼 곳에도 출구가 보이지 않았다. 구멍을 지나던 사람들은 숨을 토하면서 점차 추위를 느꼈다. 구멍 같은 길 밖을 얼음이 둘러싸고 있는 것 같았다. 추위를 참고 참다가 거의 버틸 수 없을 지경이 이르러 발을 동동 굴러도 목이 차갑게 굳기 시작했다. 눈길이 미치는 아주 깊은 곳에서 점처럼 어두운 빛이 스며들기 시작했다.

주위가 온통 어둡고 흐릿했다. 검게 칠한 나침반 위로 몇 개의 어두운 점이 빙빙 돌고 있는 것 같았다. 그렇게 공기가 뒤섞이고 바다가 회전되었다. 퇴락한 마을 집들은 기와가 빠지거나 모퉁이가 부서져 있었다. 몹시도 불결하고 상서롭지 못했다. 혼을 부르는 깃발이 마을 어귀에 높이 걸려 있고, 나팔꽃 한 주가 깃대를 타고 휘감아 오르고 있었다. 부서져 폐허가 된 집 앞에 잘린 흰 양초들이 흩어져 있고 썩은 은전들이 쌓여 있었다. 어떤 집들 앞에는 사탕수수 가지가 거꾸로 박혀 있고, 그 끝에는 은방울이 매달려 있었는데, 음산하고 침울한 바람이 불어올 때마다 수많은 집들의 방울이 멍청하게 울려 댔다. 행인은 천 자루에서 향 세 가닥을 꺼내고 품속을 더듬어 주먹 반만 한 크기의 숯 화로를 꺼내 빨갛게 달군 숯으로 향에 불을 붙였다. 그러고는 조심스럽게 남은 향 두 가닥을 다시 자루에 넣었다. 곧 뭉게뭉게 연기가 피어올랐으나 그 연기는 한데 뭉쳐서 흩어지지 않았다. 연기는 행인 주변을 반 자 정도 떠돌면서 감싸더니 서서히 하나의 막을 이루었다. 마을로 들어서자 정경이 갑자기 확 바뀌었다. 완전히 무너져 있던 집들이 정갈하게 가꾼 정사(精舍)로 변해 있었고, 집집마다 향기 나는 녹나무와 붉은 홰나무가 가득했다. 하늘에 걸린 깃발들이 여유롭게 휘날리고 있었다. 거리는 깨끗하고 평탄했으며 그 위를 사람들이 밝은 표정으로 오가고 있었다. 사람들의 옷차림은 화려하고 부유해 보였고, 표정도 늠름하고 자신감이 넘쳐나면서 무지갯빛을 발했다. 당당하고 아름다운 신의 나라 혹은 신선의 마을 같았다.

하지만 이 모든 일이 일어나기 전, 가산을 분배하기 전의 여덟째 외삼촌은 환하고 웃음 가득한 얼굴로 우리를 낡은 창고 탐험에 데려갔다. 창고 깊은 곳에 베스파 오토바이 세 대가 처박혀 있었다. 집 안 상황은 외할아버지의 몸처럼 갈수록 기울어 가고 있었다. 이 세 대의 베스파 오토바이는 외할아버지의 간경화 세포 세 조각과도 같았다. 한때는 쌩쌩하게 움직였을 그것들은 그곳에 화석처럼 멈춰 있었다. 세 대의 베스파 오토바이 뒤에서 여덟째 외삼촌은 짙은 남색 자전거 한 대를 끄집어 냈다. 큰누나가 타던 자전거와는 디테일이 완전히 달랐다. 이 골동품 자전거는 전체가 짙은 남색으로 아무 무늬도 없었다. 여덟째 외삼촌은 이 자전거가 우리 작은 이모, 그러니까 여덟째 외삼촌의 누나가 중학교 때 타던 것으로, 한때는 자신도 탔다고 했다. 당시엔 외할아버지의 몸이 얼마나 건강했을지 상상할 수 있었다.

여덟째 외삼촌은 자전거를 끄집어 내더니 내게 걸레와 물 한 대야를 가져오라고 시켰다. 자전거에 가득 내려앉은 먼지를 닦아 낸 외삼촌은 이어서 기름을 치고 WD40 윤활제를 뿌려서 녹을 제거했다. 가장 인상 깊었던 점은 이 오래된 자전거에 거치대가 있어서 거기에 컵이나 물통을 끼울 수 있었다는 거였다. 여덟째 외삼촌과 작은 이모만이 자전거를 탄 게 아니었다. 여덟째 외삼촌의 말로는 우리 큰누나도 탔었다고 했다. 작은 이모가 큰누나에게 이 자전거를 주었던 것이다. 한번은 큰누나가 이 자전거를 타고 외할머니 댁에 갔다가 집에 돌아갈 때 너무 피곤할 것 같아서 여기에 그냥 두고 갔던 것이다. 이 자전거가 이곳에 얼마나 오래 방치되었는지는 알 길이 없었다. 이 비탈진 땅에서, 성장할 사람들은 다 성장하고 떠날 사람들은 다 떠나자, 자전거는 아무 쓸모도 없이 버려졌다. 여덟째 외삼촌만이 이곳에 남아 있고 싶어했다. 이미 뿌리가 썩어가는 비탈진 땅의 용안 나무처럼 여덟째 외삼촌만 고집스레 이곳에 남았다. 심지어 외삼촌은 이런 쇠락을 인정하지 않고 있었다.

당시 나는 자전거가 없었다. 집 안팎으로 내가 자전거

를 세 대나 잃어버렸다는 사실을 모르는 사람이 없었기 때문이다. 그런데도 여덟째 외삼촌은 이 자전거를 내게 주었다. 여튼 나는 내가 아버지와 엄마 양가 가족의 의견을 하나로 만드는 데 성공한 셈이라고 생각했다. 내가 기초 능력시험을 끝내고 나서야 그 자전거는 인터넷 카페 앞에서 사라졌다.

가산을 분배하기 전의 여덟째 외삼촌은 이미 떠난 지 오래지만, 나는 지금도 그 사실을 실감하지 못하고 있다. 가산을 분배한 뒤의 여덟째 외삼촌과 가산을 분배하기 전의 외삼촌은 원래는 같은 사람이었다. 외할아버지가 세상을 떠나고 나서 우리 엄마와 일란성 쌍생아로 함께 출생한 언니, 그러니까 큰 이모(우리가 어렸을 때 엄마는 일을 하느라 시간이 없었기 때문에 우리 같은 어린아이들은 큰 이모가 떠맡아 키웠고, 우리는 모두 이모를 이모 엄마라고 불렀다)는 갑자기 신비한 초능력이 생겨서 스승도 없이 수많은 사람들의 전생과 금생을 속속들이 알게 되었고, 관상과 수상을 통해 운세를 예측하는 능력을 터득했으며, 민간의 온갖 무속과 유가, 도가, 불가의 법술을 훤히 꿰뚫게 되었다. 들리는 바에 의하면 가산을 분배할 때 여덟째 외삼촌은 다른 모든 형제자매들과 말다툼을 벌였고, 심지어 치고받는 일까지 벌어졌다고 한다. 엄마 입에서 나온 얘기론는 여덟째 외삼촌은 자기 형제자매들이 모두 자신에게 면목이 없는 짓을 했다고 생각했다고 한다. 나이 어린 자신을 속였다는 것이다. 하지만 이 일의 진상이 실제로 어땠는지는 우리 같은 어린애들은 현장에 없었기 때문에 전혀 알 수가 없었다.

이모 엄마는 여덟째 외삼촌이 전생에 진 빚을 이생에서 갚으라고 억지를 부리는 거라고 말했다. 또 여덟째 외삼촌의 얼굴이 갈수록 안 좋고 눈빛이 늑대처럼 음산하게 변했다고 했다. 그리고 마지막으로 여덟째 외삼촌이 악한 무언가에 사로잡혀 있는 것 같다고 했다. 여덟째 외삼촌은 가산을 분배하면서 상당한 땅을 분배받아 '산자오즈(三角仔)'라는 마을에 단층집을 한 채 지었다. 형태는 네이산에 있는 집과 매우 유사했다. 같은 틀로 찍어낸 것 같았다. 심지어 실내 인테리어와 사무용 책상, 티비, 소파 등의 배치도 완전히 똑같았다. 이모 엄마는 여덟째 외삼촌이 일을 하러 나간 틈을 타서 그의 집을 찾아가 법술을 벌이고 부적을 붙여 놓았다. 세 가지 가축과 네 가지 과일 등의 제사용품을 바치는 것은 말할 것도 없고, 커다란 수탉을 한 마리 가져다 현장에서 목을 베어 죽인 다음, 닭피를 문지방에 발랐다. 이모 엄마는 악한 혼이 들어오지 못하게 하려는 거라고 했다.

아니나 다를까 일을 마치고 집에 돌아온 여덟째 외삼촌은 천둥처럼 화를 내면서 펄쩍펄쩍 뛰더니 식칼을 집어들고는 이모 엄마의 집으로 쳐들어가 문을 미친 듯이 찍어

댔다. 이에 대해 작은 이모는 완전히 다른 해석을 내렸다. 여덟째 외삼촌이 정신 혹은 감정에 심각한 문제가 있다는 것이었다. 병일 가능성이 크다고 했다. 작은 이모는 여덟째 외삼촌에게 여러 차례 병원에 가 보라고 권유했다. 두 사람은 나이 차가 많지 않고 가산을 분배하기 전까지는 가장 가까웠던 사이였다. 처음 몇 번은 여덟째 외삼촌도 작은 이모에게 병원에 가보겠다고 했지만, 얼마 지나지 않아 작은 이모도 더 이상 외삼촌을 타이를 방법이 없다는 결론을 내리고 말았다. 나는 종종 가산을 분배하기 전에 여덟째 외삼촌이 자신에게 정말로 병이 있다는 사실을 의식했을까, 병의 느낌이 있었을까 추측해 보곤 했다. 발육이 늦고 겁 많은 성격을 타고났는데, 강한 남성적 기질을 강조하는 전통적 일본식 교육을 강요당하면서 자신에게 병이 있다는 사실을 받아들이기 어려웠던 건 아닐까 하는 게 내 추론이었다. 외삼촌에게 병을 인정한다는 건 자신의 유약함을 드러내는 것과 마찬가지라서 남들에게 그런 모습을 보이고 싶지 않았을 것이다.

나는 고등학교에 들어가서도 그 자이언트 대리점에 가서 자전거를 또 한 대 끌고 와야 했다. 가장 흔히 볼 수 있는 레저용 자전거였다. 나는 지금도 G2800이라는 그 모델 넘버를 기억하고 있다. 물색과 은색이 교차하는 이 자전거를 나는 고등학교에서 타이난의 대학에 갈 때까지, 그리고 다시 화롄에 있는 대학에 갈 때까지 계속 타고 다녔다. 내 인생에서 가장 오래 보유한 자전거이자 나의 여섯 번째 자전거였다.

고등학교 때는 줄곧 자이시 시내에서 공부를 했다. 첫 해엔 대학교 승차증을 신청하여 무료로 대학교 버스를 타고 등하교 하기도 했다. 마침 학교에서 버스를 새 차로 바꾼 터라 요새 타이베이 대중 교통의 어떤 버스보다도 시설이 좋았다. 저우메이후이도 고등학교에 진학했다. 그 애가 다니는 학교는 자이 여학생들의 1지망인 명문 학교였지만, 나는 간신히 국립 기술 고등학교에 들어가서 전혀 흥미도 없는 회계를 공부하게 되었다. 우리는 여전히 함께 학교 버스를 타고 등하교 했다. 하지만 두 사람의 화제는 이미 갈수록 줄어들고 있었다. 고2로 올라간 나는 1학기 어느 날 수업을 듣다가 문득 자전거를 타고 등하교 하고 싶다는 생각이 들었다. 우리 집에는 자전거를 타고 등하교 하는 사람이 하나도 없었다. 훠샤오좡에서 자이시에 있는 학교까지 가려면 대략 50분 정도를 달려야 했다. 처음 자전거를 타고 망고 나무 터널을 지나 마을을 빠져나올 때는 좀 힘들다는 느낌이었다. 상상했던 것보다 훨씬 피곤했다. 하지만 동시에 어떤 해방감을 느낄 수 있었다. 사회의 운동 법칙이 더 이상 내 몸에 강제되지 않는 느낌이었다. 우리 가족 전체와는 다른 패치워크 한 조각을 얻은 것 같았다.

혹은 나를 이런 순환에서 이탈하게 해 주는 새로운 카드 조합을 손에 넣은 것 같기도 했다.

얼마 지나지 않아 나는 학교까지 좀 더 일찍 도착할 수 있는 지름길을 하나 발견했다. 수류마 묘당 방향으로 훠샤오좡 패방을 따라 곧장 직진하는 길이었다. 수류마 묘당을 지나 다리를 건너다 보면, 우리 집 돼지 축사에서 흘러나오는 분뇨에 오염된 다리 밑 작은 개천에서 고약한 냄새가 났다. 앞으로 좀 더 달리면 오른쪽으로 온통 무덤으로 뒤덮인 산이 보였다. 아빠는 그 산이 새로 조성된 산이라고 말했다. 왼편에 무성한 나무로 뒤덮인 산꼭대기가 진짜 오래된 산이라는 것이다. 그러면서 그 산 꼭대기에 어떤 사람들이 사는지는 할아버지도 모르실 거라고 했다. 이른 아침이나 해가 진 뒤에 자전거를 타고 이곳을 지날 때마다 항상 안개가 자욱한 게 보였다. 아주 짙은 안개였다.

천렌쉰의 『태평장지 속지』「구문」 편 '유시' 항목에 야관(夜官)에 관한 기록이 남아 있다. "(야관은) 손에 검은 비단을 쥐고 힘없이 행인을 잡아끌고서 동문을 향해 갔다. 동문에 이르자 선향(線香)이 손가락 절반 정도밖에 남지 않았다. 곧 꺼질 것 같았다. 동문에서 보이는 풍경은 입성할 때와 같지 않았다. 여전히 청결하고 정돈이 잘되어 있긴 했지만 길과 거리가 텅 비어 있고 인적이 없어 몹시 적

막했다. 벌레 울음소리와 새 울음소리만 찍찍 짹짹 요란했다. 모든 것이 동문에서 사라져 버렸다. 공기도 감히 방자하게 이동하지 못하고 응고되어 허공에 들러붙어 있었다. 동문 바로 맞은편에 우물이 하나 있었다. 성문이 세워지기 전, 삼베로 지은 옷을 입고 속이 훤히 비치는 검은 망사로 얼굴을 가린 부인 하나가 곧은 자세로 서 있었다. 발에는 검은 꽃무늬가 새겨진 화분 높이의 납작한 신발을 신고 있었다. 허공에 걸린 듯이 키가 컸다. 불길한 기운이 감도는 가운데 여자가 손가락 끝이 검고 창백한 손을 멀리 뻗었다. 손바닥을 하늘을 향한 채로 행인을 향해 내밀었다. 행인은 마음속으로 뭔가를 짐작하면서 부인을 향해 한 걸음 한 걸음 다가갔다. 검은 망사 아래 감춰진 얼굴은 제대로 보이지 않았다. 지난번에 부인이 지니고 있던 검은 손수건도 보이지 않았다. 마침 손에 들고 있는 검정 비단이 생각난 그는 꼭 쥔 채 움직이지 않는 부인의 손에 그것을 천천히 쥐여 주었다. 그러고 나서 막 뒤로 물러서려는 차, 손가락 끝이 검은 손이 물러서려는 행인의 팔을 꽉 움켜쥐었다. 선향을 쥐고 있는 다른 손도 낚아챘다. 손은 음산하고 차갑고 축축했다. 창백한 죽음의 감촉이었다. 부인은 선향을 빼앗고 또 다른 손으로는 그의 팔을 움켜쥔 채 풀지 않았다. 고개를 들어 보니 그 모습이 꼭 인형 같았다. 부인은 소리 없이 입을 벌리면서 손을 줄처럼 끌어당겼다. 그렇게 당기고 멈추기를 반복하더니 꺼진 선향을 삼켜 버렸다. 그러고는 행인을 바라보았다. 소리 없는 입이 뭔가 날카로운 소리를 지르는 것 같더니 갑자기 행인을 우물 속으로 홱 밀어 버렸다.

위아래로 굽이치며 회전하는 물줄기는 아주 좁았다. 온몸이 젖으면서 몹시 추웠다. 코와 입으로 물이 가득 들어찼고 폐는 참을 수 없이 막혔다. 머릿속이 딱딱하고 녹지 않는 차가운 얼음으로 가득한 것 같았다. 추워서 아플 지경이었다. 마침내 장려하고 험준하면서도 그윽한 수로로 들어서자 그는 길게 숨을 한 번 들이마셨다."

나는 사람들이 시신을 마구 어지럽게 묻어 버리고 아무도 관리하지 않은 채 버려둔 이 언덕을 지나는 게 뭐 그리 무서운지 생각할 겨를이 없었다. 수학과 회계 과목 보충시험 때문에 골치가 아팠던 나는 가끔씩 저우메이후이에게 이런 과목의 내용을 가르쳐 달라고 부탁했지만, 애석하게도 저우메이후이의 학과에는 이런 과목이 없었다. 일부 개념에 대해서는 교과서를 보면서 가르쳐 줄 수 있었지만, 나는 정말로 배울 마음은 없었다. 나는 낮이나 밤이나 그 자전거를 타고 가족들과의 관계가 애매한 몇몇 친구들과 함께 마구 싸돌아다녔다. 고3 때는 자전거를 타고 자이현과 시내 전역을 돌아다녔다. 한밤중에 타이바오 고속철도역 근처, 커다란 뱀들이 출몰하는 구불구불한 도로를 달렸던 일도 기억난다. 그날 내 귓가에는 MP3에서 흘러나오는 오월천 밴드*의 〈여러 신들에게 묻다(借問眾神明)〉라는 노래가 요란하게 울려 퍼지고 있었다. 여름방학 중에서도 가장 무더운 여름날 오후, 우리는 햇볕을 가릴 장치라고는 아무것도 없는 푸다이강(布袋港) 방향의 아스팔트길을 달렸다. 푸다이강에 이르렀으나 수중에는 점심을 사먹을 돈도 없었다. 그저 굴전 1인분을 주문하고 태국에서 수입한 7-11 비타민 음료를 벌컥벌컥 마시는 게 우리가 할 수 있는 전부였다.

고등학교에서 대학교로 진학하기 위한 관문인 통일측시(統一測試) 시험에서 나는 완전히 망해 버렸다. 타이난까지 가서 어느 약리(藥理) 대학에 다니면서 나는 내 겉껍질 한 겹이 썩어 버린 듯한 느낌으로 살아야 했다. 자전거도 함께 데리고 갔다. 나는 학교 수업을 듣는 대신 미친 듯이 자전거를 타고 다니면서 고등학교 때 읽었던 한가한 책들에 의지해 시간을 보냈다. 얼마 지나지 않아 나는 다시 자전거를 가지고 화롄으로 가서 다른 대학에 다니기 시작했다. 현대 문학을 전공하기 시작하면서 마침내 그 죽은 것

* 五月天. 1997년 3월 29일에 결성한 타이완의 유명 로큰롤 밴드. 원샹이(温尚翊), 천씬홍(陈信宏), 스진항(石锦航), 차이성옌(蔡升晏), 류옌밍(刘谚明) 다섯 멤버로 구성되었다(옮긴이).

같았던 외피가 벗겨지기 시작했다.

사실 G2800은 화롄에서 여러 차례 잃어 버렸다. 다행히 전부 학교 근처에서였고 매번 다시 찾을 수 있었다. 다른 학부 건물을 돌아다니면서 유심히 살펴 보면 이내 내 자전거를 알아볼 수 있었다. 하지만 졸업을 코앞에 둔 시기엔 마음속으로 자전거가 너무 낡아 아무도 훔쳐가지 않으리라는 생각이 들었다. 훔쳐가도 그만이었다. 그리하여 자전거를 기차역에 세워놓고 자이의 옛 집에 왔다가 다시 화롄으로 돌아갔다. 기차역에 도착하여 G2800이 보이지 않는 순간, 나는 정말 진심으로 후회했다. 내게는 이 자전거가 그저 자전거라는 존재로 그치는 게 아니라 내 기억 속의, 대체할 수 없는 모종의 풍경이었기 때문이다. 그러나 다시는 그 자전거를 찾을 수 없었다.

내가 자전거로 등하교를 시작한 뒤로 저우메이후이는 점차 내 삶 속에서 흐려져 갔다. 그녀의 행동거지는 이미 정상적인 사람들과 다를 바 없었다. 저우메이후이는 내내 학업 성적이 좋았고 아주 우수한 성적으로 한 국립 대학에 들어가 전액 장학금을 받고 다녔다. 그 애의 할머니는 재작년에 이미 퇴직했고 금지 가게도 접은 상태였다. 하지만 몸을 한가하게 두지 않고 10만 원*을 들여서 누군가의

* 한화로는 약 450만 원이다(옮긴이).

노점을 빌려 작은 가게를 열었다. 훠샤오좡 패방 옆에서 러우쭝*과 쓰션탕**을 팔기 시작한 것이다. 주요 고객은 인근 대학 학생들이었고 장사도 그럭저럭 잘되는 편이었다. 나는 집에 돌아가는 일이 드물었기 때문에 저우메이후이와 마주치는 일이 거의 없었다.

졸업한 첫 해에 나는 화롄에 남아 작품을 만들고 있었다. 자전거를 잃어버린 내게 대학 친구가 자기 자전거를 남겨 주고 갔다. 아주 특별한 자전거였다. 그 친구의 아버지는 자전거 점포를 운영하고 있었다. 자전거는 접이식 자전거였는데, 부속품 일부가 그의 아버지에 의해 특수한 개조를 거쳤다. 친구의 말로는 세상에 단 한 대밖에 없는 자전거라고 했지만, 그래서 상대적으로 정비와 부품 교체가 어려웠다. 화롄은 비가 많이 오고 다습한 기후라서 내가 묵고 있던 기숙사 주차장에는 비를 가릴 수 있는 울타리가 마련되어 있었다. 그런데도 일 년쯤 지나자 자전거는 여기저기 녹 투성이인 데다 일부 나사는 녹슬어서 다시 조일 수 없이 헐거워져 버렸다. 대학교 인근에 있는 자전거포에

* 肉粽. 약간의 야채와 함께 다양한 종류의 고기가 소로 들어간 쭝즈, 즉 연잎에 넣고 찐 밥을 가리킨다(옮긴이).

** 四神湯. 복령(茯粽), 회산(怀山), 연밥, 율무 등 서로 보완 작용을 하는 재료로 끓인 탕으로, 열을 내리고 배뇨를 원활하게 하며 혈색을 좋게 하는 기능을 한다고 알려져 있다(옮긴이).

끌고 갔더니 주인은 부품이 없어서 수리가 불가능하다고 했다. 나는 말없이 자전거를 다시 숙소로 끌고 오는 수밖에 없었다. 모래에 머리를 처박은 타조처럼 자전거를 계속 숙소 주차장 울타리 안에 처박아 두고 회피했는데, 화롄을 떠나는 날이 되어서야 자전거가 다시 생각났다. 언젠가 화롄에 다시 오면 타이베이로 가져가야겠다고 마음먹었지만 4년이 다 되도록 가져오지 못했다. 쓰레기로 간주되어 처리되었을지도 모른다. 이것이 내 곁에 있다가 떠나 버린 일곱 번째 자전거였다.

나는 대체근무로 병역을 해결했다. 먼저 청궁링*으로 내려간 다음, 전공에 따라 타이난의 모 구청에 파견되어 단지 조성 업무를 맡게 되었다. 하지만 구청장 외에는 단지 조성 같은 일에 나서려는 사람은 없었다. 지역에 실질적인 효과를 줄 수 없을 뿐 아니라, 너덧 개 대학 연구소에서 막 졸업한 인력들이 이미 지역 개조에 긍정적인 효과를 가져다주고 있었으므로, 내가 단지 조성 업무를 진행한다는 건 허황되고 터무니없는 얘기였다. 나는 신병 훈련에서 받은 월급으로 모멘텀(Momentum)사의 여성용 자전거를 한 대 샀다. 파란색과 분홍색이 어우러진 자전거로 정말 마음에 들었다. 매일 아침 구청에 출근할 때 이 자전

* 成功嶺. 타이완 군대의 신병 훈련을 위한 군사기지가 있는 곳으로, 다두산(大肚山) 동남쪽에 위치하고 있다(옮긴이).

거를 타고 갔고, 구청에서의 일과 휴식, 생활에 항상 자전거가 동행했다. 당시 시간은 무척이나 평온하게 흘러갔다. 심지어 제법 즐겁기도 했다. 휴가를 맞아도 고향에 돌아가는 일은 드물었고, 그냥 타이난에 남아 자전거를 타고 사방을 돌아다니거나 숙소에 틀어박혀 영화를 보았다.

내 숙소는 지방으로서는 '고급 주택가'에 속하는 곳에 위치한 건물이었다. 처음에는 지방 세무국 재산이었으나 나중에 행정권 조정으로 구청 관할이 되었다고 한다. 평소에는 잡동사니를 쌓아두던 공간으로, 선거 기간에는 투표소로 쓰이기도 했다. 칸막이가 없는 사무실 같은 공간이었다. 우리 네 명의 대체 근무병들 중 둘은 타이난 사람들이었다. 반년쯤 지나자 이들은 영상을 이용한 감시와 점호 상황을 확실히 파악한 뒤, 과학 기술을 이용하여 이곳에 머물지 않고 자기 집에 가서 자고 왔다. 물론 사고를 일으키지 않는 걸 전제로 해서.

전역 후에는 몇 가지 직업을 전전하다가 마지막으로 신베이시(新北市)의 딴수이(淡水)에 있는 어느 문화 기금회에서 집행 업무를 담당하게 되었다. 모멘텀 자전거는 줄곧 나를 따라 타이베이로 왔다가 딴수이까지 동행하면서 여러 차례 예술 전시 기획 활동과 문학 활동에 참여했고, 나는 기금회를 거쳐 인근의 한 극단에서 주요 행정 총괄 업무를 담당했다. 어느 날 극단에 출근하려고 하는데 갑자기 자전거가 보이지 않았다. 당시 나는 자물쇠를 아주 착실하게 사용하고 있었기 때문에 도둑이 왜 그렇게까지 내 자전거에 집착해서 자물쇠가 채워진 상태로 훔쳐갔는지 이해가 되지 않았다. 퇴근하고 나서 근처 파출소에 가서 CCTV를 살펴보았다. 미묘하게도 내가 자전거를 세워 놓은 구간 앞뒤로는 전부 CCTV가 있었지만, 유독 내 자전거가 세워져 있던 곳에만 없었다. 경찰은 내게 도둑맞은 시간대를 특정해 내면 전후 구간에 있는 CCTV를 조사해 보겠다고 했다. 이리하여 나는 파출소에서 늦은 밤까지 흐릿한 CCTV 화면을 자세히 살펴보았다. 한참이나 화면에 눈을 고정시키고 나서야 간신히 누군가가 자전거를 타고 가는 장면을 확인했지만 누군지 알아볼 수 없었다. 결국 자전거를 포기하고 말았다.

저우메이후이가 남부의 한 미술관에서 기획 업무를 맡아서 대형 예술 전시를 적지 않게 기획했다는 소식도 들었지만 나는 이미 아주 오랫동안 그 애와 만나지 못했다.

나는 종종 나와 저우메이후이가 어려서부터 함께 자랐고 분명히 아주 가까운 사이였는데, 왜 갑자기 갈수록 멀어지기 시작했는지, 왜 심지어 잡담을 나눌 때조차 의기투합이 되지 않았는지 생각을 해 보았다. 초등학교 5학년 때의 일일 것이다. 한번은 나랑 저우메이후이가 함께 자전거를 타고 토지공묘로 놀러 간 적이 있었다. 토지공묘 오른쪽에는 삼각형 모양의 논이 있었다. 삼각형 한쪽 모서리가 묘당 쪽에 가까이 붙어 있고, 바로 그 자리에 물을 모으기 위한 저수지가 남아 있었다. 나랑 저우메이후이는 자전거를 세워놓고 물가에 쪼그리고 앉았다. 우리는 뱀 같기도 하고 민물장어 같기도 한 생물이 헤엄치고 있는 걸 보았다. 나는 저우메이후이와 내기를 했다. 나는 민물장어라고 했고 저우메이후이는 뱀이 틀림없다고 말했다. 나는 이렇게 말로만 해서는 민물장어인지 뱀인지 단정할 수 없고 잡아 봐야 확실히 알 수 있다고 했다.

이리하여 나는 몸 전체를 물 깊숙이 집어넣어 그것을 잡으려고 시도했다. 상반신은 거의 허공에 떠 있는 상태로 수면 위에 떠 있는 그것을 향해 왼손을 쭉 뻗었다. 아주 천천히, 거의 손이 닿을 뻔한 순간, 한쪽 발에 힘이 들어가면서 중심을 잃었고, 폭탄이 터진 듯이 물보라를 일으키며 물속으로 떨어졌다. 물보라의 높이는 일 미터쯤 달했다. 등이 시멘트벽에 스쳤지만 당시엔 아무런 느낌도 없었다. 저수지 위로 기어 오른 뒤에야 불에 덴 듯이 쓰라린 통증을 느꼈다. 다행히 넓은 부위에 입은 찰과상에 불과했다. 저우메이후이는 나를 데리고 천천히 자전거를 몰고 집으로 돌아왔다. 내가 저우메이후이에게 말했다.

"내가 봤어. 뱀이었어. 네가 이겼어."

하지만 우리가 내기에 무얼 걸었는지는 기억 나지 않았

다. 아마도 저우메이후이는 애당초 정말로 내기를 하려는 의도는 없었던 것 같았다.

집에 돌아왔으나 엄마는 다친 나를 위로해 주지 않았다. 도처의 이웃과 친척들은 어린애가 길가에서 뱀을 보고 민물장어로 착각하고 잡으려다가 발을 헛디뎌 물에 빠졌다며 요란하게 웃어대고 놀렸다. 등의 찰과상은 아주 컸다. 다행히 내상은 전혀 없었다. 엄마는 나를 데리고 민숑 시내에 있는 국술관(國術館)으로 데려가 검사를 하고 약을 발라 주었다. 나이가 지긋하신 사부님은 내게 어떤 약을 써야 할지 잘 몰랐다. 약을 바르는 동안 상처 부위가 너무나 아파서 눈물이 날 뻔했다. 사부님은 면으로 된 천을 한 조각 가져다 특별히 조제한 약을 발랐다. 고기를 구울 때 양념장을 바르듯이 상처 부위를 힘주어 누르면서 약을 발랐다. 딱지가 앉기 시작한 상처가 다시 갈라지면서 온통 벌겋게 부었다.

하지만 상처를 아물게 하는 마지막 치료 방식은 꽤 신기했다. 상처 딱지가 조각조각으로 흑갈색의 딱딱한 형태가 아니라 누르스름하고 투명한 녹말 종이 같은 형태로 내 등짝에 들러붙어 있었다. 내 손으로 직접 등에서 커다란 녹말 종이 같은 딱지를 떼어낼 수 있었다. 이 과정이 꼭 뱀이 허물을 벗는 것 같다는 생각을 지울 수 없었다.

그 덕분에 어렸을 때 보았던 뱀이 생각났다. 수류마 묘당과 우리 돼지 축사 사이에 있는 개천에서 커다란 뱀을 두 마리나 봤다. 도로에 아스팔트 포장을 하기 전이었다. 크기가 작았던 수류마 묘당은 다리 옆에 세워져 있었다. 금색 향로가 하나 있었지만 거기에 향을 태우는 일은 드물었다. 당시엔 개천을 정비해서 양쪽을 시멘트로 마감하고 굴삭기로 바닥 진흙을 준설하는 공사를 진행하고 있었다. 어느 날 오후 엄마가 갑자기 돼지 축사에서 돌아오더니 내게 거대한 뱀을 구경시켜 주겠다고 하면서 그곳으로 데려갔다. 하천변에서 공사를 진행하던 인부들이 커다란 뱀을 잡았다고 했다. 길이가 사람 키 네 배 정도 되는 뱀이었다. 인부들은 굴삭기로 뱀의 몸통을 관통한 채로 끄집어 내서 허공에 높이 들어올렸다. 멀리서 보았을 땐 모양이 그리 선명하지 않았다. 먼지 비슷한 바탕색에 갈색 반점이 있는 것 같았다. 사람들의 말로는 독이 없는 뱀이라고 했다. 인부들은 전부 뱀을 향해 절을 올려야 한다고 했다. 이렇게 크고 긴 뱀은 곧 정령이 될 것이기 때문이었다. 굴삭기로 뱀의 배를 뚫어 버렸기 때문에 절을 올리지 않으면 앞으로 안 좋은 일들이 생길 거라고 했다.

두 번째로 뱀을 보게 된 건 좀 더 작은 사건이었다. 큰누나가 꽃무늬가 아로새겨진 남색 자전거에 나를 태우고서 돼지 축사에서 집으로 돌아오려 할 때였다. 작은 개천과 돼지 축사 사이에 좁고 기다란 형태의 논이 있었다. 개천 한 쪽에 가까이 붙어 있었다. 논 여기저기에 물을 대는 물웅덩이가 있었다. 웅덩이는 개천과 연결되어 있는 게 분명했다. 여름날 날씨는 무척 더웠다. 물웅덩이 안에 아주 커다란 초록색 뱀 한 마리가 똬리를 틀고 있었다. 흘러들어온 개천 물에 몸을 씻고 있는 것 같았다. 나는 그것의 비췻빛 푸른 비늘을 아직도 생생하게 기억하고 있다. 비늘은 힘차게 꿈틀대는 근육을 따라 기복하고 있었다. 뱀의 몸체는 당시 내 허벅지보다 굵었다. 나는 그것의 머리를 제대로 보지 못했다. 하지만 마음속으로는 그것이 내가 최초로 본 신령이라는 생각이 들었다. 야신(野神)에 대한 첫 인상이었다.

이는 내가 저우메이후이와 함께 겪지 않은 몇 안 되는 일 중 하나였다. 하지만 당시엔 그 애와 관계가 아주 밀접했기 때문에, 내가 우연히 야신에 관해 듣거나 보게 되는 일들이 전부 나와 그 애와의 관계가 얼마나 가까운지에 따라 결정된다고 생각했다. 저우메이후이는 정말로 야관의 환생일까. 어렸을 때는 그렇다고 생각했고 그 애를 숭배하기까지 했다. 고등학교에 입학한 뒤로는 저우메이후이가 자신만의 번뇌를 너무나 무겁게 지고 있다는 걸 알게 되었다. 고등학교에 들어가기 전까지 아직 문명화되지 않은 원숭이 같았던 나는 이런 번뇌를 가진 존재가 야관이라면 이 세상에는 야관이 무수히 많을 테고, 야관들이 지켜 줘야 할 것들이 너무나 많으리라는 생각조차 하지 못했다. 나는 나 자신과 저우메이후이가 하나로 조합되어야만 '완전한 야관'이 될 거라고 생각했다. 야관이 정말로 바람을 부르고 비를 내리는 정신(正神)이나 음신(陰神) 혹은 야신(野神)이 아니라, 일종의, 어린아이들이 세상을 바라보는 상태라고 여긴 것이다. 이는 인류가 역사를 보는 기점이기도 할 것이다. 그것은 보잘것없는 출발점을 지키려는 관찰과 행동이었다.

천스화의 『태평장지』「이문」편에 이런 기록이 있다. "태평장 남쪽에 산이 하나 있는데 마을 사람들의 전하는 얘기에 의하면 그 산에 뱀 요정이 있다고 한다. 푸른빛과 붉은빛이 뒤섞인 이 뱀은 나타날 때마다 닭고기 봉공을 즐겼다. 뱀 요정은 이 마을과 역병의 악신이 침범하면 마을을 대신해 그에 대항하는 동시에 오곡왕에게 소식을 통보해 주기로 약속했다. 들리는 바에 의하면 이 뱀 요정은 원래 시라야족*의 토지신이었는데 한인(漢人)들이 온 뒤로 야신이 되었다고 한다. 이 뱀 요정이 토지신이었을 때

* Siraya. 주로 자난 평원에 살고 있는 타이완 원주민 부락으로, 19세기에 한인들이 생활하는 구역과 영역이 겹치는 바람에 문화적 침범을 받아 일부는 타이완 동부로 이주했다. 조상신들의 힘을 상징하는 물을 숭배하는 것으로 알려져 있다.

의 이름은 '현명(玄冥)'이었다." 천스화는 이 '현명'이라는 이름이 시라야족 언어의 발음을 한인들이 한자로 기록한 것이라고 설명하고 있다.

4장

앉은뱅이 의자와 세면대

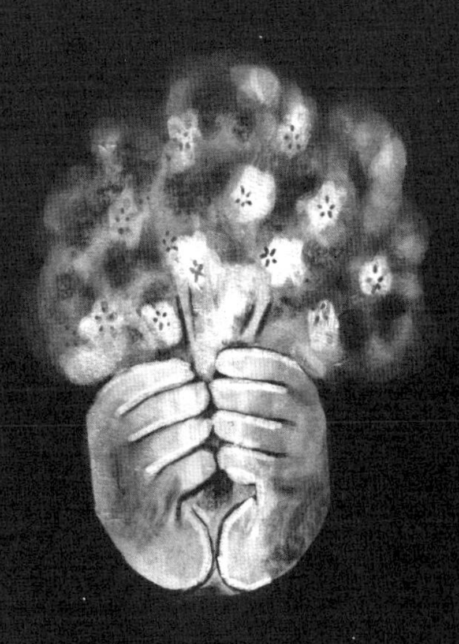

세면대. 나는 종종 사람들이 사용하지 않을 때 세면대 거울 속에 무엇이 있을지 상상하곤 했다. 거울 속 세상은 내가 보는 것과 똑같을까?

매일 아침 치약 거품이 세면대를 거쳐 하수관으로 흘러 들어간다. 세면대 앞에서 우리는 잠시 청결함을 얻는다. 종교적 느낌을 약간 가미하자면 정화라고도 할 수 있다. 세면대 거울은 우리가 매일 밤낮으로 불결한 상태에서 깨끗한 상태로 변화해 가는 과정을 응시한다. 세면대가 하나의 종족이라면, 거울은 그의 두 눈이자 먹을 것을 받아들이는 기능을 할 것이다. (배수구는 또 다른 입이다.) 세면대는 우리의 불결함을 먹고산다.

욕심이 가득하고 '조리'에 뛰어난 재능을 가진 미식가를 만난다면, 세면대는 제 몸 위에서 식재료를 가공하는 데 전혀 개의치 않을 것이다.

어린 시절 어느 날 밤, 나는 목욕수건과 옷을 한데 품고 불안한 모습으로 목욕을 하러 욕실로 들어갔다. 나는 줄곧 우리 집 욕실을 두려워했다. 어두컴컴한 데다 습기가 많기 때문이었다. 전등 스위치를 올리면 항상 10초쯤 지나야 불이 켜졌다. 그 어둠의 10초 동안 나는 잔뜩 경계하는 자세로 칠흑 같은 욕실 입구 어딘가를 보고 있어야 했다. 욕실 안에 '뭔가 있을 것 같은' 공포 때문이었다. 그날도 마찬가지로 어둠 속을 바라보며 서 있었다. 전구에 불이 들어오는 순간 나는 마침내 '그 무언가'를 보고 말았다. 그녀가 그곳, 아주 낮은 선반 위에 앉아 있었던 것이다. 세면대 옆에 여덟아홉 살쯤 된 어린 소녀가 앉아 있었다. 옛날식 붉은 옷으로 치장하고 머리는 두 갈래로 땋은 모습이었다. 창백한 얼굴의 양 볼엔 진하고 요염하게 연지가 찍혀 있고 입술에도 발려 있었다. 눈은 나를 똑바로 쳐다보고 있었다.

나는 숨을 쉬고 있는 것 같지 않았다. 심장이 엄청난 힘으로 뛰고 있었다. 놀라서 넋이 나간 듯했다. 머릿속으로 불이 들어오기 전에 하려고 했던 일을 생각해 보았다. 옷을 선반 위에 올려 놓는 일이었다. 그렇게 천천히 그녀 옆으로 다가가 수건과 옷을 내려놓았다. 그녀는 사라지지 않았다. 눈은 나를 보고 있지 않았다. 가까이 다가가자 볼에 찍은 연지와 피부가 보였다. 정교하고 세밀한 밀랍 같았다. 혹은 피부를 정교하게 재현한 플라스틱 재질 같기도 했다. 아무래도 산 사람의 피부 같지 않았다.

나는 욕실 밖으로 뛰쳐나왔다.

엄마는 잔뜩 긴장해서 나를 데리고 수경*을 하러 갔다. 어렴풋이 수경 하는 노파가 내가 본 게 역귀(疫鬼)였다고 말했던 게 기억난다. 하지만 내가 느끼기에 그것은 장례식 때 사람들이 망자의 왕생을 기원하며 태우는 금동옥녀

* 收驚. 까무러친 아이의 혼을 불러오는 무속 행위를 가리킨다(옮긴이).

같았다. 나는 마음속으로 수경 하는 노파가 되는 대로 꾸며낸 말이라고 생각했다. 하지만 이상하게도, 그 일 이후 우리 집 세면대가 갑자기 아주 깨끗해졌고, 청소할 필요가 드물어졌다. 마치 세면대가 이제 내 상황이 많이 좋아졌다고, 몸이 건강해졌다고 말하는 것만 같았다.

대학에 들어간 뒤로 나는 집 밖에 나가 살게 되었다. 내가 머문 곳은 남부 시골의 타운하우스였다. 가끔씩 한밤중이면 TV가 저절로 켜지곤 했다. 처음에는 몹시 무서웠지만, 그런 일이 여러 차례 반복되고 시간이 흐르면서 점점 덤덤해졌다. 허공에 대고 소란 피우지 말라고 하면서 일어나 리모컨으로 TV를 끄면 그만이었다. 한번은 TV를 끄고 나서 화장실에 갔다. 전등을 켜는 순간, 세면대 거울에 보이는 내 모습이 정면이 아닌 뒷모습이었다. 눈을 한 번 깜박이자 거울은 금세 정상으로 돌아왔다. ……거울 속 그림자가 줄곧 나를 바라보고 있었던 걸까.

하지만 내가 그때 왜 그렇게 무서워하지 않았는지 이유는 모르겠다. 날이 너무 더워지면 나는 완전히 알몸으로 화장실 바닥에 누웠다. 바닥을 깨끗이 닦으면 약간의 물 냄새 외엔 문제될 게 없었다. 휴지 쓰레기조차 안에 두지 않았다. 그리고 나는 화장실 안에서 잤다. 바닥에서 물이 흘러들어가는 하수구 구멍을 강줄기로 상상하면, 화장실은 끝없이 이어지는 육지가 되었다. 세면대는 흐르는 모든 물의 생명의 원천이자 신명이 거주하는 곳이었다. 화장실 안의 올림피아 신전인 셈이다.

세면대 거울에서 내 모습을 보면서 나 자신이 제우스 같은 존재와는 거리가 멀다고 생각했다. 과보*가 힘이 다해 죽자, 그의 지팡이가 복숭아 숲으로 변했다는 이야기도 생각났다. 나는 그런 것에 별로 개의치 않고 복숭아나 따 먹을 심산이었다.

앉은뱅이 의자 의자 고모** 의자의 노예
셋째 고모를 불러 앉게 해 두꺼운 의자에
연꽃을 얹고 연꽃 수를 놓아 연꽃 가지도
고모를 불러 물어봐 올해 고모 나이 몇인지

세 살 하고도 석 달 흰 적삼을 입었지
검은 깃에 검은 두건을 썼지
수건과 염낭에 수를 놓아

* 夸父. 중국 신화에 등장하는 전설의 존재. 지는 해가 연못에 떨어지기 전에 해 그림자를 따라 잡으려고 뒤쫓다가 도중에 목이 말라 황하(黃河)와 위하(渭河)의 물을 다 마셨고, 그러고도 갈증이 그치지 않아 북쪽 대택수(大澤水)의 물을 마시러 가다가 도중에 목이 말라 죽었다고 한다(옮긴이).

** '의자 고모'는 타이완 설화에 등장하는 세 살 난 여자아이를 가리킨다. 전해지는 얘기로는 올케의 학대로 죽었다고 한다(옮긴이).

염낭엔 돈이 있고 각반엔 푸른 테가 둘려 있지

꽃도 있고 분도 있네
연지도 있어 입술에 찍네
빈랑 심도, 후춧잎도 있네

빈랑은 달콤하고 맛있어 누구나 먹지
우리 세 살 고모에게도 나눠 줘 세 살 고모는 친하니까
씹고 또 씹고 두드리고 또 두드리네
우리 세 살 고모가 여기서 오네*

터우차오 공업 지구로 가는 옛 도로는 어느 마을 어귀와 드넓은 밭을 지난다. 그곳 인근에 유명한 황혼 시장**이 있었다. 시장은 공업 지구와 논밭, 마을이 교차하는 지점에 있었다.

* 이 동요 〈이즈구〉는 판본이 아주 많다. 여기 인용한 글은 『동스향 민남어 가요(1)』 판본으로, 내가 어렸을 때 자주 들었던 판본에 비교적 가깝다. (이 동요는 아주 오래된 노래로 내용상 별 의미 없이 작가의 옛 기억을 되살리기 위해 인용한 것이다. 이 노래는 민남어로 읽을 때 압운과 리듬감이 강조되는데, 주로 혼을 부르는 의식에 사용되었다. — 옮긴이)

** 타이완 대도시 곳곳에 있는 재래시장으로, 해질 무렵에 찾는 사람이 가장 많다. 자리를 이동할 수 있고 일상 생활에 필요한 물품을 판다는 특징이 있다(옮긴이).

황혼 이후에 저녁 식사 시간이 지나면, 시장 노점들은 전부 물건을 정리해서 철수했다. 시골의 공장에는 소수의 직원들만 남아서 번갈아 기계를 돌렸고, 논밭은 한낮의 찌는 듯한 더위에서 벗어나 서늘해지기 시작했다. 논밭 주위의 작은 길들은 썰렁하기만 했다. 관개용 수도 몇 개만 알몸을 드러내고 있었고, 시멘트로 튼튼하게 마감한 수로의 물길은 조용히 흘러갔다. 5, 6미터 간격으로 콘크리트로 바닥을 다진 작은 길이 수로를 지나 도로와 밭으로 연결되었다. 그 시멘트와 콘크리트로 마감한 길바닥 위에는 농부들이 남기고 간 탁자와 의자들이 놓여 있었다. 의자들은 전부 작고 낮았다. 마치 유치원 때 썼던 것들 같았다. 낮에는 이것들을 사용하는 사람이 없다. 탁자와 의자들은 그저 가지런하게 놓여 있을 뿐이었다. 위에 진흙이 묻기도 했지만, 그래도 자주 사용한 흔적이 남아 있었다.

마을 노인의 말로는 황혼 시장 가까이 있는 마을엔 과거에 '이즈구' 놀이를 하는 사람들이 제법 많았다고 한다. 황혼 시장이 생기기 전에 이곳 아이들의 주요 놀이 중 하나였다는 것이다. 노인의 말은 이렇다.

"나는 이즈구 가두기 놀이를 한 적이 없어. 하지만 아주 어릴 땐 옛 마을 어귀에서 누나들이 이 놀이를 하는 걸 봤지. 원소절이나 중추절에 일을 하지 않을 때 독신인

아가씨들이 이즈구를 찾곤 했어."

내가 어렸을 때, 밭 옆에 있던 탁자와 의자들은 아주 커 보였다. 누군가 그것들을 다른 곳으로 옮기는 건 본 적이 없다. 탁자와 의자들은 바람과 비와 햇볕에 오염되고 망가졌을 텐데도 늘 온전한 모습으로 그 자리에 그대로 남아 있었다. 이번에 고향으로 돌아가면서 황혼 시장이 있는 그 마을을 지나게 되었고, 그 개천도 지나게 되었다. 탁자와 의자들이 그대로 놓여 있는 게 보였다. 그중 한 앉은뱅이 의자에 항상 누군가가 앉아서 조용히 의자 곁을 지나가는 사람들을 응시하고 있는 게 느껴졌다.

고등학교 다닐 때 친구 하나가 그 마을에 살았던 것도 기억난다. 우리는 사이가 아주 좋았다. 당시엔 워크래프트 지도 모드 대전 게임이 유행했다. 청춘의 원기가 왕성했던 고등학생 시절엔 이 게임에 심취해서 죽어라고 승부에 매달렸다. 나는 늘 그 친구와 짝을 이뤄서 결합 기능을 만들어 내고, 팀과 협력하여 적에게 상해를 입히는 최고의 능력을 갖출 방법을 연구하곤 했다. 하루는 휴일을 맞아 그 친구 집을 찾아갔다. 그 애 컴퓨터를 번갈아 쓰면서 캐릭터의 기능과 아이템을 연구하기 위해서였다. 우리 두 사람이 컴퓨터를 만지다가 정신을 차렸을 때는 이미 저녁 무렵이라 해가 보이지 않았다. 남은 햇빛마저 집에서 흔적도 없이 사라진 상태였다. 친구 엄마는 좀 더 기다렸다가 저녁을 먹고 가라고 했지만 나는 가족의 단란한 시간을 방해하고 싶지 않아서 집에 가야 한다고 고집을 부렸고, 결국 자전거를 타고 우리 마을로 돌아왔다. 대략 8킬로미터 정도 되는 거리였다.

"이즈구 가두기 놀이를 하려면 먼저 의자를 하나 놓아야 한다(팔걸이와 등받이가 있는 의자여야 한다). 의자에 흰 셔츠를 입혀서 마치 셔츠 차림의 사람이 앉아 있는 것처럼 꾸민다. 그런 다음 의자 위에 바구니를 하나 올리고, 바구니 안에 꽃과 연지분, 거울, 귀고리, 빈랑을 담아 놓는다. 두 아가씨가 의자를 손으로 붙잡고, 의자 밑에는 물을 한 통 두고서 이즈구 노래를 부른다."

마을로 돌아가는 길은 두 갈래였다. 하나는 교통량이 비교적 많은 현도(縣道)로, 대부분의 차량과 외지인들이 이 도로를 이용했으나, 이 길은 멀리 에돌아 가는 길이었다. 또 다른 길은 비교적 외진 곳으로 인가도 드물고 신호등도 없는 데다 심지어 교통 표지판마저 무용지물인 그런 길이었다. 거리가 크게 단축되기 때문에 길을 잘 아는 현지인들만 주로 이용했다. 지금 당장 내게 선택하라고 하면

주저 없이 이 외진 곳의 작은 길을 택할 것이다.

요새 타이완 시골에서는 완전한 사람 모양을 갖춘 허수아비를 보기가 쉽지 않다. 지금은 허수아비가 아주 간소화되어서 대부분 사방에 천으로 된 깃발을 꽂거나, 선거가 끝나고 남은 홍보용 깃발들을 쓴다. 이런 천이나 깃발들이 바람에 날려 펄럭이면 새들이 놀라 도망친다. 그 작은 길을 통해 마을로 돌아가다 보면 커다란 논밭을 만나게 된다. 깃발이라든가 반쯤 완성된 허수아비에는 관개수로의 진흙이 묻어 있다. 억지로 인형처럼 만든 그것은 상반신에 예닐곱 살 어린애 옷을 걸치고서 만화에 나오는 듯한 몰골로 한낮의 햇볕을 장기간 쬐다 보니, 하얗게 바래고 찢긴 모습을 그대로 드러내고 있다. 자전거를 몰고 더 나아가면 관개수로 바닥에 뭔가 쭉 펼쳐져 있는 게 보인다. 옷을 입거나 입지 않은 허수아비들과 깃발 폐기물, 오래되고 낡은 탁자 등이 버려져 있는 것이다.

나는 원래 농부들이 다같이 약정해서 대형 조류 퇴치 장치를 운용하는 이런 방식을 정해 둔 거라고 생각했다. 하지만 관개수로 바닥을 두 군데 정도 지나치면서 약간 두려워지기 시작했다. 저 앞에 일찌감치 지나왔어야 하는 망고 나무 한 그루가, 여섯 번째 구간의 수로 바닥을 지나치자 전방에 다시 나타난 것이다. 거의 5분을 더 달렸는데도 가까워지는 느낌이 없었다. 평소 같았으면 2, 3분이면 갈

수 있는 거리다. 지금은 이 길이 끊임없이 뒤로 밀려 복제되고 있는 느낌이었다.

"이즈구가 오면 의자가 무거워지고 떨리기 시작한다. 이때 이즈구에게 뭔가 물어 보면 이즈구는 밑에 놓아둔 물통을 두드려 질문에 답한다."

원래라면 땅 위나 폐기물 더미 위에 누워 있거나 기대어 있어야 할 허수아비들이 점차 다른 동작을 취하게 되었다. 자전거를 타고 수로 바닥을 지날 때마다 동작이 바뀌어 있는 것이다. 처음 만난 허수아비는 완전히 사람 모습으로 의자 옆에 서 있었는데, 그다음 허수아비는 하반신에 보라색 긴 치마를 두르고 있었다. 다시 그다음 바닥을 지날 때는 허수아비가 의자 위에 단정하게 앉아 있었다. 등을 등받이에 기대고 팔을 팔걸이에 걸친 채로. 나는 수로 위의 기묘한 사물을 보지 않기 위해 자전거를 더 빨리 몰았다.

더 이상 달릴 힘이 없을 때까지 자전거를 몰다가 막바지에 전력을 다 쏟아부어 마침내 망고 나무를 지나쳤다. 공포스러운 상황에서 벗어났다는 느낌이 들었다. 그래서 자전거 위에 엎드리다시피 하여 내리막길을 달리면서 숨을 돌렸다. 문득 저 앞 아스팔트 길 위에 사람 넷이 가마를 메고 오는 모습이 보였다. 불빛이 없는 저녁이라서인지 네 여자의 피부색은 약간 회색빛이 감도는 밀랍 같은 느낌이었다. 여자들은 현대인의 복장으로 가마를 메고 있고, 가마 위에는 흰 상의에 검정 치마를 입은 허수아비가 앉아 있었다. 얼굴에는 흰 먹물로 간단히 오관*의 명칭을 쓴 비단 천이 매달려 있었다. 내 자전거는 여전히 미끄러지듯 내려가고 있었다. 여자들의 행렬을 보고 너무 놀란 나는 도저히 동작을 바꿀 수가 없었다. 페달을 밟을 수가 없었다. 여자들 옆을 지나치면서 자세히 쳐다볼 엄두조차 내지 못했다. 그녀들도 별다른 행동을 하지 않았다.

"이즈구를 쫓아 내고 싶을 때는 올케가 왔다고 말하면 된다. 그러면 이즈구는 곧 가 버린다. 그녀는 세 살 때 올케에게 학대를 받아 죽었기 때문에 올케를 가장 무서워한다."

그 뒤로도 나는 종종 친구와 약속을 하고서 집에서 나와 워크래프트 게임을 했다. 대부분 민슝에 있는 PC방에서 만났지만, 때로는 자이 시내로 가기도 했다. 친구 집에 가서 아이템과 기술을 연구하는 일도 많았다. 가마를 멘 여자들을 만난 후 어느 날, 학교에서 책을 한 권 읽었다. 중국의 즈구** 신앙에 관한 책이었다. 타이완의 이즈구에 대

* 五官. 눈과 코, 입, 귀, 피부 또는 마음을 통칭하는 말이다(옮긴이).
** 紫姑. 중국의 측간 귀신. 옛 중국에서는 음력 정월 15일에 여성이

한 분석도 있었다. 이 책을 다 읽고 나니, 그날 일에 대해 크게 두려움을 느끼지 않게 되었다. 겁이 나서 소름이 돋을 때도 있었지만, 즈구나 이즈구 신앙이 전통 유가 사상하에 학대 당해 죽은 아동에게 정신적 출구를 마련해 주기 위한 것으로, 지식인 계급에서 벗어나 민간의 위안을 위해 형성된 체계라는 걸 알게 되었다. 하지만 이런 체계의 실체가 현실에 실제로 등장한다는 건 소름끼쳤다.

대학에 진학한 후론 자이로 돌아가는 일이 아주 드물었지만, 어쩌다 우연히 이 길을 지나게 되면 타이완 서부 시골에만 존재하는 논밭과 평원의 경치를 찬찬히 둘러보았다. 내 오른편에는 산맥이 펼쳐져 있었고, 재래시장에서 날아오는 과일과 채소, 돼지고기와 생선 비린내를 맡을 수 있었다. 아마도 다시는, 가마를 메고 가는 그 대오를 볼 수 없을 것이다. 하지만 그 대오가 아직 있다면, 내가 때때로 이 황혼 시장을 돌아다니듯이 그녀들에게도 자신들의 생활에 맞는 놀이가 있는 거라고 믿고 싶다.

인형을 만든 뒤, 이 신을 맞이하여 길흉을 묻는 풍속이 있었다(옮긴이).

5장

기억의 유지 : 마음에 새기기

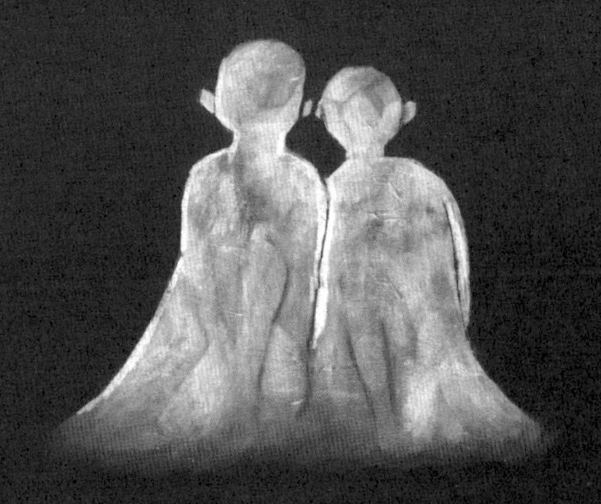

아주 드물긴 하지만 고등학교 때도 나랑 저우메이후이가 함께 도서관에 공부하러 간 적이 있었다. 저우메이후이는 내 옆에 앉아 내 노트 안의 이야기를 읽었다. 지난달에 내 인생 최초로 문학 작품 공모에서 상금을 받은 터였다.

글의 제목은 「앉은뱅이 의자와 세면대」였다.

저우메이후이는 이거 귀신 이야기 아니냐고 물었다. 나는 글이 별로 인상이 깊지 못했구나 하고 되물었다. 저우메이후이는 자신이 기억하는 상황이 나와 다르다고 말했다. 적어도 그 애는 귀신을 본 적이 없었다는 것이다. 나는 그럴 리가 없다고. 그 애 말을 못 믿겠다고 단정하며 말했다.

"그럼 야관을 어떻게 해석할 거야? 너는 야관의 화신이잖아!"

저우메이후이는 대답하지 않고 곧장 몸을 돌려서 하던 공부를 계속했다. 얼굴 표정을 보니 약간 화가 난 것 같았다.

메이산 방향으로 가는 비탈진 땅은 우리 외할아버지 외할머니의 집이 있는 곳이다. 지금은 두 분 모두 돌아가시고 가루가 된 육신은 물질의 형태로 땅에 뿌려졌다. 세균과 독균, 진균, 미생물, 구더기처럼 꿈틀대는 벌레들, 식물, 육식성 중대형 곤충 등을 거쳤을 것이다. 이런 생물들은 생명을 잃은 육체를 흡수하고 먹고 소화시켜 양분을 얻고 배설함으로써 한 차례 물질 에너지의 순환을 완성한다.

이런 배설물은 또 다시 동일한 윤회를 거쳐 마지막으로 내가 알거나 알지 못하는 외할아버지와 외할머니가 된다. 낯섦 때문에 우리는 죽음에 대한 두려움을 느끼게 되고, 두려움은 다시 감염되어 생명에 대한 그리움과 아쉬움으로 변한다. 물론 할 일이 너무 많아서 그냥 어딘가에 머리를 부딪혀 죽고 싶을 때도 있지만.

하지만 나는 외할아버지와 외할머니의 어떤 부분은 아직 이 세상에 살아 있다고 믿는다. '귀'로 불리든 '신'으로 불리든, '공마(公媽)'*나 '불조(佛祖),' '선(仙)'으로 불리든 간에 이 모든 말들은 타이완의 장례 예식에 귀속된다. 이런 명칭들은 망자를 가리키는 일종의 정의(定義)이지만, 나는 차라리 천하에 가득한 이 귀신과 불조와 신선들을 '기지(記持. kì-tî)'라고 지칭하고 싶다. 표준어로 읽으면 '기억(記憶)'이 되고 타이완어로 읽으면 '기지'가 된다. 나는 이 두 글자의 조합이 만들어 내는, 문자가 주는 인상을 무척 좋아한다. 기지, 즉 기억을 지키고 유지한다는 뜻이다. 기억을 갖고 있으면 자신을 일깨울 수 있다. 추억은 유지하는 것이지, 한쪽 구석에 모셔 두면서 평생 지키고 있다고 착각하면 안 된다.

* 중국 민남(閩南) 문화에만 존재하는 신령으로, 원래는 돌아가신 조상들을 지칭했지만 의미가 확대되어 사람들에게 은택을 베푸는 일반적인 신령의 하나로 유형화되었다(옮긴이).

우리 다섯째 외삼촌의 아들, 그러니까 나의 사촌형인 아징(阿靖)은 나보다 겨우 두 살 위였다. 우리는 어려서부터 거의 함께 자랐다. 어차피 내가 집에서 도망쳐 나오면 대부분 가는 곳이 그 비탈진 땅이었기 때문에 외할아버지와 외할머니 댁으로 간다는 건 동시에 아징의 집으로 가는 거였다. 나는 그곳에서 대부분의 시간을 아징과 함께 보냈다. 이 〈자형 삼합원 건물에 있는 외할아버지와 외할머니 댁은 창고와 연결돼 있었다. 그 전에는 창고에 대형 트레일러가 들어갈 정도로 넓었지만, 이제는 수많은 잡동사니들이 공간을 가득 차지하고 있어서 차가 들어갈 여지가 없었다. 그 가운데 〈자를 형성하고 있는 부분과 그 반대쪽 직각이 시작되는 부분은 시간이 흐름에 따라 순차적으로 아징이 거주하는 공간이 되었다. 신명청(神明廳)과 다섯째 외삼촌이 개조한 노래방, 맨 처음에 외할머니가 썼던 방, 잡동사니 방 등은 이미 폐기되어 더 이상 여성들이 사용할 방으로 정리되지 못했다.

내가 고등학교 2학년 2학기를 맞았을 때 아징은 이미 3학년이 되고도 한참이 지난 터였다. 외할아버지는 2년 전에 이미 돌아가셨고, 그 2년 동안 비탈진 땅은 매년 설과 명절의 떠들썩하고 즐거웠던 기억에서 찾는 사람 없는 썰렁한 공간으로 바뀌었다. 사실 아징은 반년 전에 졸업을 했어야 했다. 하지만 너무 많은 과목이 출석 미달이었다. 담임 선생님은 적어도 몇 과목을 다시 이수해야 졸업할 수 있게 해 준다고 선언했다. 사실 선생님도 아징을 힘들게 할 생각은 없었다. 다섯째 외삼촌은 이 비탈진 땅에 '집'이 있었지만 사실은 장화 지역에도 임대한 집이 한 채 더 있었다. 외삼촌은 집에서 키운 돼지를 축산물시장으로 운반해서 경매장에서 재빨리 상황을 살피고 돼지의 가격을 정해 손동작과 함께 외치는 기술을 배우긴 했으나, 외할아버지의 '사업체'를 물려받지는 않았다. 외할아버지 댁 남자들은 대부분 말이 없고 엄숙하며 남자의 강인함을 강조하는 외할아버지의 일본식 풍격을 그대로 물려받았다. 다섯째 외삼촌이 그런 기질을 가장 많이 이어받은 사람이었다. 그래서인지 외할아버지와는 함께 일을 할 수가 없었고, 서로 소리를 지르고 욕을 하는 일이 다반사였다. 주먹을 휘두르지만 않을 뿐이었다. 외삼촌은 아예 직접 트레일러를 몰고 가서 돼지를 경매하는 일을 직업으로 삼았다. 돈 쓰기 좋아하고 대담한 성격의 소유자인 외삼촌은 한때 잘나가던 시절이 있었다. 혼자서 일하는 데도 외할아버지가 설립한 합작사의 수익과 견줄 정도로 수입이 좋았다. 처음에는 '반타'*로 시작해서 전성기 때는 차 두 대로 '전

* 半拖. 운수업에서 통용되는 용어로, 엔진이 있는 차두에 트레일러를 한 대 연결하여 운행하는 것을 말한다.

타'* 운행을 했고 기사와 조수를 고용하기도 했다.

하지만 대담하고 돈 잘 쓰는 삼촌 성격은 술접대를 하면 더욱 호방해졌다. 게다가 너무 담이 커져서 연달아 교통사고를 내고 주먹다짐을 했으며, 사람들을 폭력으로 위협하는 지경까지 이르렀다. 보통 술 마시고 나서 남이 자신을 무시하는 걸 참지 못해서였다. 이런 성격과 행동은 일에도 영향을 미쳐서 운송하는 돼지들의 관리가 부실해 졌고, 운송 도중에 폐사하는 일이 다반사였으며, 경매할 때도 술을 먹고 참여해 가격을 제멋대로 불러 버리는 일이 빈번했다. 이런 식으로 오랜 시간이 흐르면서 고객들과도 자주 충돌했다. 1990년대 대형 축산 회사들의 폭리는 정말 놀랄 수준이었다. 윈린 일대에는 만 마리 이상의 돼지를 키우는 대형 축산 회사가 한두 곳이 아니었고, 한 달에 100만 달러 이상 수익을 올리는 것도 드문 일이 아니었다. 축산업자들은 지방 정부와의 관계도 대단히 좋았다. 하지만 다섯째 외삼촌은 술을 마시고 나면 거친 말과 욕설을 서슴지 않았고, 사람들에게 주먹을 휘둘러 여러 차례 뼈아픈 교훈을 얻기도 했다. 그리하여 고객들은 점점 멀어져 갔다.

다섯째 외삼촌의 사업은 이미 예전 상태를 회복할 수 없는 처지에 이르고 말았다. 두 대의 트레일러도 팔아 버

* 全拖. 차두에 트레일러 두 대를 연결하여 운행하는 것을 말한다.

렸고 조수나 기사도 없이 장화에 임대한 집에 처박혀 있으면서 입으로는 일을 다시 할 거라고 말했다. 집에서 그리 멀지 않은 곳에 축산 부산물 시장도 있었다. 하지만 외삼촌은 이미 아들인 아징과 소통하지 않은 지 오래였고, 가정을 어떻게 다시 회복하고 유지해야 할지 전혀 몰랐다. 그는 일찌감치 원주민 출신인 아내와 이혼했는데, 하루는 밤중까지 '판즈'*라고 고함을 지른 적이 있었다. 이 '판즈'가 유일하게 그를 가정과 연결시켜주는 끈이었으나, 그는 질투와 의심을 참을 수 없었다. '판즈'에게 폭행을 가하는 것이 그에겐 가장 적절한 일이었다. 어차피 그녀는 그로 하여금 바람을 피우게 할 가능성이 높았고, 어쩌면 그래야 했을 것이다.

'메이산(梅山)'이라는 두 글자의 유래는 진정한 남성성의 측면에서 찾을 수 있다. 전하는 바에 따르면 그리 오래지 않은 시기에는 메이산을 메이산이라고 부르지 않았다고 한다. 일제강점기 초기에는 '메이즈컹(梅仔坑)'으로 불렀다. 그 이유는 이 산에 매화 나무가 가득했기 때문이다. 하지만 이런 주장이 반드시 정확하다고는 할 수 없다. 자이 쪽

* 番仔. 지금은 사용되지 않지만 과거 한동안 타이완 원주민을 비하하여 지칭하는 말이었다. 원주민들을 차별하고 회피하는 용도로 쓰였다(옮긴이).

메이산은 고도가 그리 높지 않아서 기온이 낮지 않기 때문에 매화의 생존에 적합하지 않았다.

그러다가 1920년에 일본 정부는 '메이즈캉'을 '샤오메이좡(小梅莊)'으로 개명했다. 《타이완 일일신보》의 기록에 의하면 당시 현지 민중의 항의가 빗발쳤다고 한다. 이 이름이 '여성성을 띠고 있어서 엄숙한 마을 이름으로 쓰이기에는 부족하다는' 것이었다. 그러다가 국민당 정부가 들어서면서 남성적이고 강인한 분위기가 담긴 '메이산'으로 다시 개명하게 되었다.

고등학교 2학년 2학기가 되던 때, 아징과 외할머니는 각자 〈자형의 한쪽 구석을 차지하게 되었다. 외할머니는 아징에 대해 간섭하지 않았던 건 물론이요, 당신이 백내장과 고혈압, 당뇨병 등 다양한 만성 질환을 앓고 있었기 때문에 길을 걷는 것조차 쉽지 않았고, 아징의 보살핌이 절실하게 필요했다. 아징도 효성이 깊다고 말하기에 모자람이 없는 태도를 보였다. 외할머니의 요구를 들어 주고 보살피는 데 추호의 소홀함도 보이지 않았다. 단지 이번 겨울방학 때 아징과 귀신 놀이를 하면서 발견한 건, 세상 무서울 것 하나 없는 아징이 조금 이상해졌다는 점이었다. 사실 외할머니 댁은 〈자형 삼합원의 중심 부분이고, 〈자형의 직각 부분에서 아징이 거주하는 구역까지 오른쪽으로 꺾어 들어가면서 작은 폐허로 연결돼 있었다. 그곳은 과거에 외할아버지가 유모 돼지와 새끼 돼지, 닭과 오리, 공작새 등을 키우던 구역이었다. 지금은 오래전에 이미 파괴되어서 먹이를 주던 장비들은 온통 진흙과 먼지투성이가 되었고, 쥐똥과 갖가지 희귀한 생물과 벌레들이 득실거렸다. 이 구역을 지나야 아징은 비로소 욕실에 도달할 수 있었다. 욕실 앞에 이르면 완전히 칠흑 같은 어둠이었고, 욕실 뒤로는 이미 폐허가 된 더 넓은 돼지 축사가 펼쳐져 있었다. 이 돼지 축사는 아징과 외할머니의 거주구역보다 더 넓었다. 그의 욕실은 아예 어둠과 폐허로 둘러싸인 공간인 셈이었다. 욕실에서 새어 나오는 희미한 불빛에 아징은 몹시 긴장했다. 신경이 민감해져서일까, 아니면 정말로 무언가를 본 걸까.

그날 나는 원래 아징네 그 욕실에서 몸을 씻을 작정이었다. 아징은 손전등을 들고 나를 데리고 욕실로 와서 잠시 살피더니 말했다.

"안 되겠어. 우선 목욕은 미루자. 난 요새 할머니가 계신 쪽의 욕실에 가서 씻어……. 여기선 모르는 사람을 보거나 괴상한 소리를 듣는 일이 많거든……."

이건 정말로 아징의 입에서 나올 수 있는 말이 아니었다. 내가 무섭고 으스스하게 묘사하고 있긴 하지만, 이 욕실은 사실 우리가 어려서부터 어른이 될 때까지 줄곧 쓰던 더없이 익숙하고 친근한 공간이었다. 그는 그러면서 손에 든 손전등으로 욕실 문 오른쪽 벽의 꼭대기를 비췄다. 이 벽은 이미 폐기된 유모 돼지와 새끼 돼지들의 축사와 연결돼 있는 벽으로, 맨 꼭대기가 코르크 구조로 되어 있었기 때문에 헐어 버릴 수가 없어서 아예 그대로 남겨 이쪽 벽면과 긴 틈새를 이루게 했다. 틈새는 어른 주먹 하나가 들어갈 정도여서 통풍 기능을 했다. 게다가 그렇게 높은 곳에서 누군가 몰래 욕실 안을 들여다보는 것도 불가능했다. 굳이 욕실 안을 훔쳐보려면 사방에 흩어져 있는 돼지 축사의 잡동사니들을 치우고 사다리를 가져다 놔야 했다. 우리는 그 주먹 크기의 틈새를 통해 밖을 내다볼 수 있었지만, 사실 보이는 거라고는 돼지 축사의 코르크 구조 천장뿐이었다. 그럼에도 아징은 이렇게 말했다.

"한번은 내가 목욕을 하고 있는데 새끼 돼지에게 먹이를 주는 것 같은 이상한 소리가 들리는 거야. 나는 라오피가 내는 소리인 줄 알았어."

라오피는 아징이 기르는 타이완 토종개로, 피부병이 있어서 뒷다리에 종기가 하나 있고 네 다리 중 두 다리가 불편했다.

"가서 라오피를 재우려고 하는데 날이 너무 추웠어. 마침 입지 않는 낡은 옷과 쓰지 않는 솜이불이 있어서 라오피와 다른 개들이 함께 추위를 피할 수 있게 해 줬지. 하지만 그 소리는 개가 걷는 소리 같지 않았어. 개는 네 다리로 걷잖아. 그런데 그 소리는 아무래도 이상하게 느껴졌어. 나는 얼른 옷을 챙겨 입고 바지까지 입었지. 그런데 그 벽 틈새에서 어떤 여자가 나를 쳐다보고 있는 모습이 보이는 거야. 얼굴이 아주 창백한 게 꼭 죽은 사람 같더라고."

아징의 말을 들은 나는 비웃었다. 그 말을 농담이라고 여겼다. 하지만 그는 아주 진지한 표정으로 진짜 있었던 일이라고 했다. 자신은 남을 속일 줄 모른다고 하면서. 그 자리에서 그에게 진지하게 반응하지 않았고, 그 말을 농담으로 여기긴 했지만 그 욕실에서 몸을 씻고 싶지는 않았다. 악착같이 외할머니가 계시는 쪽 욕실로 가서 목욕을 할 생각이었다. 지금 생각해 보면 아징의 그런 이상한 행동과 이야기는 확실히 장난을 치려고 일부러 지어낸 게 아니었다. 정말로 뭔가를 봤는지 확신할 수도 없었다. 하지만 이 작은 산 반쪽에, 거동이 불편하고 눈도 거의 보이지 않는 노인네 혼자 살고 있고, 그 곁엔 거의 공부를 포기한 고등학생이 함께 살면서 제 삶과 미래의 불확실성에 대해 심한 두려움을 느끼고 있는 상황에서, 이런 이상한 행동조차 없다면 그거야말로 이상한 일일 거라는 생각도 들었다. 나는 몹시 슬펐고 내가 보인 반응을 후회했다. 당시 나는 그가 말하는 그 '괴물 혹은 요괴' 뒤에 자리하고 있는 두려움을 알아보지 못했다. 나는 외부자인 셈이었다. 내가 집에서 도망치고 싶어서 아무도 간섭하지 않는 이곳으로 오는 건 혼란한 야신(野神)들과 고혼들이 나를 속박에서 벗어나게 해 주는 추구의 대상이기 때문이었다. 그런데 왜 나는 그 야신이나 고혼들처럼 자유롭지 못한지 알 수가 없었다. 하지만 아징에게 그 야신과 고혼들은 미래에 대한 거대한 불안의 상징이었다.

청나라 때 포송령이 쓴 『요재지이』에는 「미인수(美人首)」라는 이야기가 수록되어 있다. 중국 경성에서 몇몇 상인들이 길을 가다가 반점*에 들어갔는데 객실 한쪽 벽에 구멍이 하나 뚫려 있었다. 술잔만 한 구멍이었다. 상인들이 객방에서 술을 마시면서 한담을 나누고 있는데, 갑자기 그 구멍에서 예쁜 여인의 얼굴이 튀어 나왔다. 머리칼은 봉황 모양으로 쪽을 찌고 있었다. 이어서 손이 하나 뻗어 나왔다. 상인들은 모두 놀라 자빠졌는데, 그 중에 담이 큰 사람 하나가 여인의 손을 잡으려 했다. 그러자 여인은 낌새를 알아채고 얼른 손과 얼굴을 거둬들였다. 대담한 상인은 한 술 더 떠서 구멍과 연결돼 있는 옆방으로 가서 살펴보았지만 방 안에는 아무것도 없었다. 대담한 상인

* 飯店. 아래층은 음식점이고 위층은 객실을 갖춘 업소로, 오늘날의 호텔과 유사하다. 지금도 중화권에서 '반점'이라는 단어는 음식점보다는 호텔의 의미로 많이 쓰인다(옮긴이).

은 다른 상인을 불러 그 방에 남아 있게 하고 자신은 원래 있던 방으로 돌아가 여인이 다시 나타나기를 기다렸다. 얼마 지나지 않아 아름다운 여인의 머리가 다시 나타났다. 대담한 상인은 미리 준비하고 있던 큰 칼로 여인의 목을 내리쳤다. 여인의 목이 잘리면서 방바닥이 온통 피로 물들었다. 하지만 옆방에 대기하고 있던 상인은 애당초 여인의 몸을 보지도 못했다.

그날 외할머니가 거주하시는 쪽 욕실로 가서 목욕을 하긴 했지만 솔직히 말해서 외할머니가 계시는 그 <자 쪽에서 내가 가장 무서워한 곳도 바로 욕실 내부 공간이었다. 외할머니의 욕실은 두 칸이었다. 한 칸은 방 맨 뒤에 붙어 있는 신식 욕실로, 타이완식 꽃무늬 타일이 깔려 있는 일종의 실외 욕실이었다. 욕실 밖은 창고나 축사와 가까워서 일종의 경계선 역할을 했다. 다른 욕실은 방 안에 있는데 부엌과 연결돼 있었다. 아무런 장식도 없이 바닥이 시멘트로 마감돼 있었다. 온통 어두운 잿빛에 세면대와 수도꼭지가 두 개 있을 뿐이었다. 하나는 온수가 나오고, 하나는 냉수가 나왔다. 세면대에 온수와 냉수를 적당히 섞어 수온을 조절해야 했다. 세면대 바로 위에는 정면이 거울로 덮인 플라스틱 수납장이 하나 걸려 있었다. 욕실은 오래 사용하다 보니 시멘트 표면에 생물질층이 형성되고 푸른

이끼가 끼어 있었다. 그리고 여기는 구조가 유별났다. 세면대를 마주한 사람의 오른쪽에는 대략 성인 키 높이에서 허리쯤에 해당하는 지점에 네모난 구멍이 두 개 뚫려 있었다. 가로 세로가 각각 30센티미터 정도 되는 크기였다. 구멍 안은 완전히 어두워서 아무것도 보이지 않았다. 나는 그 구멍 안으로 한 번도 손을 집어넣은 적이 없었다. 누군가 이 두 구멍이 서로 통해 있고, 그 안의 공간은 잡동사니를 놔두기 위한 곳이라고 말해 줬던 것도 잊어 버렸다. 이해가 되지 않았다. 늘 지네나 머리가 하얗고 다리가 긴 왕거미가 기어 나오는 이 칠흑 같은 구멍에 대체 누가 감히 손을 뻗을 수 있을까. 내가 더욱더 두려워했던 건 구멍 안에서 지네가 튀어나오는 게 아니라 하얀 손이 내 손을 붙잡는 것이었다.

아징을 찾아갔던 그때 나는 겨울방학 내내 다섯째 외삼촌이 냉장고 냉동실에 가득 채워 둔 물만두만 먹었다. 아징은 여기저기 마구 돌아다니면서 나쁜 짓을 배우다 보니 수중에 돈이 없었다. 외할머니는 아징의 수중에 밥 사 먹을 돈이 없을 때를 제외하고는 그에게 자발적으로 돈을 주는 일이 없었다. 나는 더 말할 것도 없었다. 고등학생이 집에서 소홀한 틈을 타 도망쳐 나왔으니 수중에 돈이 있을 리 없었다. 결국 겨울방학 내내 물만두를 먹다 보니 지금은 물만두라면 보기만 해도 무서울 지경이다.

아징에게는 두 명의 쌍둥이 누나들이 있었지만 당시 두 누나 모두 그 비탈진 땅을 떠나 있었다. 자이를 떠나 다른 도시로 가서 대학에 다니고 있었던 것이다. 지금 생각해 보니 아징은 정말로 천성이 나쁜 아이는 아니었다. 그렇게 외로운 상태에서도 나처럼 집에서 도망쳐 나와 밖으로 싸돌아다니지 않았으니까. 만일 내가 아징이었다면 틀림없이 앞을 거의 보지 못하는 할머니를 내팽개치고 친구나 친척 집으로 도망갔을 것이다. 하지만 그렇다고 아징이 공부를 좋아하고 아주 착한 아이였던 것도 아니다. 나는 법을 위반하고 규정을 지키지 않은 경험이 무수하다. 대부분 아징과 함께 다니다가 그랬다. 마약을 하거나 폭력을 휘두르는 심각한 범죄는 아니고, 고작해야 자동차나 오토바이를 몰면서 고의로 길을 막고 단속하는 경찰을 피해 달아나는 정도였다. 우리는 달아나면서 신호등을 무시하고 쫓아오는 경찰을 따돌리기 위해 번호판을 가렸다. 경찰들이 이미 순찰차에 탔을 때는 더 이상 도발하지 않았다. 2인 1조로 카메라를 휴대한 경찰일 경우엔 안심할 수 있었다. 그들은 촬영 장비를 보호해야 하기 때문에 자동차나 오토바이를 몬다 해도 차량이 달릴 수 있는 곳으로만 다니지만, 우리는 아주 쉽게 그들의 시야 밖으로 사라질 수 있었다. 그 덕분에 우리는 한 번도 잡힌 기억이 없다.

낮에는 아징이 있는 곳의 화장실을 사용했다. 한동안

자세히 살펴보지 않았지만 화장실은 벽 위에 양철판으로 지붕을 얹은 허접한 구조였다. 내 기억엔 몇 년밖에 되지 않은 것 같았다. 녹색이었던 화장실 양철 지붕은 이미 부식되어 홍갈색으로 변해 있었고, 내층의 스펀지도 썩어 까맣게 변해 있었다. 아징은 온수기가 작동이 되다 말다 한다고 했다. 불을 붙여도 연소되지 않는다는 거였다. 1호 건전지를 살펴보니 정상이었다. 그렇다면 접촉 불량일 수밖에 없었다. 나는 화장실을 포기했다. 바로 앞에 마른 물웅덩이가 하나 있었다. 아주 조금 움푹 파인 형태였다. 이게 물웅덩이가 아니라면 지층이 함몰된 거라고 봐야 할 것이다. 과거에 닭이나 오리, 거위, 공작새 등이 물놀이를 하던 자리였다. 나는 공작새가 결국 어디로 갔는지 기억이 나지 않았다. 내 기억이 틀리지 않았다면 닭과 오리, 거위는 전부 개에게 잡아먹혔거나, 우리에게 희생되어 맛있는 고기구이가 되었을 것이다. 감히 공작새를 죽일 순 없었다. 그 당시엔 외할아버지가 아직 살아 있었기 때문에 그랬다가는 외할아버지에게 멜대로 얻어맞을 게 뻔했기 때문이다. 공작새가 개에게 물렸던 일은 어렴풋이 기억에 남아 있었다. 하지만 외할머니는 눈이 안보이기 시작하기 전에 이렇게 말했다.

“그 공작새는 이미 날지 못하게 됐는데, 어느 날 갑자기 날아서 나무 위로 올라가더니 아무리 불러도 내려올 생각을 안 하는 거야. 사료를 두고 내려와서 먹으라고 해도 내려오질 않더니 해가 질 때쯤 되니까 어디론가 날아가 버리더구나. 그것도 아주 높이 날아서 말이야. 그렇게 높이 나는 공작새는 처음 봤어. 날개를 쫙 펴고 나는 모습이 너무나 아름다웠지."

하지만 어쨌든 간에 눈앞에 있는 저 물웅덩이는 분명한 기억 속 현실이었다. 이미 말라 버린 물웅덩이에는 풀이 났다가 말라비틀어진 흔적만 남았다. 누가 던져 놨는지 마른 나뭇가지도 있었다. 그리고 녹이 잔뜩 슨 빈 기름통도 있었다. 물웅덩이 왼쪽으로 좀 더 가면 길고 붉은 진흙길이 나왔다. 아징의 〈자 공간 뒤편이었다. 그 뒤로 작은 대나무 숲이 이어졌다. 대나무 숲은 원래 건물 사이에 난 한 가닥 진흙길이었다. 비탈진 땅 부근의 흙은 전부 붉은빛이었다. 들리는 바에 의하면 토양에 철분이 풍부하기 때문에 파인애플 농사를 짓기에 안성맞춤이라고 했다. 내가 초등학교에 다니고 작은 이모가 아직 출가하지 않았을 때, 여덟째 외삼촌이 아직 가산을 분배받기 전이었을 때, 작은 이모나 여덟째 외삼촌이 우리들을 데리고 물웅덩이 근처로 가서 붉은 진흙을 빚어 여러 가지 모양을 만들면서 놀게 했던 것도 기억났다. 작은 이모는 미술학과 대학원을 졸업했다. 이모는 가마에 불을 붙이기 전에 우리를 데리고 가서 물을 떠다가 진흙에 섞어 주무르게 했다. 우리가 만들고 싶은 물건을 만들어 보라면서. 코가 길고 눈이 긴 사람을 만들어도 된다고 했다. 다 만들어 놓으면 작은 이모는 먼저 우리에게 만든 진흙 조형물을 옆에 놓으라고 하고는 하나하나 가지런히 정리했다. 그렇게 얼마간 그늘에 말린 다음, 옆에 있는 대나무 숲에서 마른 잎과 대나무 가지를 한 무더기 가져왔다. 그걸로 부족할 때는 돼지 축사에 가서 쪼개 놓은 장작을 더 가져왔다. 그런 다음 커다란 토갱을 파고, 먼저 우리가 만든 진흙 조형물을 토갱 안에 가지런히 쌓았다. 가운데 공간을 남긴 원추형 탑 모양으로. 당시 나는 아직 깡통 탑을 본 적이 없었는데, 봤다면 그 진흙 조형물들을 쌓아 올린 모습이 꼭 깡통 탑 같다고 생각했을 것이다.

어린애들이 외할머니 댁 부엌에 모여들었다. 작은 이모와 여덟째 외삼촌은 우리를 데리고 알루미늄 은박지로 고구마를 싸고 대나무 통 밥을 만들었다. 쌀과 다진 고기, 버섯을 대나무 통에 쑤셔 넣고 물을 약간 부은 다음 알루미늄 은박지로 싸서 입구를 완전히 막았다. 여덟째 외삼촌은 이미 잘 구워둔 닭을 처리하고 있었다. 내장을 완전히 제거한 상태로 간장을 조금 바르고, 파와 마늘, 후추, 구층탑* 등으로 조미를 했다. 그런 다음 알루미늄 은박지로 닭을 완

* 九層塔. 타이완에서 각종 음식에 광범위하게 쓰이는 향료 식물이다. 한국에서는 나륵풀이라고 불린다(옮긴이).

전히 쌌다. 여덟째 외삼촌은 우리를 데리고 토갱 옆으로 가서 진흙으로 닭을 완전히 싸서 진흙 공을 만들었다.

이어서 작은 이모는 우리를 데리고 가서 불을 피웠다. 처음으로 무에서 유가 창조되고 불이 생기는 광경을 본 경험이었다. 불이 우리가 빚은 진흙 조형물을 온통 새빨개질 때까지 태우자 조형물들은 아주 단단해 졌다. 여덟째 외삼촌은 호미를 들어 맨 위층 흙을 걷어낸 다음, 우리에게 고구마와 대나무통 밥, 커다란 진흙 공이 된 닭을 하나하나 토갱 가마 안에 집어넣게 했다. 그리고 가마를 두드려서 무너뜨리고 그 위를 진흙으로 덮어 음식들이 푹 익을 때까지 기다렸다.

천스화의 『태평장지』「구문」 편에 이런 기록이 남아 있다. "갑술년 4월에 땅에 검은 털이 나더니 지우가 몸을 일으켰다. 태평장 동서쪽 산에 한 무리의 토비들이 진을 치고 있었다. 인근 마을에서 쫓겨난 자들이 모여 결성한 집단으로, 소와 쌀, 여자를 강탈해 갔다. 전하는 얘기에 의하면 토비들은 네이산에서 야만인들이 관부(官府)에서 탈취한 화총을 찾아냈다고 한다. 수레 하나를 가득 채울 양이었다. 이리하여 그들은 한순간에 주루어(諸羅) 지역에서 가장 잔인한 악행을 일삼는 토비로 발전했다. 토비가 화총에 의지해 태평장을 침범해 오자 태평장의 무술관에서는 장정 오십 명을 훈련시켜 토비들에 맞서 싸우게 했다. 도망쳐 돌아온 사람이 열일곱 명이었고, 토비들 가운데 사망자가 아홉 명이었다. 마을 사람들은 토비들에게 침탈당하기 싫어서 먼저 스스로 마을을 불태워 버렸고, 토비들이 약탈할 만한 것은 하나도 남지 않았다."

토갱 가마는 이미 오래전에 우리 손에 무너졌고, 눈앞의 진흙길엔 잡초만 어지러이 자라나 있었다. 대나무 숲은 땅 위로 계속 확장되었지만 더 이상 누구도 관리하지 않았다. 물웅덩이 오른쪽의 돼지 축사는 폐기된 지 2년이 채 되지 않았다. 돼지 구유에는 아직 사료가 조금 남아 있는 듯했다. 돼지들이 와서 먹어 주기를 기대했지만, 기다려도 찾아오는 건 고요와 정적뿐이었다. 가끔씩 돼지 축사 틈새로 햇빛이 들어오기도 했다. 금빛 빛줄기가 이 사육과 판매, 거세, 분뇨, 잔반과 옥수수 사료, 병사와 벌레의 영역을 따스하게 비춰 주었다. 나는 원래 더 아래로 내려가 볼 생각이었다. 이 비탈진 땅은 영원히 아래로 이어지는 듯했다. 내려갈수록 더 황량하고, 자연에 더 가깝고 자유로웠다. 마치 야신들과 외로운 혼귀들이 우리와 공존하듯이.

아징이 욕실 쪽에서 나를 큰 소리로 불렀다. 그러면서 혼자 쓸데없이 뭘 하고 있느냐고 물었다. 내가 돼지 축사 쪽 대나무 숲에 가 볼 생각이었다고 하자 아징은 혼자 가지 말라고, 요새는 너무 지저분해서 자기만 그걸 본 게 아니라 할머니를 보살피기 위해 돌아온 둘째 외삼촌도 봤다고 했다. 둘째 외삼촌이 아징에게 그쪽으로 내려가지 말라고 했다는 거였다.

"도대체 뭘 봤다는 거야?"

내가 아징에게 물었다.

"사람 그림자. 둘째 외삼촌이 그러는데 어느 날 아래쪽으로 가서 죽순을 따려고 했대. 혼자 벨 수 있는 만큼만 따려고 했지. 5시에 일어나 죽순을 따러 갔는데 아래쪽에서는 얼마 따지 못했대. 외삼촌은 문득 쇠사슬이 땅에 끌리는 것 같은 소리를 들었대. 왠지 좀 불길하다는 생각에 얼른 몸을 숨겼대. 그러고는 검은 색 옛날 옷을 입은 사람을 봤대. 긴 머리에 관을 쓰고 있고, 얼굴 앞을 검은 비단으로 가렸대. 얼굴을 잘 알아볼 수 없는 여자가 긴 쇠사슬을 끌고 더 아래쪽으로 내려가고 있더래. 둘째 외삼촌은 그 자리에 숨은 채 미동도 하지 못하고 있다가 해가 뜨고 나서야 일어섰대."

둘째 외삼촌은 도사를 불러 법술을 행했다. 도사는 야관을 만난 거라고 했다. 야관이 행차하여 현세를 소란스럽게 하는 악귀들을 잡아갔다는 거였다. 마침 그 대나무 숲은 음기가 아주 심했고 산 사람이 그리 많지 않았다. 야관은 길을 에돌아 귀신 호수 산 꼭대기로 돌아가려 했다. 도

사는 아무 문제 없으니 너무 걱정하지 말라고 하면서 법회가 마무리되면 아무 일 없을 거라고 장담했다. 그러면서 아이들이 놀란 것 같으니 아이들에게 아래쪽으로 가까이 가지 못하게 하라고 했다.

쇠사슬을 끄는 여자 이야기는 놀랍고 무서웠다. 이 비탈진 땅에 사는 사람이 갈수록 줄어들고 있다는 생각이 엄습했다. 산속의 고혼과 야신들이 이 땅에 정착하게 된 걸까? 나는 아징과 함께 〈형 건물의 한가운데로 돌아가 보았다. 옛날엔 설을 쇠기 위해 긴 휴가를 내고 고향을 찾아온 차들이 이곳에 가득 주차해 있었다. 〈자형의 서로 마주보는 끝 부분, 낭떠러지 옆 용안 나무는 약간 기울어져서 아래로 곧 떨어질 것 같았다. 나무 몸체에는 마구 균열이 가고 한 가닥 기다란 틈이 벌어지기도 했다. 벌레가 갉아먹은 것 같았다.

외할아버지의 장례가 기억났다. 우리는 용안 나무 바깥쪽에서 고전*을 태웠다. 남에게 과시하기 좋아하고 통이 크며 씀씀이가 헤픈 다섯째 외삼촌의 기질이 다시 발휘되었다. 0.5톤 트럭에 지전을 가득 실어 온 외삼촌은 차에 실린 지전이 전부 외할아버지를 위한 것이라고 했다. 제사용 종이가 쌓여서 작은 산을 이뤘다. 우리 엄마와 이모들은

* 庫錢. 사악한 기운을 제압하고 길상과 부귀를 기원하는 의미의 화폐로 주로 곳간의 신당 위에 걸어두어 영원한 부귀를 상징한다(옮긴이).

외할아버지의 옷을 정리해 가지고 나와서는 작은 산을 이룬 지전 맨 꼭대기에 올려 놓았다. 때가 되자 법사가 우리를 인도하여 지전 더미를 둥글게 에워쌌다. 법사의 조수가 더미에 불을 붙였다. 지전이 타면서 우리의 원은 점점 더 커져 갔다. 불길이 왕성해져 하늘을 찔렀다. 용안 나무에서 충분히 멀리 떨어져 있다고 생각했는데 잎사귀 일부가 불에 타 떨어지기 시작했다. 뜨거운 열기가 모두를 휘감았다. 나뭇잎이 무수히 떨어졌다. 마치 우리가 후려쳐서 떨어뜨리고 있는 것처럼. 법사는 다들 너무 뜨겁다고 느껴지면 뒤로 좀 물러나도 된다고 했다. 마음이 중요한 것이니 억지로 불타는 지전 가까이 있을 필요는 없다면서. 내 기억으로는 엄마가 울고 있었던 것 같다. 하지만 외할머니가 돌아가셨을 때처럼 그렇게 처절하게 울지는 않았다. 엄마가 어린아이처럼 울어 대는 모습을 보는 건 무척이나 드문 일이었다. 그때 엄마는 자기에겐 이제 엄마가 없다고 하면서 연신 눈물을 흘렸다.

사실 나는 외할아버지가 돌아가셨을 때 지전이 너무 활활 불타 올라서 용안 나무의 뿌리에 큰 병이 생겼을 거라고 생각했다. 외할머니는 돌아가시기 전 몇 해 동안 시내 전화로 외부 세계와 소통했다. 그 중 우리 엄마가 가장 많이 찾는 대상이었고, 전화로 얘기하는 시간도 가장 길었다. 나는 이런 현상이 엄마가 아빠와 거의 얘기를 하지 않고 제 자식들과도 한두 마디 주고받고 나면 금세 말다툼 태세로 전환되기 때문이었을 거라고 추측했다. 결국 유일하게 대화 상대가 된 사람이 당신 엄마였을 것이다. 외할머니의 장례에서 엄마가 하늘이 무너지기라도 한 듯 그렇게 슬피 울었던 것도 당신의 엄마인 동시에 사교적 감정의 출구였던 상대가 사라진 데 대한 상실감 때문이었을 것이다. 엄마는 이 세상에서 더 이상 노동 외의 상태에서 얘기를 주고받을 대상을 잃어 버렸다. 그 순간 나는 전통과 미신으로 일생을 좌우당한 엄마에게, 어떤 순정한 의미에서의 유가 사상적 관계를 제공한 유일한 존재가 바로 외할머니였다는 생각을 했다. 외할아버지의 장례는 시간적으로는 외할머니가 돌아가시기 겨우 두 해에 전에 일어난 일이다.

외할머니의 장례 때도 지전이 왕성하게 타올라서 꽤나 두꺼운 새 가지들도 불에 타서 떨어지고 말았다. 외할머니가 저세상에서 추울까 봐 법사는 외할머니의 몸과 영혼을 싹 다 고쳐 주었다. 외할머니는 더 이상 눈이 잘 안 보이고 소변을 지리는 노인이 아니었다. 고혈압이나 당뇨병 등 만성 질환으로 걱정하는 일도 없었다. 구부정하던 허리도 곧게 펴졌고, 잔뜩 부은 듯 뚱뚱하던 몸도 정상적인 체지방을 회복했다. 외할머니는 이제 뛰어야 할 때 뛸 수 있게 되었고, 얼굴에 다시금 웃음이 걸렸다. 얼굴 위 주름도 다 사라지고, 더 이상 전화로 얘기를 나눌 사람들도 필요 없었다.

따뜻한 음식을 가져다줄 사람이 없을 걱정을 하지 않아도 되고, 손자가 배고플 게 염려되어 당신은 배불리 먹었다고 거짓말을 하면서 손자에게 어서 먹으라고 다독일 필요도 없었다. 혈당이 통제 범위 밖으로 벗어날 것을 걱정하지 않아도 됐다. 노동으로 일생을 보낸 외할머니는 이 순간부터 피곤하게 일할 필요가 없었다. 외할머니에게는 이제 고전도 넉넉하고 별장에 관리인도 있었다. 차도 있고 솜이불도 있었다. 걱정할 일이 하나도 없었다. 다른 세상으로 가서 영원히 극도의 즐거움과 상서로움 속에서 사시면 된다.

두 차례에 걸쳐 고전을 태우는 과정에서 용안 나무 몸체에 균열이 가고 커다란 틈새도 생겼다. 수피도 푸석푸석해지고 나뭇잎은 누렇게 말라 힘없이 떨어져 내렸다. 새싹이 돋아나지도 않았다. 이 나무는 더 이상 우리가 그 위에 집을 지어 놓기라도 한 듯 수시로 오르내릴 수 있는 나무가 아니었다. 과거에는 여름이 되면 가지가 밑으로 축 늘어질 정도로 용안 열매가 가득 열렸다. 하지만 이제 나무는 더 이상 우리 기억 속의 그 나무가 아니었다. 열매를 하나도 맺지 못했다. 곧 죽을 것 같았다.

천스화의 『태평장지』「구문」편에 귀신 호수 마을의 한 학선생이 귀신 호수에 관한 전설을 기술한 기록이 남아 있다. "복숭아꽃이 호수 수면 위로 우수수 떨어지면 피라미 한 마리가 복숭아꽃 꽃잎을 물고 곧장 호수 물속 아주 깊은 곳으로 헤엄쳐 들어갔다. 피라미는 선천적으로 장애가 있어 척추 끝이 왼쪽으로 약간 구부러져 있고, 꼬리 지느러미가 약간 찢겨 있었지만, 그럼에도 헤엄치는 데는 큰 불편이 없었다. 그래서 복숭아 꽃잎을 물고 물속 깊이 헤엄쳐 들어갈 수 있었다. 귀신 호수는 수심이 아주 깊었다. 천지의 명암이 교체될 때 인간 세계에 속하지 않은 물체가 나타났다. 진짜 같기도 하고 가짜 같기도 했다. 거대한 명령수* 한 그루가 5백 년의 세월을 가로질러 귀신 호수 깊은 곳에 우뚝 솟았던 것이다. 오랜 세월의 흔적을 몸에 그대로 간직한 채 썩고 퇴락한 모습이었지만, 가지와 잎은 여전히 무성했고 물속에 잠긴 부분이 가볍게 흔들리고 있었다. 피라미는 명령수 맨 끝 갈라진 부분 사이를 헤엄쳐 다녔다. 가지가 썩은 부분에 작은 굴이 하나 나 있었다. 피라미는 꽃잎을 물고 그 굴 안으로 들어갔다. 아주 긴 길을 통과하여 구멍 밖으로 머리를 내밀어 보니 온통 짙은 쪽빛이었다."

〈자형 창고 끝 오른쪽에는 작은 양어 수조가 하나 있었다. 용안 나무처럼 낭떠러지 옆에 자리 잡고 있었다. 내

* 冥靈樹. 신화에 나오는 신수(神樹)이다. 사람들이 이 나무 아래서 간절히 기도를 올리면 소원을 들어준다고 한다(옮긴이).

가 고2 겨울방학에 아징을 찾아왔을 때 이 양어 수조는 이미 보이지 않았다. 2010년 가오슝 자셴(甲仙) 지진* 때 부서져 두 조각 나면서 낭떠러지 아래로 떨어져 버린 것이다. 장방형이었던 수조는 시멘트로 만들어져 있었고, 어린아이 둘이 들어가 어깨를 나란히 하여 헤엄을 칠 수 있을 정도의 크기였다. 내 기억으로 외할아버지는 수조 안에 비단잉어를 키웠다. 나는 물가에 앉아 빨간색과 흰색, 노란색, 금색, 검은색, 얼룩무늬 등 다양한 색깔의 잉어들이 헤엄치는 모습을 구경하면서 즐거워하곤 했다. 외할아버지는 양어 수조 옆에 잉어 사료를 한 자루 놔 두었다. 내가 사료를 뿌려 주면 잉어들이 먹이를 다투는 모습이 여간 즐거운 게 아니었다.

외할아버지가 돌아가시고 나서 잉어들도 따라서 사라졌다. 둘째 외삼촌은 수조 안에 있던 잉어들이 전부 전염병에 걸려 폐사했다고 했다. 둘째 외삼촌은 양어 수조에 다시 비단잉어를 채워 넣으면서, 역돔이나 메기 같은 식용 물고기도 함께 넣어 주었다. 물고기를 구워먹을 일이 생기면 곧장 이 수조에서 건져 올리면 된다는 생각에서였다. 그러나 얼마 지나지 않아 역돔과 메기의 놀라운 번식 능력 때문에 수조는 금세 그 후손들로 가득 차 버렸다. 비단

* 2010년 3월 4일에 발생한 리히터 규모 6.4의 강진으로, 진앙의 위치가 가오슝 내에 있었다.

잉어는 어쩌다 사료를 줄 때 이들 사이에 간간이 모습을 나타낼 뿐이었다. 얼마 후에는 거북과 자라도 넣어 주었지만 나는 이미 그 비탈에 가는 일이 드물어졌다. 비탈에 가는 일이 있어도 양어 수조 가까이는 가지 않았다. 수조에 가까이 가서 사람 손에 사육되는 역돔과 메기를 보면 항상 해산물 가게에서 보던 수족관 속의 '식재료'들을 보는 것과 다르지 않았다.

그럼에도 양어 수조 전체가 지진에 무너지면서 반으로 절단되어 낭떠러지 아래로 떨어졌다는 소식은 정말 유감스러웠다. 나와 아징의 유년의 즐거웠던 기억은 바로 이 그다지 깊지 않은 양어 수조 안에 있었다. 비단잉어들과 함께 헤엄치던 수조가 아예 부서져 완전히 사라진 것이다. 나는 낭떠러지 위에 서서 이미 반으로 쪼개진 시멘트 수조가 저 아래 누워 있는 걸 내려다보면서 메기가 생명력이 대단히 질기다는 말을 떠올렸다. 그 수조를 가득 채웠던 물고기들 중 일부가 요행히 살았다면 가능성이 가장 큰 건 메기이고, 그다음으로 거북과 자라에게도 생존의 기회가 있었을 것이며, 가장 먼저 죽어 갔을 물고기는 당연히 가장 화려하고 비싼 비단잉어였을 거라고 유추해 보았다.

양어 수조가 낭떠러지 아래로 떨어지기 전에 비탈에서는 크고 작은 명절 때마다 고기를 구워 인근 친척들을 전부 불러 대접했다. 내가 초등학교 3학년이었던 해의 추석이었다. 우리는 비탈 한가운데 작은 광장을 만들어 놓고 고기를 구웠다. 갑자기 소변이 급했다. 집 안과 밖에 모두 화장실이 있었지만 우리 같은 어린 남자아이들은 습관적으로 낭떠러지 가까이 가서 소변을 보곤 했다. 나는 양어 수조와 용안 나무 사이의 수풀로 가서 소변을 보았다. 그곳에는 등불이 없었다. 수풀 속에 약간 벌어진 틈새가 있었고, 소변을 보면서 그 틈새에 암홍색 천이 걸려 있는 걸 보았다. 자세히 살펴 보니 빨간색 주름치마였다. 주름치마 아래에는 수놓은 꽃신을 신은 발이 대롱대롱 매달려 있었다. 상반신은 수풀에 가려져 잘 보이지 않았다. 아무리 생각해도 이건 뭔가 잘못된 것이다. 수풀 속에서 사람이 허공에 뜬 채 서 있을 수는 없다. 아래는 낭떠러지인데 발이 허공에 매달려 있었다. 하지만 소변이 이미 절반쯤 나오던 중이라 도중에 멈출 수 없었던 나는 그 빨간 주름치마와 허공에 매달린 발을 빤히 쳐다보면서 소변을 마저 보는 수밖에 없었다. 소변을 본 뒤에 얼른 뛰어서 광장으로 돌아왔다. 다들 환한 곳에서 고기를 굽고 있었고, 나는 그 일을 누구에게도 말하지 않았다. 내가 잘못 본 게 틀림없다고 자기 최면을 걸었다.

이 무렵 아징은 밤이 되면 방에서 나가는 일이 없었다. 우리는 민숭에 가서 만화와 비디오를 빌려 함께 보았고,

(며칠 전에 다섯째 외삼촌이 잠시 돌아와서는 내가 그곳에 있는 걸 보더

니 아징에게 약간의 용돈을 주었다) 보다가 지치면 잤다. 다음 날 아침에 일어난 아징과 나는 둘째 외삼촌과 그 비탈진 땅을 벗어나 죽순을 캐러 갔다가, 정오쯤 되어 다시 비탈로 돌아와 외할머니와 함께 점심을 먹었다. 이어서 설거지를 하고 빨래를 한 다음, 잠시 쉬다가 샤워를 하고 TV를 보거나 낮잠을 잤다. 저녁 무렵에 가까워지면 나와 나이 차가 한 살밖에 안 나는 또 다른 사촌형과 함께 비탈로 가서 놀았다. 우리는 부서진 나무 조각들을 모아 불을 피웠다. 다섯째 외삼촌이 음식과 고기를 냉장고에 꽉꽉 채워 둔 뒤였다. 마침내 매일 냉동만두만 먹는 상황을 모면할 수 있었다. 우리는 의자를 비탈 한가운데로 가져다 놓고 고기를 좀 가져다가 모닥불을 둘러싸고 구워먹기 시작했다. 비탈 전체를 통틀어 눈이 거의 보이지 않는 노인 하나와 거의 어른이 다 된 아이들 셋뿐이었다. 그 순간 우리는 완전한 자유의 느낌을 만끽할 수 있었다. 지금까지도 그 기억이 아주 선명하다.

비탈에서는 늘 시간이 빨리 가는 것 같았다. 얼마 후 학교가 개학해서 아징도 학교에 가야 했다. 고3이었던 아징은 마침내 졸업을 하게 되었다. 그는 계속 공부하기를 원치 않아서 거의 1년을 방탕하게 돌아다니면서 놀다가 결국 절반은 감정에 이끌리고 절반은 강요당해 다섯째 외삼촌의 일을 물려받게 되었다.

초등학교 4, 5학년 때 내가 집에 가지 않으면 그건 틀림없이 외할아버지의 합작사에 간 거였다. 합작사의 경리 아저씨는 이미 퇴직해서 크고 작은 장부 정리 업무를 둘째 외삼촌이 직접 기록하고 처리했다. 하지만 정말로 전문적인 업무라서 비전문가가 금세 익히는 게 쉽지 않았다. 점차 문제가 발생한 건 너무나 당연한 일이었다. 아차이(阿財)가 기억났다. 그는 합작사에서 고용한 트레일러 기사였다. 집이 신강(新港)에 있고 가족으로는 아내와 딸이 있지만, 아내와의 관계는 썩 좋은 편이 아니었다. 하지만 그는 어린 아이들한테는 특별히 잘했다. 그렇다고 소아성애 같은 건 아니었고, 때때로 케타민을 흡입한 뒤에 정신이 약간 몽롱한 상태가 되었다. 어쨌든 그는 원래 엄숙하거나 조심스러운 사람이 아니었다. 아차이, 아차이는 정말 멍청했다. 항상 하늘의 병사가 되기라도 한 듯 괴상한 생각만 했다. 그래서 아차이라고 불렀다.

나는 때때로 아차이 방에 가서 자곤 했다. 집에서 도망쳐 나왔는데 엄마가 찾으러 올 때면 특히 그랬다. 엄마는 예의상 남의 방에 함부로 들어갈 수 없으니까. 나는 아차이가 한밤중에 뭔가를 태운다는 걸 알고 있었다. 하지만 당시 나는 그것이 '케타민을 먹는' 건지는 몰랐다. 그 냄새를 맡은 적이 있었다. 아차이는 내게서 아주 멀찌감치 떨어져서 흡입했다. 내게 그 냄새를 맡지 못하게 하려는 것 같았다.

대학교 1학년 때 나는 다시 비탈진 땅에 가서 아징을 찾았다. 그의 방에서 아주 익숙하면서도 낯선 냄새가 나는 것 같았다. 하지만 그게 뭔지는 기억이 나지 않았다. 그러다가 사회 생활을 하면서 네덜란드로 출장을 가게 되었다. 어느 개인 파티에서 어떤 외국인이 케타민을 하는 걸 본 순간 동시에 아차이와 아징의 방에서 맡았던 냄새가 한꺼번에 생각났다. 그들은 내가 보는 앞에서 케타민을 흡입한 적이 한 번도 없었고, 그와 관련된 일에 대해 묻거나 말해 준 적도 없었다.

비탈진 땅의 '하층부'는 상당히 신비로우면서 자연스러운 곳이었다. 한 층 한 층 아래를 향해 이어지는 산 같았다. 대나무 숲이 끝없이 이어져 있을 듯한 느낌을 주기도 했다. 다섯째 층까지 내려가면 그곳 어느 지점에선가 지하수가 솟아 나와 작은 개울을 이뤘다. 개울에는 눈이 기다란 민물새우나 속까지 투명한 작은 물고기들이 살았다. 나는 민물새우를 특별히 좋아해서 즐겨 잡았다. 새우들은 움직임이 아주 빨랐지만 개울이 작기 때문에 얼마든지 손바닥으로 막아 잡을 수 있었다. 우리는 민물새우를 잡으면 술에 잠깐 담갔다가 먼저 깨끗이 씻은 다음, 소금과 마늘, 후추, 식초, 그리고 고수풀이나 구층탑을 섞은 양념에 찍어서 익히지 않고 그냥 먹었다. 처음 먹을 때는 몸집이 작은 새우가 입 안에서 팔딱거리지 않을까 두렵기도 했지만 민물새우의 신선하고 달콤한 맛은 시장에서 파는 태국산 새우의 맛을 능가했다.

이때는 외할머니의 시력이 그렇게 나빠지지 않았다. 외할아버지가 돌아가시긴 했지만 돼지 축사도 완전히 폐기되지 않았다. 아징은 나와 함께 죽은 돼지를 땅에 묻었다. 원칙상으로는 이 돼지를 개인적으로 처리해선 안 되고 반드시 환경 보호국에 의뢰해야 했다. 연락을 하면 그들이 차를 몰고 와서 수거해 가지만, 비탈진 땅 하층부는 너무나 외진 곳인 데다, 돼지 축사 허가증도 사용연한이 넘었는데 연장을 하지 않은 터라 연락하기가 불편했다. 외할머니는 아징에게 병사하거나 뜻밖의 이유로 죽은 돼지를 비탈 하층부로 가져다 묻게 했다. 나는 아징과 함께 수레를 가지고 돼지를 하층부 폐수처리용 수조 옆으로 옮겼다. 이곳은 비교적 위쪽 부분이라서 하층부의 첫째 층과 둘째 층의 경계지인 셈이었다. 아징은 한동안 돼지를 전부 그곳에 묻었다고 하면서 굳이 멀리 갈 필요가 없다고 했다. 그곳은 날이 빨리 어두워지기 때문에 빨리 묻고 가야 한다는 거였다. 지체하다가는 강시를 만나게 된다면서.

나는 그가 또 농담을 한다고 생각하고 어떤 강시냐고 물었다. 내 머릿속 강시는 홍콩 영화에 나오는 청나라 관복을 입은 강시였다. 아징은 강시가 땅속에서 기어 나온다고 말했다. 자기가 돼지를 묻은 바로 그곳에서 나온다는 거였다.

"어느 날 내가 좀 늦게 집에 돌아왔어. 날은 이미 어두워져 있었어. 내가 죽은 돼지를 밀면서 더 아래쪽 구역으로 가서 묻었어. 그쪽에 가서야 예전에 묻은 돼지가 보이지 않는다는 걸 알았지. 남아 있는 건 텅 빈 구덩이뿐이었어. 나는 라오피와 다른 개들이 사체를 파내서 먹었을 거라고 추측하고 구덩이를 더 깊게 팠어. 그런 다음 끌고 온 돼지를 구덩이 안에 밀어 넣었지. 그런데 잠시 후에 방금 묻은 돼지가 그 자리에서 서서 나를 바라보고 있는 거야. 배가 찢겨 있었으니 강시가 아니고 뭐겠어?"

"그래서 결국 어떻게 했는데?"

"수레를 내팽개친 채 걸음아 날 살려라 하고 뛰었지. 다행히 쫓아오지는 않더라고."

그의 얘기를 들으면서, 나는 빠르지도 않고 느리지도 않은 당시 우리의 생활 방식이 지나치게 여유로웠다는 생각을 했다. 비탈 하층부는 원래 지속적으로 더 밑으로 개발되어 가던 중이었다. 외할아버지가 살아 있을 때 외삼촌들은 번갈아 굴삭기를 몰고 가서 길을 뚫었다. 나는 굴삭기가 고장 나서 움직이지 못하게 된 광경을 여러 번 목격한 적이 있다. 외할아버지가 돌아가시기 전에 굴삭기를 조작하던 둘째 외삼촌은 굴삭기가 산 벽에 갇혀 차량을 동원해 끌어내려 해도 움직이지 않았다고 했다. 외할아버지의 장례를 마쳤을 때 굴삭기 위에는 이미 풀이 자라고 있었다. 또 여러 해가 지나 아징이 이 비탈진 땅을 떠나 장화현으로 이사하려고 할 때 나는 또다시 이곳을 찾았다. 집 뒤의 말라 버린 수조 옆에는 여전히 굴삭기가 있었다. 녹이 잔뜩 슨 채로.

우리 할아버지는 외할아버지를 찾아가는 일이 아주 드물었다. 하지만 할아버지는 언젠가 내게 외할아버지의 그 비탈진 땅을 잘 개발하면 농지로 전환할 수 있다고 하면서 지금은 너무 음산하고 해를 볼 수 없는 게 문제라고 설명했다. 할아버지의 어투에서 그렇게 해보고 싶어 하는 강한 욕망을 읽을 수 있었다. 농사에 관해서라면 나는 우리 할아버지가 개간하지 못하는 땅을 본 적이 없었다. 후바이 개천 오른쪽에 있는 작은 산도 마찬가지였다. 할아버지의 얘기에 따르면 산에 돌이 가득해서 애당초 손을 댈 수가 없었지만, 할아버지가 맨손으로 허리를 굽혀 돌들을 일일이 다 주워 없앤 덕분에 개간에 성공하여 농사를 지을 수 있게 됐다고 했다. 그러다 보니 허리가 완전히 굽어 곱사등이가 됐다고.

하지만 나는 우리 외할아버지와 할아버지가 농사에 관해 얘기를 나누는 모습은 한 번도 본 적이 없었다. 심지어

두 분의 행동 범위가 겹쳤는데도 서로 만나서 한담을 나누는 일이 없었다. 외할아버지는 제대로 개발되지 않은 농지를 소유하고 있었고, 할아버지는 정교한 개간 및 농사 기술을 보유하고 있었다. 그런데도 왜 두 분은 서로 만나 이런 문제를 상의하지 않았던 걸까. 사실 두 분은 행동과 일처리 방식이 현저하게 달랐다. 나는 두 분이 서로 만나지 않은 것도 좋은 일이라고 생각했다. 우리 엄마와 아빠의 일만으로도 두 분은 골치가 아팠을 것이다.

매년 음력 4월 26일이 되면 합작사에선 류수석 연회를 마련하여 주주들과 협력관계인 거래처 사람들을 전부 초청하여 식사를 했다. 물론 우리 같은 아이들도 곁다리로 끼어서 함께 음식을 즐겼다. 아마도 초등학교 3학년 때의 일이었을 것이다. 나는 저우메이후이를 데리고 함께 류수석 자리에 가서 앉았다. 어른들은 모두 술을 마셨고 어린 아이들은 각자 알아서 음식을 챙겨 먹었다. 나랑 저우메이후이는 식사를 잽싸게 마쳤다. 다음 목표는 스트립쇼 공연을 하는 전자화차* 강철 파이프 앞 왼쪽 골목의 금붕어 잡는 노점이었다.

* 電子花車. 타이완의 특수한 문화로, 중국 남부 취안저우(泉州)와 샤먼(厦門) 등지의 길거리 공연 무대인 '예각(藝閣)'이 유입되어 변화된 형태다. 공연 내용은 노래와 춤, 스트립쇼, 마술 등 사람들의 눈길을 끌 수 있는 다양한 볼거리들이다(옮긴이).

나는 엄마에게서 200달러를 받아 저우메이후이와 각각 100달러씩 나눠 가졌다. 우리 둘은 곧장 그 왼쪽 골목으로 달려갔다. 네 개의 하얀 백열등이 땅바닥 위의 수조를 비추고 있었고 어른들과 아이들이 뒤섞여 구경을 하고 있었다. 나는 기술이 형편없어 화장지 그물 두 개로 겨우 한 마리밖에 잡지 못했다. 반면 저우메이후이는 정말 대단했다. 화장지 그물 하나로 무려 다섯 마리나 잡은 것이다. 저우메이후이는 한 번밖에 하지 않았지만 나는 돈을 다 때려 넣고도 겨우 금붕어 한 마리밖에 못 잡았다. 노점 주인은 투명 비닐봉지에 약간의 물과 함께 금붕어를 담아 주었다. 하얀 몸체에 옆으로 붉은 반점이 있는 작은 금붕어였다. 나는 이 작은 금붕어가 든 비닐봉지를 손에 들고 무척 즐거워했지만, 저우메이후이의 봉지 안에는 무려 다섯 마리나 들어 있었다.

천렌쉰의 『태평장지 속사』 「풍속」 편에는 이런 기록이 남아 있다. "매년 음력 4월 26일은 마을의 주신인 오곡왕의 생신이며, 마을 사람들은 겨울 내내 농사를 지어 풍작을 거두고 봄에 다시 파종을 한 뒤에 오곡왕께서 보우해 주신 덕분에 오곡의 풍성한 수확을 거뒀다고 기뻐하면서 한겨울의 고된 노동이 큰 수확으로 돌아온 것을 경축했다. 마을에서는 집집마다 큰 잔칫상을 차리고 손님들을 초대하는 동시에 오곡왕묘 앞에서 희반*을 초청하여 여러 신들에게 보답했다."

외할아버지는 원래 합작사로 주주들을 초대하려 했으나 내가 밖에서 저우메이후이와 함께 금붕어를 들고 들어오는 걸 보더니 나를 한쪽으로 잡아끌면서 같이 할아버지를 만나러 가자고 했다. 우리 집은 합작사에서 그리 멀지 않은 곳에 있었다. 합작사는 오곡왕묘 바로 앞에 있고 우리 집은 오곡왕묘 오른쪽에 있었다. 하지만 외할아버지가 나를 안내한 길은 아주 멀었다. 저우메이후이는 외할아버지 왼쪽에 있고 나는 외할아버지 오른쪽에 있었다. 외할아버지가 자신의 고향 길을 걸으면서 그토록 근심이 많았던 건 아마도 아버지와 엄마의 일 때문이었을 것이다. 원래 3분이면 다 갔을 길을 우리는 거의 10분째 걷고 있었다.

아버지가 처음으로 엄마에게 손찌검을 한 건 그해 4월 26일이었다. 외할아버지가 우리 집으로 할아버지를 만나러 오는 건 무척이나 드문 일이었다. 상대의 죄과를 따지러 온 것 같지는 않았다. 그랬더라면 그렇게 천천히 걷지 않았을 것이다. 어차피 일이 일어난 다음 날 우리 외삼촌들이 한꺼번에 우리 집으로 쳐들어올 것이기 때문이었다. 외

* 戲班. 전통 지방극 공연을 전문으로 하는 극단을 가리킨다(옮긴이).

삼촌들은 손에 야구방망이와 우산 같은 무기를 들고 있었다. 외삼촌들은 우리 아버지의 손과 발을 잘라 버리겠다고 큰소리쳤다. 물론 손발을 자르는 데는 성공하지 못하고 서로 언성만 높이는 단계로 접어들었다. 우리 할머니가 달려와 외삼촌들에게 도대체 무슨 짓이냐고 따져 물었다. 외삼촌들은 자신들보다 항렬이 높은 친척을 보고는 난처해하면서 자기들 누나가 업신여김을 당했기 때문에 우리 아버지에게 따끔하게 교훈을 주려는 거라고 말했다. 이어서 할머니는 엄마가 합작사에서 잘 지내는지 물었다. 거기에 잠시 가 있는 건 괜찮지만 아이들이 엄마를 보고 싶어 한다고 했다. 그러면서 우리 아버지에게 교훈을 주는 건 문제 없지만 손발을 자르는 건 안 된다고 했다. 아버지가 계속 일을 해서 우리를 부양해야 한다는 게 이유였다. 이어서 교훈을 주기 전에 이렇게 왔으니 우선 음식도 좀 먹고 차도 마시는 것이 어떻겠느냐고 물었다.

물론 결국 아버지의 손발을 자르지는 못하고 일주일 뒤에 아버지가 합작사로 가서 엄마를 데리고 왔다. 하지만 약간의 어색한 분위기는 어쩔 수 없었다. 특히 우리 할아버지, 할머니와 외할아버지 외할머니의 관계가 그랬다. 외할아버지는 우리 할아버지를 볼 때마다 나랑 저후메이후이에게 가서 금붕어나 잡으라고 말했다. 할아버지는 내게 가서 큰 통에 물을 받아오라고 시켰다. 그 안에 물고기를 키워야 한다면서. 이어서 할아버지는 외할아버지에게 식사는 하셨느냐고 물으면서 하셨더라도 좀 더 드시라고 말했고, 외할아버지도 거절하지 않았다. 외할아버지는 친한 가족끼리 아주 오래 만나지 못한 것 같다고 말하면서 그릇과 젓가락을 들고 할아버지 옆에 앉았다. 할머니는 외할아버지에게 계탕(鷄湯)을 한 그릇 가져다주면서 큼직한 닭다리를 하나 얹어 주었다. 외할아버지가 계탕을 먹는 동안 옆에 있던 할아버지가 말했다.

"저는 올해 산 위에 있는 밭(후바이 개천 오른쪽의 작은 산)에 파인애플을 심을까 합니다. 가격이 비교적 좋아 마죽순 농사를 짓는 것보다 더 타산이 맞는다고 하네요."

외할아버지가 말했다.

"저는 돼지 축사 밑(그 비탈진 땅의 하층부)에 계속 마죽순을 심을 생각입니다. 그랬다가 내년쯤에 굴삭기로 길을 내야 할 것 같아요. 그쪽에도 파인애플을 심을 수 있을까요? 저도 그곳에 파인애플 농장을 만들면 어떨까요?"

"그곳에 파인애플을 심는 건 힘만 들고 쉽지 않은 일일 것 같습니다. 파인애플은 햇빛이 많은 곳에 심어야 하니까요. 그런데 댁의 그 땅은 너무 어둡고 습기가 많아요. 일단 햇볕에 말린 다음에 방법을 생각하셔야 할 것 같군요."

"알겠습니다. 그럼 계속 마죽순을 심어야겠네요. 그 땅엔 아무래도 마죽순을 재배하는 게 맞는 것 같아요. 최근에는 비가 너무 많이 와서 죽순이 엉망진창으로 자랐지 뭡니까. 그래서 죽순 칼로 어지럽게 자란 걸 전부 베어 버렸지요. 하지만 전체를 다 베어 버리는 건 아무래도 낭비일 것 같더라고요. 오래된 마죽순이 새로 난 마죽순보다 더 맛있거든요."

"맞아요. 베지 마세요. 그냥 베어 버리는 건 너무 큰 낭비예요. 우리 산 위의 과수원도 문제가 적지 않습니다. 햇볕이 너무 세서 요즘은 아침 일찍 가서 먼저 파인애플에 물을 줘야 해요. 안 그러면 파인애플이 말라 죽어 버리거든요. 또 물을 너무 많이 줘도 안 돼요. 나무가 문드러지거든요."

할아버지와 외할아버지는 지난 2년의 농사에 관한 얘기를 마치고 나서 눈에 띄게 즐거운 모습이었다. 외할아버지는 내게 합작사까지 배웅해 달라고 했다. 나는 재빨리 저우메이후이의 손을 잡고 나섰다. 이번에는 아주 빨리 걸어서 3분도 채 안 되서 이미 오곡왕묘 앞을 지났다. 때마침 자제(子弟) 희반이 〈삼진사〉* 공연에서 쑨씨가 낭낭한 목

* 三進士. 전통 희곡 극목으로 경극(京劇)과 가자희(歌仔戲), 난탄희(亂彈戲) 등 서로 다른 유형의 각종 지방극에서 보편적으로 공연된다. 아내가 경사로 과거시험을 보러 간 남편을 찾아나섰다가 피치 못해 몸을 팔고 노비가 되었다가 나중에 온갖 곡절 끝에 원래의 단란한 가정을 회복한다는 이야기를 내용으로 하고 있다.

소리로 말하는 대목을 노래하고 있었다.

"산시(山西)에 3년째 기근이 들어, 나무는 잎이 없고 풀은 뿌리가 없네. 늙은이들은 목숨을 잃어 구천을 떠돌고, 젊은이들은 사방으로 도망쳐 다니네."

길을 가다가 소주라* 노점을 만난 외할아버지는 나와 저우메이후이에게 작고 매운 소주라를 한 봉지 사 주었다. 내 인생 처음으로 소주라를 먹게 된 기회였다. 그 뒤로 먹은 소주라는 어떤 것도 그때 기억 속의 소주라처럼 맛있지 않았다. 외할아버지는 일흔이 되던 해에 돌아가셨다. 현대인의 평균 수명에 비해 조금 일찍 돌아가신 편이었다. 의사는 술을 너무 많이 드셔서 몸이 지쳐 있는 데다 고혈압과 심혈관계 질병을 앓고 있어서 간 일부가 이미 경화된 상태라고 말했다. 의사가 약을 지어 주긴 했지만 외할아버지는 이를 먹다가 말다가 했다. 그래도 술은 많이 줄였다. 매일 자기 전에 대략 50시시 정도의 고량주를 여러 번에 걸쳐 나눠 마셨다. 아주 조금씩 아껴 가면서.

그해 4월 26일 오곡왕묘 명절이 지난 그주 토요일 오후

* 燒酒螺. 타이완 전역의 노점에서 흔히 볼 수 있는 일종의 전통 주전부리. 작은 소라에 간장과 미주(米酒), 고추, 마늘 등을 넣고 졸인 것으로 신선하고 맛있어 인기가 좋은 음식이다(옮긴이).

에 나는 저우메이후이와 함께 또 후바이 개천으로 놀러 갔다. 몰래 개천 물속에 들어가 가막조개를 잡아 커다란 어항에 넣었다. 나는 저우메이후이에게 우리 할머니가 했던 말을 하진 않았다. 그랬다간 그 애에게 얻어맞을 테고, 저우메이후이는 고개를 끄덕이며 자신은 그럴 리가 없다고 말했을 것이다. 저녁 무렵이 되어 해가 지난번처럼 절반만 남아 밭 위에 떠 있었다. 나는 지는 해를 바라보다가 멀리 밭 한가운데 꽂혀 있는 시멘트 기둥을 보았다. 농부들이 물건을 고정시키기 위해 무거운 물건을 세워 둔 것이었다. 이 시멘트 기둥 위에 갑자기 여자가 보였다. 긴 머리에 긴 외투를 입고 한쪽 발끝으로 시멘트 기둥을 딛고 서서 지는 해를 따라 천천히 움직이고 있었다. 그때 나는 이 누나가 한쪽 발끝으로 그렇게 서 있는 게 정말 대단하다는 생각을 했다. 저우메이후이에게 그 여자가 보이냐고 물었다. 저우메이후이는 봤다고 했다. 그러면서 더 보지 말고 빨리 돌아가자고 했다. 나는 손을 흔들어 그 누나에게 작별인사를 하고 싶었다. 막 손을 뻗으려는 순간 저우메이후이에게 한 대 맞고 저지당했다. 나는 조개가 든 어항을 들고 집으로 돌아와서 몰래 조개를 금붕어가 들어 있는 커다란 플라스틱 어항 안에 집어넣었다. 플라스틱 어항 옆에 쪼그리고 앉으면 물 속의 모든 것을 볼 수 있었다. 나는 돌과 수초도 넣어 주었다. 아울러 모래도 좀 넣었다. 조개가 숨을 수 있는 공간을 마련해 주기 위해서였다.

대학을 졸업하고 나서 한번은 친구 집에서 그가 들려주는 이야기를 듣게 되었다. 그에게 친구가 하나 있었는데 어렸을 때 화롄의 해변에 살았다고 했다. 그들 집에는 철제 셔터문이 있고 문에는 움직일 수 있는 구멍이 나 있어서 몰래 밖을 내다 볼 수 있었다고 했다. 태풍이 불던 어느 날 저녁 셔터문이 바람에 밀려 탕탕 요란한 소리를 냈다. 그러자 친구는 그 구멍을 열어 문밖에 파도가 치는 모습을 구경하려 했다. 해변에는 공설 울타리와 난간이 있고, 가로등도 달려 있었다. 그는 그렇게 가로등 아래 난간을 바라보고 있었다. 난간 위에 한 여자가 서 있었다. 긴 머리에 긴 외투 차림이었다. 얼굴은 보이지 않았다. 여자는 한쪽 발끝으로 난간 위에 서서 태풍이 부는 대로 이리저리 마구 흔들리고 있었다.

이 이야기를 듣는 순간 나는 곧장 조개를 잡던 그때의 경험을 떠올렸다. 그리고 갑자기 저우메이후이가 왜 내 손을 때렸는지 알 것 같았다. 저우메이후이는 그것이 무엇인지 일찌감치 알고 있었던 것이다.

그 커다란 플라스틱 통으로 만든 빨간 어항을 나는 아주 오래 사용했다. 나중에는 작고 하얀 금붕어를 그 어항에 키울 수가 없게 됐다. 합작사에는 투명한 유리로 된 어항이 있었다. 그리고 무한히 공급할 수 있는 사료도 있었다. 얼마 후 나는 그 작은 금붕어를 합작사로 가지고 가서 유리 어항으로 옮겨 놓았다. 유리 어항에 키우기 시작하면서 비로소 나는 금붕어가 크게 자랄 수 있는 물고기라는 사실을 알았다. 금붕어는 내가 중학교 3학년이 될 때까지 계속 살아 있었고, 손가락 한 마디만 하던 것이 어른 손바닥만 한 크기로 자랐다. 그러다가 마지막으로 셋째 외삼촌이 키우던 붕어의 공격을 받고 세상을 떠났다.

나의 그 플라스틱 어항은 어떻게 되었을까. 나는 또 저우메이후이와 함께 후바이 개천 깊숙한 곳까지 들어갔다. 그곳에는 대두어가 무리 지어 헤엄치고 있었다. 나는 몇 마리를 잡아가지고 돌아와 어항에 넣고 키웠다. 이 대두어들은 심지어 금붕어보다 더 오래 살았다. 물론 개체가 아니라 군체였다. 내가 잡아온 대두어들은 번식이 아주 빨랐다. 내가 어항 물을 자주 갈아주지 않아서인지 금세 푸른 이끼가 끼기 시작했다. 이 이끼는 결국 긴 양탄자처럼 수면 위로 떠올라 수면을 덮었다. 대두어들은 이 이끼와 장구벌레를 먹고 자랐다. 이끼를 들춰 보면 물이 지저분하지도 않고 냄새도 나지 않는 걸 알 수 있었다. 심지어 어항 바닥에 깔린 조개들도 황금빛을 뽐냈다. 그러던 어느 해 한파가 덮쳤다. 나는 깜박 잊고 어항을 실내로 옮겨 놓지 않았다. 다음 날 저녁에 가 보니 대두어들은 한 마리도 살아남지 못하고 전부 죽었다.

할머니는 내게 당신이 어렸을 때는 대두어가 그렇게 크지 않았다고 말했다. 대두어는 원래 일본인들이 들여온 것인데 우리 타이완에도 대두어와 유사한 어종이 있었다는 것이다. 이 어종은 과거에 논에서 살았기 때문에 '어목랑'*이라고 불렀다고 한다. 하지만 어목랑은 대두어처럼 더러운 물을 견디지 못해서 조금만 수질이 안 좋아져도 죽고 말았고, 지금은 아예 찾아볼 수가 없는 어종이 되었다. 할머니는 아울러 대두어를 깨끗이 씻어서 튀기면 고소하고 바삭바삭한 게 아주 맛있다고 덧붙였다.

고등학교 때 밤중에 너무 어두워 앞이 잘 보이지 않으면 할머니가 집과 구멍가게 사이를 오갈 때마다 내게 부축해 달라고 했던 게 생각난다. 하지만 할머니는 우리가 구멍가게로 저녁 식사를 가져다주는 건 원치 않았다. 할머니는 당신이 아주 쓸모없는 사람이라고 생각했다. 내 기억으로 처음 할머니를 부축할 때부터 나는 할머니 팔을 꼭 잡았다. 비쩍 마르고 작은 팔을 잡으면 뼈가 만져졌다. 내가 할머니에게 좀 많이 드시라고 하면, 할머니는 직접 내 손을 잡으시면서 말했다. 손 이리 내!

* 魚目娘. 중화청장(中華青鱂)을 가리키는 말이다. 학명은 Oryzias sinensis이고, 도전어(稻田魚), 어목랑, 미장(米鱂), 탄어(彈魚), 삼계낭즈(三界娘子) 등으로도 불리기도 한다. 주로 얕은 연못이나 깨끗한 관개수로, 논 등에 서식한다. 키우려면 수질이 매우 좋아야 한다.

할머니는 내가 타이난에서 대학에 다닐 때 돌아가셨다. 내가 집으로 달려갔을 때는 이미 의식이 없었다. 들리는 바에 의하면 구멍가게로 돌아가다가 넘어졌고, 넘어지면서 의식을 잃었다고 했다. 나는 이게 좋은 일인지 안 좋은 일인지는 몰랐지만, 할머니가 의식을 잃은 것으로 인해 아프지 않으셨기를 바랐다. 할머니는 외할머니처럼 전화 노인이 되진 않았다. 어떤 의미에서는 아주 존엄하게 극락으로 가셨다고 할 수 있다. 나는 할머니가 우리 구멍가게를 왕래할 때 내 손을 꼭 잡고 다녔던 게 생각났다.

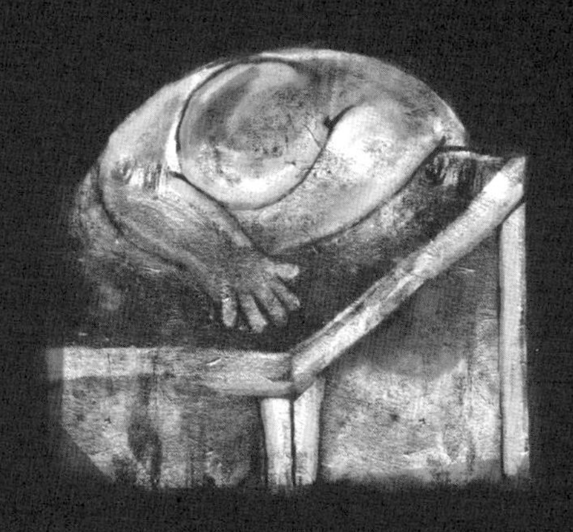

(향을 올리며) 아친(阿欽), 나는 당신이 다시 돌아올 수 없다는 걸 잘 알아요. 당신이 우리 집 후원에서 밤새워 우는 소리를 들을 수 있어요. 그 날 집에 돌아온 당신은 온몸이 피투성이였지요. 앞가슴의 구멍에서 흘러나오는 피를 보고 너무 놀랐어요. 당신은 탁자에 엎드려 울었지요. 그때 저는 당신이 다시 돌아올 수 없다는 걸 알았어요. 우리 어린 아들이 어느 날 저녁에 제게 아빠가 모기장 밖에 서 있는 걸 보았다고 말하더군요. 저는 그때 더 확신했

어요. 당신이 영원히, 영원히 돌아올 수 없다는 걸 말이에요. 저는 이제 더 이상 쓰라린 운명을 한탄하는 여자가 아니에요. 당신 가슴에 꽂혀 있던 편지 다 읽었어요. 장례비용은 3천 원밖에 안 됐고, 제가 이미 다 갚았어요. 당신은 그냥 모든 일을 내려놓으세요. 집안 식구들도 이제는 모두들 평안해요. 단지 우리가 언제쯤이나 기관총 아래 죽는 일을 두려워하지 않는 때가 올지 궁금할 뿐이에요.

아친, 여기 세 가지 가축과 네 가지 과일을 마련해 놓았어요. 부디 기쁘게 받아 주세요. 편히 가세요.

6장

저우메이후이의 말

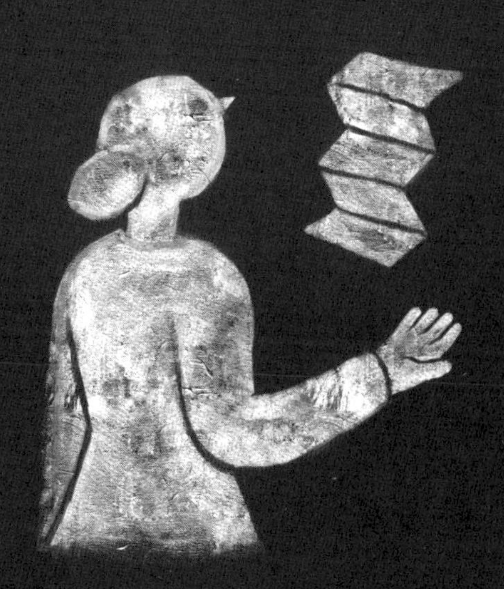

나는 때때로 비몽사몽 상태에서 어떤 장면들을 보곤 했다. 하지만 나 자신이 자고 있지 않다는 건 확실히 인지할 수 있었다. 잠을 자고 있지 않으니 꿈이 아니라 기억일 것이다.

기억 속에는 진실도 있고 환상 혹은 허상도 있을 것이다. 이런 환상과 허상의 기억도 대뇌에서 진실을 바탕으로 이루어진다. 그렇지 않다면 우리가 환각을 일으킬 수 있는 실로시빈* 버섯을 법으로 금지할 이유가 없을 것이다. 모든 게 허상이나 환각이라면 두려워할 게 뭐가 있을까. 이 허상 혹은 진실의 기억 속에서 나는 나 자신이 신이 되거나 빛을 발하는 모습을 한 번도 본 적이 없다. 따라서 나는 내가 야관불조와 아무런 연관도 없다고 굳게 믿는다. 적어도 나는 야관불조의 화신이나 계신이 아니다.

아빠가 목을 맸던 방을 대학생에게 임대한 뒤로 나는 그 방에 들어갈 기회가 거의 없었다. 하지만 나는 그 방 바로 밑에 있는 방을 썼기 때문에 여름이건 겨울이건 할 것 없이 항상 위층 방에서 천장 선풍기가 돌아가는 소리를 들었다. 하지만 사실 그 방의 천장 선풍기는 내가 초등학교 5학년 때 이미 철거되었다. 할머니가 직접 대학생 방

* psilocybin. 암 환자의 우울증 혹은 불안증의 치료에 연구되고 있는 제제로, 버섯에서 추출한 물질이다. 부작용으로 환각 증상이 나타날 수 있다(옮긴이).

에 주파수 변환이 가능한 에어컨을 달아 주었기 때문이다. 돈을 조금 절약하면 학생들에게 에어컨 바람을 쐬게 해 줄 수 있기도 했지만, 어쩌면 줄곧 선풍기 돌아가는 소리에 마음이 불안해진 할머니는 수중에 돈이 들어온 김에 선풍기를 뜯어 버린 건지도 모른다.

나는 때때로 기억 속에서 나 자신이 어느 산 정상에 서 있거나 어느 마을 안에 앉아 있는 걸 보았다. 이상하게도 그곳의 모든 것이 훠샤오좡과 아주 흡사했다. 도로와 집들, 잡화점, 오곡왕묘도 똑같았다. 게다가 나는 우리 집 금지 가게도 찾을 수 있었다. 문 앞 점포는 분명히 이미 철거했는데, 기억 속에서는 가게가 다시 나타났다. 나는 금지와 은지가 겹겹이 쌓인 공간의 냄새도 맡을 수 있었다. 아빠를 떠올리면, 정말로 아빠가 금지 가게 안에 앉아 차를 우리고 있었다. 아빠 옆에는 내가 알지 못하는 아저씨 두 분도 함께 있었다. 아빠는 내가 온 걸 보고는 몹시 기뻐했다.

"메이후이야, 날이 추우니까 우선 이리 와서 차부터 한 잔 마셔라. 이 분은 천 씨 아저씨야. 훠샤오좡 오곡왕묘 근처에 사시는데 오늘 금지를 사러 오셨어. 그리고 이 분은 루(盧) 씨 아저씨야. 의사 선생님이지. 이곳에 한동안 머무실 예정이란다. 나중에 집에서 사람들이 모시러 올 거야. 다시 이사해서 돌아가시는 거지. 오늘은 아빠와 한담을 나누려 찾아오신 거야."

나는 두 분 아저씨에게 인사를 건넸다. 천 씨 아저씨는 자신을 '아화(阿華) 아저씨'라고 부르면 된다고 했다. 그는 종종 훠샤오좡에서 나를 보았고, 항상 효심이 많은 아이라고 생각했다고 했다. 의사 선생님인 루 씨 아저씨는 자신을 '아친(阿欽) 아저씨'로 불러달라고 했다. 그러면서 내가 항상 보살펴줘서 정말 고맙다고 하셨다. 나는 의아했다. 아친 아저씨를 만난 건 이번이 처음인데, 어떻게 내가 보살펴 드렸단 말인가.

멀리서 천장 선풍기 돌아가는 소리가 들렸다. 아빠 목소리도 들렸다.

"메이후이야, 한가할 때 또 들러. 오느라고 힘들었을 테니까 오늘은 어서 그만 돌아가서 쉬어라."

천장 선풍기 소리가 귓가에 들리자 나는 침대에서 일어났다. 내가 잠을 자고 있지 않았다는 건 확실히 인식하고 있었다. 입에는 방금 마신 뜨거운 차 냄새가 남아 있었다. 아빠를 본 이날은 내 기억으로는 중학교 1학년 2학기가 개학한 첫날이었다. 당시 내 몸에 눈에 띄는 변화가 일어났다. 일주일쯤 지난 어느 날 아침 학교에 갈 준비를 하고 있었다. 침대에서 일어나자마자 바지와 침대가 온통 피투성이였다. 그것이 월경이라는 건 알고 있었다. 초등학교 6학년 때 선생님이 말해 준 적이 있었기 때문이다. 어떤 학생들은 월경이 비교적 일찍 찾아왔다. 6학년 때는 그 문제를 놓고 토론을 하기도 했다. 아직 기차역에 출근하기 전이었던 할머니가 재빨리 편의점에 가서 생리대를 사다 줬다.

그 시기부터 천장 선풍기 돌아가는 소리는 방에서만 들리는 게 아니었다. 내가 옆집 구멍가게 손자와 함께 자전거를 타고 학교에 갈 때도 어디선가 그 소리가 들리곤 했다. 어떤 여자 목소리가 들리기도 했다. 그녀는 손에 향을 들고 있었다. 너무나 이상했다. 매일 등하교 하는 도로가 눈에 보였고, 내가 자전거를 타고 있다는 것도 알고 있었다. 심지어 신호등 앞에서 자전거를 멈춰 세울 수도 있고, 다른 차들을 피할 수도 있었다. 하지만 나는 분명히 어떤 광경을 느낄 수 있었다. 눈으로는 볼 수 없지만 소리는 아주 분명했다. 여자는 이렇게 말했다.

"아친(阿欽), 나는 당신이 다시 돌아올 수 없다는 걸 잘 알아요. 당신이 우리 집 후원에서 밤새워 우는 소리를 들을 수 있어요. 그날 집에 돌아온 당신은 온몸이 피투성이였지요. 가슴의 구멍에서 흘러나오는 피를 보고 너무나 놀랐어요. 당신은 탁자에 엎드려 울었지요. 그때 저는 당신이 다시 돌아올 수 없다는 걸 알았어요. 우리 어린 아들이 어느 날 저녁에 아빠가 모기장 밖에 서 있는 걸 보았다고 하더군요. 저는 그때 더 확신했어요. 당신이 영원히, 영원히 돌아올 수 없다는 걸 말이에요. 저는 이제 더 이상 쓰라린 운명을 한탄하는 여자가 아니에요. 당신 가슴에 꽂혀 있던 편지, 다 읽었어요. 장례 비용은 3천 원밖에 안 됐고, 제가 이미 다 갚았어요. 당신은 그냥 모든 일을 내려놓으세요. 집안 식구들도 이제는 다들 평안해요. 단지 우리가 언제쯤에나 기관총 아래 죽는 일을 두려워하지 않는 때가 올지 궁금할 뿐이에요.

아친, 여기, 세 가지 가축과 네 가지 과일을 마련해 놓았어요. 부디 기쁘게 받아 주세요. 편히 가세요."

말을 마친 여자는 곧 사라졌다. 나는 그 목소리와 대화를 시도해 보았다. 하지만 목소리는 알 수도 없고 느낄 수도 없었다. 마치 얼마 전에 녹음한 소리가 지금까지 남아 있다가, 내가 주파수를 맞추자 다시 방송된 것 같았다. 내 몸 어딘가에 녹음기가 장착된 건지도 모른다. 나는 할머니를 비롯해서 어느 누구에게도 이 일을 얘기하지 않았다. 나는 나 자신이 다른 사람들과 다르다는 걸 강하게 인식하기 시작했고, 이런 상황에서 고독해졌다. 그저 다른 사람들 같기만 하면 좋을 것 같다는 생각을 했다. 다른 사람들은 녹음기처럼 갑자기 존재하지 않는 소리를 듣지도 않고, 갑자기 존재하지 않는 광경을 보지도 않을 것이기 때문이다. 게다가 나는 그 소리와 광경들이 환상인지 현실인지 분명히 구별하지도 못했다.

그래서 나는 그 소리와 광경들을 일률적으로 환각이라 규정하기로 마음먹었다. 천장 선풍기 돌아가는 소리가 들리면 모든 감지 능력이 환각으로 변하는 것이다. 나는 정상적인 여자아이들이 어떻게 잡담을 나누는지 열심히 관찰했다. 나 자신을 국어 교과서나 수학 교과서에 푹 빠지게 하고 싶었다. 산술이나 열독에 정신을 집중할 때면 천장 선풍기 소리는 나를 그리 쉽사리 괴롭히지 못했다. 하지만 한 가지 수업은 예외였다. 역사 수업 시간에 진, 한, 송, 원, 명나라에 관한 설명을 들을 때면 아무 영향도 없었다. 하지만 중학교 3학년 때 우리의 역사 수업은 거의 막바지에 이르렀다. 수업을 두 시간 정도만 더 하면 역사 과목은 완전히 끝날 예정이었다. 교과서에 갑자기 타이완 역사가 등장했다. 내용은 많지 않았다. 2·28 사건과 천청보를 비롯한 몇몇 인명이 언급되는 순간, 갑자기 천장 선풍기 소리가 들렸다. 천장 선풍기가 내 귓가에 붙어서 소리를 내고 있는 것 같았다. 나는 당장 책을 덮고 손을 들어 선생님에게 몸이 불편하다면서 보건실에 가서 좀 누워 있고 싶다고 말했다. 나는 정말로 보건실로 가서 간호사 선생님에게 침대에 좀 누워 있게 해 줄 수 없느냐고 물었다. 월경이 시작되어 몸이 몹시 불편하다는 말도 했다. 침대에 눕자 천장 선풍기 돌아가는 소리가 더 커지면서 어떤 남자 목소리가 들려왔다.

"민국 1936년(1947년)부터 계엄이 해제*될 때(1987년)까지 마을을 외부와 연결하는 다리가 하나 있었어. 야관이 순장할 때는 항상 이 다리를 건넜지. 다리를 건너면……."

나는 다시 한번 산꼭대기에 있는 그 마을에 가 보았다. 오곡왕묘 있는 곳까지 가 보니 기이하게도 묘당의 이름은 오곡왕묘가 아니라 '야관대사'로 바뀌어 있었다. 묘당 안으로 들어가니 내부는 훠샤오좡의 오곡왕묘와 크게 다르지 않았다. 하지만 주신인 신농대제가 보이지 않았고, 대신 관음보살과 마조**의 중간쯤 되어 보이는 형상의 검은 비단 차림 신상이 앉아 있었다. 갑자기 내 귀에 아빠 목소리가 들렸다.

"메이후이, 너 공부하는 거 좋아하잖아. 어서 가서 수업을 들어야지."

이미 학교가 파할 시간이 가까웠다. 나는 침대 옆에 앉아 모든 게 엉망진창이라고 생각했다. 교실로 돌아가 보니

* 이른바 '타이완성 계엄령'은 1949년 5월 20일부터 발효하여 1987년 7월 15일까지 유지되다가 장제스의 친아들이며 신인 총통으로 선출된 장징궈(蔣經國)가 해제를 선포함으로써 막을 내렸다. 장장 35년 56일 동안 지속된 계엄령이었다.

** 媽祖. 중국 남방 연해 및 남양(南洋) 일대에서 신봉하는 여신으로, 푸젠 출신이 많은 타이완에서도 보편적으로 널리, 그리고 열광적으로 섬기는 신이다(옮긴이).

곧 학교가 파할 시간이었다. 집으로 돌아가는 길에 구멍가게 어린 손자가 재잘재잘 뭐라고 한참을 얘기했다. 나는 그렇게 기운이 넘치는 아이가 부러웠다. 게다가 그 애는 자신이 다른 애들과 뭐가 다른지 전혀 알지 못하는 것 같았다. 어렸을 때 후바이 개천에 갔을 때 구멍가게 손자가 밭에 있는 뭔가를 향해 알은체를 하면서 뭐라고 말했던 게 생각났다. 그 아이는 내게 그것이 안 보이냐고 물었다. 그것이 그 애와 나에게만 보이는 거라고 말하고 싶었지만, 그 애는 밭에 있는 게 사람이 아니라는 걸 전혀 인식하지 못하고 있었다. 햇빛의 역광을 받고 있긴 했지만 나는 귀신의 눈길이 내 몸을 향하고 있다는 걸 느낄 수 있었다. 귀신은 발끝으로 시멘트 기둥 위에 서서 바람에 따라 흔들리고 있었다. 귀신이 악의를 품었는지, 선의를 품었는지는 알 수 없었다. 그저 빨리 집으로 돌아가고 싶을 뿐이었다.

당시 할머니는 기차역에서 일하고 있었다. 할머니의 업무는 아주 안정적이었다. 나도 이렇게 평온한 상태와 생활을 파괴하고 싶지 않았다. 다음 학기에는 기측고사를 봐야 했지만 할머니는 한 번도 내 공부에 대해 불안해 한 적이 없었다. 나도 그런 환청과 환각만 제외하면 나와 다른 정상인들 사이에 어떤 차이가 있는지 몰랐다. 기측고사를 아주 훌륭하게 치르지는 못했지만 그렇다고 형편없이 본 것도 아니었다. 점수는 내가 예상한 범위 안에 있었다. 구멍가게 손자는 결과가 아주 형편없어서 엄마에게 시험을 다시 보라는 명령을 받고 재시험 캠프에 들어갔다. 나는 그가 캠프에서 자신이 정말로 존재한다고 믿는 친구들을 만나게 될 거라고 생각했다.

나는 이어서 여름방학 때 해야 할 일들을 생각했다. 중학교 1학년 2학기부터는 구멍가게 손자와 함께 다니는 일이 거의 없었다. 그 애는 아직도 현실과 환상의 경계를 분명히 파악하지 못하고 있었고, 고통도 전혀 느끼지 못했다. 나는 그 점이 무척이나 부럽기도 했다. 여름방학 때 나는 무용과 그림을 배우기 시작했다. 내 동작은 둔하기 그지없고, 그림도 정신과 운치가 결여돼 있었다. 하지만 나는 그림 그리는 걸 아주 좋아했고, 그림을 보는 것도 좋아했다. 나는 자이시 미술관에 가서 하루 종일 앉아 있기 시작했다. 흰 도화지를 들고 가서 미술관에 걸려 있는 그림을 그대로 베꼈다. 나는 맨 처음 그 그림을 그린 사람이 어떤 심정으로 어떻게 붓 터치에 힘을 주었을지 상상하고 느끼는 걸 즐겼다. 그러면 천장 선풍기 소리가 나를 방해하는 일은 전혀 없었다. 나는 조용한 미술관에서 진정으로 안정을 되찾았다.

하지만 그해 여름방학에 침대 위에 누워만 있을 때는 천장 선풍기 돌아가는 소리가 들렸다. 위층을 임대해 살고 있던 대학생 언니는 여름방학이라 집으로 돌아간 터였다.

안 그랬다면 그 언니 역시 천장 선풍기 소리에 놀랐을 거라는 생각이 들었다. 때로는 소리가 자장가처럼 잠을 재촉하기도 했지만, 그렇지 않을 때가 더 많았다. 그럴 때면 나는 억지로 누군가의 사건 현장에 참여하고 있는 사람처럼 밤새 불안에 떨어야 했다.

여름방학 어느 날 밤에 또 소리가 들렸다. 지익지익 하는, 아주 듣기 싫은 기계음이었다. 나는 갑자기 한 번도 가 보지 못한 낯선 대저택에 있었다. 이번에는 어떤 여자가 향 세 가닥을 손에 들고 묵도하는 모습이 보였다.

"……아친, 여기 세 가지 가축과 네 가지 과일을 마련해 놓았어요. 부디 기쁘게 받아 주세요. 편히 가세요."

여인은 잔 꽃무늬가 흩어진 미색 양장 차림이었고, 앞에 놓인 탁자에는 갖가지 제물이 잔뜩 펼쳐져 있었다. 그녀의 뒤는 바로 건물 정면의 대청이었고, 대청 안에 모셨던 신명은 바닥에 내려놓은 상태였다. 그 옆에는 긴 탁자, 그리고 앉아서 팔을 걸치기 어려운 나무 의자가 놓여 있었다. 어린 남자아이 하나가 그 의자 위에 앉아 긴 탁자에 놓인 점심 음식을 먹고 있었다. 반쯤 먹었을 때 아이가 나를 쳐다보았다.

"누구세요? 저를 데리고 아버지 만나러 가실 거예요?"

내가 아이의 아빠가 누군지 모른다고 말하려는 순간, 대청 옆문으로 아친 아저씨가 들어왔다 아친 아저씨가 빙긋이 웃으면서 내게 말했다.

"메이후이야, 미안하지만 우리 아이에게 말 좀 전해 주겠니. 우리 아이를 데리고 나를 좀 만나러 와 줘."

"네? 뭐라고요?"

어린 남자아이는 내가 자신에게 말하고 있는 걸로 오해했다.

"우리 아빠예요! 바로 여기 있어요."

아이는 손가락으로 대청 한가운데 있는 위패를 가리켰다.

아친 아저씨는 약간 미안하다는 듯 말했다.

"저건 바로 나야. 지금 저 애는 나를 보지도 못 하고 내 목소리를 듣지도 못 해."

갑자기 아친 아저씨의 상태를 이해하게 된 나는 곧장 아이에게 말했다.

"나는 메이후이라고 해. 아친 아저씨가 너를 데리고 아저씨를 만나러 오라고 하셨어."

"정말이에요? 엄마! 엄마! 아빠가 사람을 시켜 저를 데리러 오셨어요!"

남자아이가 이렇게 소리치자 그제야 여인은 내가 옆에서 있는 걸 깨달았다.

"어머나……. 실례지만 아가씨는……?"

나는 아친 아저씨를 바라보았다. 아친 아저씨는 그 여인이 자신의 아내인 린슈메이이고, 그녀에게 내가 아저씨의 제자라고 말하면 된다고 했다.

"슈메이 사모님, 저는 아친 아저씨……, 아니, 루 선생님 제자예요. 선생님께서 한동안 저를 가르치셨지요."

아친 아저씨는 내 바로 옆에서 슈메이 사모님에게 아저씨가 나를 통해 전해 줄 물건이 있다고 말하라고 했다.

"그러니까요, 선생님께서 이전에 제게 물건을 하나 맡기셨어요. 선생님께서 제게 그걸 사모님께 돌려 드리라고 하셨어요."

"그게 뭔데요?"

슈메이 사모님은 의혹이 가득한 눈빛으로 나를 보고 있었다.

무슨 물건인가요? 나는 아친 아저씨를 바라보았다. 아친 아저씨는 대청의 원래 조상님을 봉공하던 자리를 가리켰다. 그 위에 대들보를 받치는 기둥이 있었다. 아친 아저씨는 그 위에 뭔가를 감춰 두었다고 하셨다.

"죄송하지만…… 사다리를 좀 빌릴 수 있을까요?"

나는 사다리를 타고 올라가서 대들보를 받치는 기둥 위에서 손수건을 하나 찾아냈다. 손수건 안에는 금목걸이와 금반지가 들어 있었다. 사다리에서 내려온 나는 손수건을 슈메이 사모님에게 건넸다. 아친 아저씨는 손수건 안에 든 게 자신이 감춰 둔 것이며, 집안에 급한 일이 있을 때 팔아서 요긴하게 쓰라고 했다. 아울러 그 손수건은 슈메이 사모님이 자신에게 선물했던 거라고 하셨다.

"선생님께서 이 손수건은 사모님께서 선물하신 것이고, 그 안에 든 금붙이는 급한 일이 있을 때 팔아서 쓰시라고 남겨둔 거라고……."

"……아가씨…… 아가씨는 도대체 누구세요? 설마 그이가 밖에서 아가씨랑 살림을 차리기라도 한 건가요?"

"아니에요. 정말로 그런 게 아니에요……. 저희 아빠도루 선생님을 아신다니까요. 정 못믿으시겠다면……."

아친 아저씨는 내게 자신이 말하는 대로 따라 읽으라고 말씀하셨다.

"내 일생에 유일하게 유감스러운 일은 남편으로서의 책임을 다하지 못한 것이오. 당신을 너무나 사랑하지만 '숙명'은 어쩔 수가 없구려! 당신을 꼭 안아 주고 싶지만 내 몸과 그림자는 곧 이생을 떠나려 하오……."

내가 따라 읽는 말을 들은 린슈메이는 눈물을 흘리기 시작했다.

"아가씨는……."

나는 아친 아저씨를 보다가 다시 슈메이 사모님에게로 눈길을 돌렸다.

"아친 선생님께서 사모님께 하고 싶으신 말씀은 당신이 줄곧 여기에 계셨다는 거예요……."

내가 더 말을 하기 전에 또 천장 선풍기 돌아가는 소리가 들렸다. 시야가 또 흐릿해지더니 이내 캄캄해졌다. 마지막으로 기억하는 건 누군가 나타난 것을 본 듯한 린슈메이 사모님의 표정이었다.

정신을 차려 보니 이미 날이 밝아 있었다. 나는 그게 꿈이 아니라는 걸 분명히 인식했다. 내 손에는 아직 대들보를 받치는 기둥에서 묻은 먼지가 남아 있었지만, 나는 그게 실제라고 믿고 싶지 않았다. 고등학교에 진학한 뒤로 내 생활은 갈수록 더 분주해졌다. 동아리 활동도 하고 시험공부도 열심히 했다. 밤에는 천장 선풍기 소리가 들렸지만 나 자신이 이 모든 걸 구별하고 통제하는 법을 터득했다고 생각했다. 나는 천장 선풍기 소리가 나타나는 시간대를 밤중으로 제한했다. 밤에 일어날 일들은 밤에만 일어나게 하고, 낮에는 정상적인 저우메이후이로 돌아가는 것이다.

구멍가게 손자는 결국 자이시에 있는 직업 고등학교에 들어갔다. 막 진학했을 때는 대학교 버스를 함께 타고 등하교 했는데, 어느 날부터 갑자기 보이지 않았다. 나는 그 애가 또 땡땡이를 치기 시작한 거라고 생각했다. 그렇게 한동안 보이지 않던 애가 어느 날 다시 차에 나타났다. 그 애는 자신이 줄곧 자전거를 타고 등하교 했다고 말했다. 거의 한 시간을 달려야 하는 거리였다. 그 애는 마침내 뭔가를 깨달은 것 같았다. 그 뒤로도 몇 번인가 그 애와 도서관에서 마주친 적이 있었다. 그 애는 글을 쓰고 있다고 말했다. 문학 작품 공모에 투고할 작정이라고 했다. 나는 그 애에게 아주 적합한 일이라고 생각했다. 그 애는 어려서부터 끝없이 주절주절 얘기를 늘어놓곤 했다. 하지만 지금의 그 애는 정말로 많이 조용해져 있었다.

고등학교를 졸업한 나는 성적이 나쁘지 않아서 타이베이의 모 국립 대학에 전액 장학금을 받고 입학하게 되었다. 할머니는 이미 기차역에서 퇴직했지만, 일 없이 한가한 걸 참지 못해서 마을 어귀에 간단한 음식을 파는 작은 노점을 열었다. 나는 또 내 성격이 미술을 연구하는 업무에 적합하다는 걸 깨달았다. 자료를 정리하고 선별하는 작업을 할 때면 나만의 세계에 침잠할 수 있었다. 대학을 졸업한 나는 이어서 대학원에 진학했고, 대학원을 졸업한 뒤에는 가오슝의 한 미술관에서 연구원으로 일하게 되었다. 한번은 우리 미술관에서 과거 타이완 조각가들의 작품을 전시하게 되었다. 이때 갑자기 천장 선풍기 소리가 헬리콥터 소리처럼 크게 들렸다. 나는 서양 예술사를 읽으면서 동시에 정리 작업을 진행해야 했다. 적어도 낮에는 충분히 나 자신을 통제하며 일을 할 수 있었다.

우리 할머니는 내가 대학교 4학년일 때 돌아가셨다. 옆집 구멍가게 할머니는 돌아가신 지 이미 오래였다. 구멍가게 할아버지는 지금도 전동 휠체어에 의지해 몸을 움직이고 있다. 구멍가게 할아버지는 전동 휠체어를 타고 우리 할머니의 마지막 모습을 보러 왔다. 전동 휠체어에 탄 채로 향을 올리고 절을 하면서, 우리 할머니가 내가 곁에 있는 걸 매우 만족스럽게 여겼었다고 말했다.

"네가 타이베이로 가서 학교를 다니게 됐을 때는 우리 집으로 달려와 한참이나 자랑을 하셨지. 네가 공부를 잘하는 걸로 그치지 않고 적지 않은 장학금을 받게 되어 너무나 기쁘고 행복하다고 하시더구나."

나는 꿈을 꾸었다. 꿈속에서 구멍가게 쪽이 커다란 절벽으로 변했다. 엄청난 양의 물이 폭포를 이루어 절벽 아래로 흘러 내려 갔다. 나는 절벽 옆에 서서 두려움을 느끼고 있었다. 손발이 움직이지 않았다. 어떻게 해야 좋을지 몰랐다. 그 순간 할머니 목소리가 들려왔다. 내게 고개를 돌리라고, 어서 돌아오라고 했다. 나는 뒤로 한 걸음 물러서고 나서야 안심할 수 있었다. 나는 그게 꿈이라는 걸 분명히 알고 있었다. 할머니가 돌아와 나를 찾은 게 아니라 꿈을 통해 나를 부른 것이었다. 나는 줄곧 사람 같기도 하고, 귀(鬼) 같기도 하고, 신(神) 같기도 한 그것이 도대체 무엇일까 하는 생각을 했다. 정말로 인간 세상을 초월하는 어떤 초자연이 있는 걸까.

혹시 이런 귀신들은 폐기된 사물 아닐까? 버려져 잊힌 존재들 아닐까? 귀신들은 시골의 들판에 굴복한 존재다. 도시에 있다 해도 그들의 장소는 맨 가장자리 변두리일 것이다. 과학이 발달하기 전에 우리의 감정과 정서는 어떻게 해서 보호와 보살핌을 확보할 수 있었을까. 교과서의 지식들이 생산되기 전까지 우리는 정말로 무지한 상태였을까. 나는 나와 구멍가게 손자 둘 다 모종의 버려진 상태를 경험했다고 믿는다. 그건 의식적이든 무의식적이든 간에 일종의 소홀함 때문이었고, 이로 인해 발생한 '야생'의 상태였다. 우리는 우리만의 이해로 온갖 만물을 해석했다. 훠샤오좡이라는 마을은 거기에 그대로 남아 우리가 그것을 어떻게 이해할지 기다리고 있었을 뿐이다.

한동안 미술관에서 일하면서 가끔씩 아쉐가 생각나곤 했다. 사실 나는 아쉐를 잘 알지 못했고 그다지 친하지도 않았지만, 나도 모르게 종종 그 애와 엄마 선녀, 언니 선녀 세 사람이 훠샤오좡의 그 망고 나무 터널을 지나가는 모습을 떠올렸다. 어렸을 때 그들을 만났던 것도 기억나고 터널 속에서 웃던 얼굴도 기억난다. 그런 모습들을 생각할 때면 자연스럽게 즐거워지고 나도 모르게 미소를 짓게 된다. 터널 속에서 그녀들은 정말로 선녀가 된 것 같았다.

어느 날 퇴근하고 몸이 너무 피곤해 방 침대에 누워 있었다. 내가 꿈을 꾸고 있지 않다는 걸 분명히 의식하고 있었다. 천장 선풍기 돌아가는 소리가 또 들리기 시작했다. 어둠 속에서 나는 엄마 선녀와 언니 선녀, 동생 선녀가 몸에 투명한 채색 띠를 두르고 망고 나무 터널을 날아서 관통하는 모습을 보았다. 그녀들은 날아가면서 나무에서 망고를 따고 있었다. 얼굴에는 환한 미소를 띠고 있었다. 그녀들을 괴롭히거나 고민거리를 강제로 떠넘기는 사람은 아무도 없는 듯했다. 그녀들을 욕하거나 비스듬한 눈길로 꼬아 보거나 그녀들의 냄새를 혐오하는 사람들도 없는 듯했다. 그녀들은 정말로 더럽지도 않았고 고약한 냄새가 나지도 않았다. 온몸이 꽃향기로 가득했다. 꽃의 신의 행렬이 녹색 터널을 통과하고 있는 것 같았다.

야관(夜官)

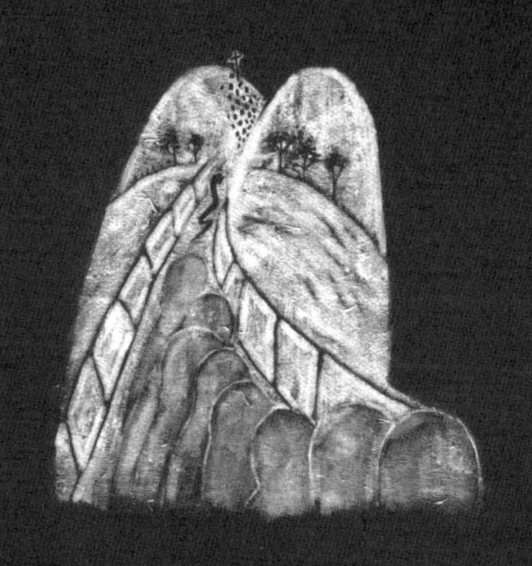

민국 1936년(1947년)부터 계엄이 해제될 때(1987년)까지 마을을 외부와 연결하는 다리가 하나 있었다. 야관이 순장할 때는 항상 이 다리를 건넜다. 다리를 건너면 산과 들판 전체가 온통 무덤들이었다. 마을 사람들은 어지럽게 널린 그 많은 무덤에 묻힌 사람들이 어떤 사람들인지 알지 못했다.

때때로 야관은 소리를 내기도 했다. 총소리 같기도 하고 바람소리 같기도 했다. 울음소리 같기도 했다. 상당히 그럴듯한 소리였다. 어떤 마을 사람은 그곳이 과거에 전쟁터였고 사람들을 총으로 쏴 죽인 현장이기 때문이라고 했고, 또 어떤 사람은 과거에 화재가 발생해서 마을 전체가 화로로 변했었다고 했다. 공습으로 인한 화재였다고.

이 두 가지 주장 다 틀리지 않았다. 무덤들이 흩어져 있는 산꼭대기에 사는 사람들은 대부분 돌아갈 집 없이 버려진 사람들이었다. 야관이 그들을 위로하고 보살펴 주었다. 그곳은 자유로운 곳이었다. 병도 없고 고통도 없었다. 친척들을 그리워하면 야관이 그들을 데리고 다리를 건너가 친척들을 만나게 해 주었다.

7장

민슭 귀신의 집

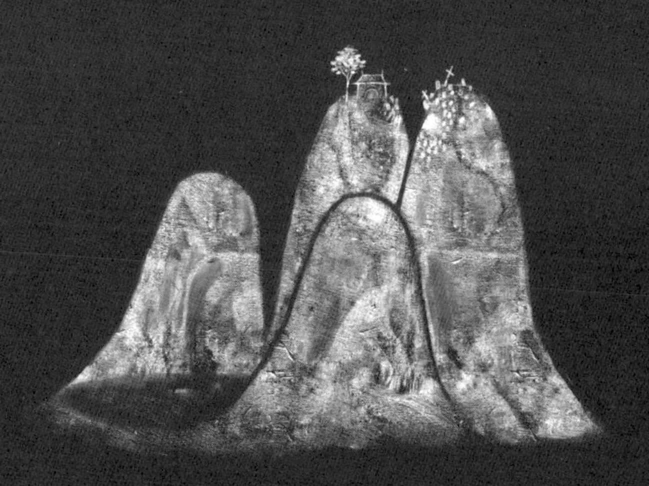

다들 민숑에 오면 두 가지 일을 떠올린다. 하나는 민숑의 어러우가(鵝肉街)에 가서 어느 집 거위고기가 가장 맛있는지 묻는 것이다. 이 질문에 대해선 나는 천편일률적으로 지금까지 살아남은 집들은 전부 다 맛있다고 대답한다. 또 하나는 내게 '민숑 귀신의 집'*에 정말로 귀신이 있는지 묻는 것이다.

이에 대해선 보통 커피를 마시면서 현장에서 톱 연주를 듣고 싶으면 민숑 귀신의 집에 한번 가 보라고 대답한다. 민숑 귀신의 집은 자이 대학교에서 그리 멀지 않은 곳에 위치해 있다. 대학생들은 자이 곳곳을 이미 다 돌아다녔겠지만, 그래도 제대로 된 서양식 건물을 구경하고 싶다면 우리 집 옆에 있는 천스화의 서양식 건물을 추천하고 싶다. 아마도 이 건물이 민숑 전체를 통틀어 지금까지 보존된, 가장 완벽하고 훌륭한 상태를 자랑하는 건물일 것이다.

그럼 귀신의 집에 도대체 귀신이 있을까 없을까? 내가 수류마가 도대체 여자인지 남자인지 알지 못하는 것과 마찬가지로, 이것은 영원히 풀 수 없는 역사의 응어리다. 하

* 민숑 싱중춘(興中村)에 있는 오랫동안 방치된 서양식 건물이다. 타이완 지방에서는 귀신이 소리와 영상의 형태로 많이 출몰한다. 괴물과 요괴 탐험 프로그램에 소개된 뒤로 이곳은 타이완 최초의 귀신의 집이 되었다. 이 지방의 명망 있는 가문 출신 류룽루(劉容如)가 지은 집으로, 1929년에 이 지역 3대 부자 중 하나였던 그가, 천스화가 훠샤오좡에 지은 아름다운 서양식 주택을 보고 따라 지은 건물이다.

지만 수류마 묘당에서 조금 더 가면 나오는 무덤 천지의 어지러운 들판엔 줄곧 '야관'이 출몰한다는 소문이 전해지고 있다. 야관은 대사야*의 화신이고, 대사야는 또 관음보살의 화신이다. 관음보살은 또 어린 선녀가 가장 무서워하는 신이다.

어린 선녀가 관음보살을 무서워하는 건, 관음보살이 손에 들고 있는 정수로 자신을 씻어 버릴 수 있기 때문이다. 선녀는 지저분하기 때문에 마을의 모든 아이들이 그녀를 싫어한다. 더럽고 냄새가 난다는 이유로. 모든 사람들이 무서워하고 싫어하는 귀신은 사실 흉악한 귀신이 아니라 손이나 발이 없고 기억이 없는 불쌍한 귀신들인 것과 마찬가지라고 할 수 있다. 이런 귀신들은 대개 굶어 죽은 귀신이나 쓰레기 귀신, 변소 귀신, 병 걸린 귀신이다. 이런 귀신을 속이는 건 누구나 가능하다. 들리는 바에 의하면 야관은 이처럼 외로운 혼귀들을 보호해 준다고 한다. 대사야가 악귀 모습의 귀왕(鬼王)이라서 어린 선녀를 두렵게 하는 것과는 달리, 야관은 검은 도포 차림에 검은 비단을 두르고,

* 大士爺. 불교와 도교의 중요한 신명으로, 면연대사(面燃大士)나 면연귀왕(面燃鬼王), 초면대사(焦面大士), 염구귀왕(焰口鬼王) 등으로 불리기도 한다. 민간 신앙에서는 흔히 '대사야' 혹은 '대사왕(大士王)'으로 불린다. 귀문이 열리는 날인 중원절 기간에 주요 수호신 역할을 한다(옮긴이).

손에는 빨간 등롱을 든 야신으로, 야성(野性)과 신 사이, 음(陰)과 선(善) 사이에 존재한다. 외로운 혼귀들이 두려움에 떨면, 야관이 손을 뻗어 혼귀들의 귀를 막아서 모든 무서운 일들을 듣거나 보지 못하게 해 준다. 어린 선녀는 너무 깨끗하고 단정하게 차려 입은 사람들을 두려워하고, 너무 흉악하고 무섭게 생긴 사람들도 두려워한다. 야관은 어린 선녀가 줄곧 찾았던 친근하고 의지할 수 있는 신이었다. 훠샤오좡에 떠도는 소문에 의하면 저우메이후이가 야관의 환생이라고 한다. 당연히 어린 선녀는 비충*처럼 저우메이후이 근처를 맴돌며 따라다녔다.

『대사야묘 연혁』에 이런 기록이 있다. "건륭 연간, 따마오 딩제(頂街)에 관음대사 묘당이 설치되었다. 그 이전에는 7월 1일부터 매일 오후에 음풍이 불어 참담하기 이를 데 없었고, 바람이 사람들의 얼굴을 때리면 귀신 우는 소리가 들렸다. 모든 사람이 두려워했고 집집마다 놀라고 당혹스러워했다. 이에 관음대사가 여러 차례 현신했다. 딩제에 사는 사람들이 목격한 바로, 관음대사는 키가 한 장(丈)이고 머리에 뿔이 두 개 나 있으며 온몸에 붉은 갑옷을 걸치고 있었다고 한다. 시퍼런 얼굴에 치아를 입술 밖

* 屁蟲. 강렬한 냄새나 기체를 발산하는 곤충들을 총칭하여 부르는 말이다(옮긴이).

으로 드러내고 있었다는 얘기도 전해 진다. 대사를 보면 음풍이 멈추고 귀신 우는 소리도 멈췄다. 이에 사람들은 대사에게 외로운 혼귀들을 제압할 능력이 충분하다고 여겼다. 이리하여 매년 음력 7월 1일에 붉은 비단에 대사야 상을 그려 제단 위에 올려놓고 사흘 동안 경을 외면, 고혼을 인도하여 보낼 수 있었다. 이는 딩제를 위해 행한 일이었다."*

이제는 훠샤오좡에서 야관에게 절을 올리는 일이 거의 없어졌다. 야관의 묘당이 있다는 소문도 듣지 못했다. 그렇다면 어째서 훠샤오좡 사람들은 모두 야관을 알고 있는 걸까. 집집마다 지기주에게 절을 올릴 때면, 다들 마련해 둔 비밀 기지에서 글자가 새겨져 있지 않은 나무 팻말에 제물을 바치고 절을 했다. 그 나무 팻말이 어떤 신이냐고 물었더니 엄마는 지기주라고 대답했다. 그리고 두 번째 물었을 때는 야관이라고 대답했다. 내가 야관이 뭐냐고 묻자 엄마는 다시 말을 바꿔 지기주라고 대답했다. 훠샤오좡을 떠난 후에 알고 보니, 다른 지방에서 공봉하는 지기주

* 대사야 신앙은 타이완 전역에 두루 존재한다. 하지만 대부분 귀월(鬼月)이 끝나면 종이로 만든 대사야의 금빛 몸체를 불에 태워 버린다. 유일하게 그의 신상을 만들고 묘당을 세워 공봉하는 곳은 민슝의 대사야묘 하나뿐이다.

들은 대부분 형체가 없고, 우리처럼 나무 팻말을 만들어 절을 올리지도 않는다는 사실을 알게 되었다. 그렇다면 훠샤오좡 사람들이 절을 올리는 대상이 정말 지기주일까?

훠샤오좡의 무덤 언덕은 어지럽고 어수선해 보이지만, 사실 현지인들은 무덤들의 위치에 일정한 논리가 존재한다는 사실을 알고 있다. 서남쪽에 가까울수록 더 오래된 무덤이고, 매장에 돈을 거의 쓰지 않는 시기에 묻힌 훠샤오좡 선인들은 대부분 이 부근에 매장되어 있다고 한다. 우리 집도 예외가 아니었다. 우리 집에서 성묘는 무척 중요하면서도 한편으로는 방만하게 여기는 일이었다. 어쩔 수 없다는 마음과 반드시 해야 한다는 마음이 교차된 일종의 책임감의 대상이었다. 특히 우리 할아버지에겐 더욱 그랬다.

우리 할아버지는 입양된 아이였다. 하지만 집에서 키울 능력이 없어서 입양된 건 아니었다. 할아버지의 말에 따르면 할아버지의 성은 원래 차이(蔡) 씨로, 민숑 지역 명망가 출신이었다. 그런데 할아버지의 어머니가 운명을 보는 점쟁이의 말을 듣고, 할아버지가 부모형제와 상극이라 가족들을 해칠 수 있고 가문을 무너뜨릴 수도 있다고 하여 훠샤오좡에서 소를 키우는 징(張) 씨 아저씨네로 입양을 보내게 된 것이다. 할아버지는 자기 생모를 용서할 수 없다고 했다. 할아버지가 평생 하고 싶었던 건 글을 익히고 공부하는 것이었는데 억울하게도 글과는 아무 관계도 없는 일만 하게 되었다. 장 씨 아저씨는 할아버지에게 아주 잘해 주었고, 고기와 쌀밥을 먹을 때도 반드시 할아버지 몫을 챙겼지만, 할아버지에게 공부를 시키면 몰래 집으로 도망갈까 두려워서 학교에는 보내지 않았다고 한다. 아울러 성장 과정에도 수시로 자신이 죽으면 때마다 제물을 올리고, 제사와 절을 빠뜨리지 말 것이며, 청명절에는 성묘를 하고, 설에는 장 씨 집안 조상들에게 꼭 절을 올려야 한다고 당부했다고 한다.

나는 할아버지의 심정이 어땠는지 정확히 알지 못한다. 우리를 데리고 장 씨 조상의 묘지에 가서 향을 들고 있을 때도 할아버지는 자신의 심정을 토로하는 일이 거의 없었다. 야무지지 못한 우리 아버지에 비하면 할아버지는 훨씬 말씀을 잘하는 편이었지만, 늘 후딱 절을 올리고 향을 우리 아버지에게 넘긴 후, 모든 사람의 향을 한데 모아 무덤 앞에 꽂게 했다. 하지만 아버지가 성묘를 빼먹는 건 허락하지 않았다. 아버지 공장에 일손이 모자라 임시로 추가근무를 해야 할 때도 할아버지는 잊지 않고 나중에라도 꼭 가서 성묘하게 했다. 그럴수록 그것이 마음에서 우러난 행동이 아니라 일종의 책임의 수용이라는 느낌이 들었다. 장 씨 할아버지의 묘는 서남쪽 가까이 있고, 그보다 더 서남쪽에 장 씨 조상들의 묘가 있었다. 산을 등지고 물에 가까운 명당 자리였다. 묘비 앞에 작은 호수가 하나 있었으나 애석하게도 내가 중학교에 다닐 때 매립되어 파인애플을 심기 시작했다. 고등학교 때 다시 가 봤더니 이미 붉은 빛이 도는 토양에 엄청난 면적의 파인애플 밭으로 변해 있었다.

훠샤오좡 파출소 근처에 사는 아즈(阿姿) 아줌마는 내가 초등학교 5학년일 때 정신에 문제가 생겼다. 항상 제정신이 아니었고 편집증이 심했으며 히스테리로 발전하곤 했다. 거의 선녀가 되어 가고 있는 것 같았다. 아즈 아줌마는 내 초등학교 친구인 아저(阿哲)의 엄마다. 아저는 훠샤오좡이 자기 엄마를 그렇게 만들었다고 말했다. 훠샤오좡이 너무 낙후되고 폐쇄적이어서, 파출소 근처에 살긴 하지만 백 년 묵은 망고 나무가 집에서 너무 가깝고 나무 그늘이 항상 햇빛을 가리고 있는 바람에, 낮이나 밤이나 집 안이 어두컴컴하고 음산하다는 거였다. 이로 인해 자기 엄마가 아빠랑 이혼하게 되었다는 게 아저의 주장이었다. 아저는 줄곧 자기 집을 흉가로 여겼다. 귀신들이 함께 살고 있다고.

아저는 아빠가 집을 떠난 뒤로 그 귀신이 갈수록 더 자주 모습을 드러낸다고 말했다. 그는 엄마가 멍하니 앉아 있는 방의 침대에 갑자기 긴 머리의 여자 귀신이 서 있기도 하고, 엄마가 허공을 가리키며 저주와 욕설을 내뱉거나 누군가와 대화를 하고 울기도 한다고 했다. 그가 가까이 다가갈 때마다 그의 엄마는 애써 아무 일도 없는 척했다. 아저가 엄마에게 방금 누구랑 얘기한 거냐고 물으면 엄마는 화를 내면서 함부로 말하지 말라고 나무랐다. 그러면서 자신이 누군가랑 얘기를 했다니, 귀신이라도 본 거냐고 되물었다.

아저는 어려서부터 피아노를 배웠고 매일 열심히 연습했다. 엄마가 반드시 해야 한다고 시켰기 때문이었다. 한번은 피아노를 치는 자리에 함께 있던 아저의 엄마는 그의 손가락이 건반 위를 날아다니는 걸 보면서 그가 훠샤오좡에서 가장 대단한 인물이라고 생각했다. 하지만 아저는 자기 피아노 실력이 그저 그런 수준이라고 여겼다. 그는 내게 얘기 하나를 들려 줬다. 한번은 피아노를 치고 있는데 집 안엔 사람이 하나도 없었다. 아즈 아줌마는 일을 하러 나가고 없었다. 그는 등 뒤의 벽 구석에 여자가 하나 서 있는 걸 계속 느꼈다. 여자는 줄곧 그가 피아노 치는 모습을 지켜보고 있었다. 그는 그곳을 빨리 벗어나고 싶었지만 그날의 분량을 다 채우지 못한 터였다. 그래서 그는 갈수록 더 빨리 건반을 두드렸다. 평소라면 20분 정도 걸려야 다 칠 수 있는 악보를 10분 만에 다 쳐 버렸다. 연습을 마치는 순간 그는 뒤쪽 벽을 힐끗 보았다. 정말로 여자가 서 있었다. 그러나 눈을 한 번 깜박이자 여자는 사라지고 없었다.

하지만 아저는 여자의 얼굴을 분명히 보았다. 아즈 아줌마의 얼굴이었다.

그날 아즈 아줌마가 퇴근해서 돌아왔는데, 아저는 무서워서 엄마를 제대로 쳐다보지 못했고, 아줌마가 가까이 오지도 못하게 했다. 그러고는 전화를 걸어 우리 집에서 자면 안 되겠느냐고 했다. 하지만 나 자신도 밖으로 나돌아 다니고 싶은 터에 어떻게 그 애를 집으로 불러들인단 말인가. 게다가 그 애를 재울 공간도 없었다. 우리 집 방들은 전부 사람과 물건으로 가득 차 있었다. 굳이 우리 집에서 자고 싶다면 거실에서 자는 수밖에 없었다.

아저는 전화를 끊고 나서 몰래 아즈 아줌마의 방을 들여다보았다. 아즈 아줌마는 또 자기 방 침대 위에 앉아 있었다. 방문은 반쯤 열려 있었고, 아저는 방 밖에서 몰래 들여다보았다. 고개를 숙이고 있던 아즈 아줌마가 갑자기 고개를 들어 그를 보고는 버럭 소리를 질렀다.

"아저! 너 오늘 피아노를 왜 그렇게 빨리 친 거야? 왜 그랬어?"

"이리 좀 와 봐! 내가 힘들게 일해서 번 돈으로 피아노 선생을 모셔오는 건데 그렇게 무성의하게 쳐서 되겠어!"

"나랑 네 아빠를 생각해 봐. 평생 훠샤오좡에 갇혀 있으면 앞날이 뭐가 되겠니?"

말을 마친 아즈 아줌마는 옆에 있던 옷걸이를 집어 들

어 아저의 엉덩이를 때렸다. 이 모든 게 아저가 내게 해 준 얘기다. 사실 아즈 아줌마는 우리 기억 속에서 아주 온순하고 부드러운 분이었다. 공휴일에 아저의 집에 놀러 가면, 아줌마는 항상 과일을 깎아 주면서 먹으라고 했다. 나는 아저에게 이렇게 좋은 엄마가 있다는 게 부럽기만 했다. 하지만 아저는 제발 그런 소리 좀 하지 말라고 반박했다. 그는 대학에 간 누나가 가장 부럽다고 말했다. 집에 있지 않고 외지에 나가 공부만 하니 얼마나 좋겠느냐면서. 이어서 그는 바지를 걷어서 허벅지 부위를 보여 주었다. 여기저기 시퍼렇게 멍이 들어 있었다.

아저는 우리가 자주 찾아와 주길 바랐다. 사람이 많아야 집 안에 양기가 채워져서 귀신들이 소란을 피우지 못한다는 거였다. 그러면 엄마에게 귀신이 빙의하는 일은 일단 없겠지만, 사람들이 아저의 시퍼런 멍 자국에 놀라서 점차 그 집을 찾지 않게 될지도 모른다. 하지만 나는 아무것도 두렵지 않았다. 집에서 벗어날 수만 있다면 귀신이 소란을 피우는 것도 무섭지 않았다. 적어도 귀신이 아줌마에게 빙의하기 전까지는 별로 두려워하지도 않았다.

어느 수요일 정오, 학교가 파하고 나와 아저는 자전거를 타고 훠샤오좡으로 돌아가는 길이었다. 집에 가기 싫었던 나는 아저에게 집에 놀러 가도 되냐고 물었다. 물론 아저는 기꺼이 내 제안을 수락했다. 우리는 아저의 집으로 갔고, 아저는 열쇠를 꺼내 불투명 단열시트가 붙어 있는 미닫이 유리문을 열었다. 문은 잠겨 있지 않았다. 나와 아저가 집 안으로 들어서자 거실에 앉아 있던 아줌마가 눈을 커다랗게 뜨면서 우리를 바라보았다. 탁자 위에는 피아노 악보와 옷걸이가 하나 놓여 있었다. 평소에 아줌마는 나를 보면 늘 친절하게 반기면서 밥은 먹었는지, 목이 마르진 않은지, 과일을 먹고 싶은지 주스를 먹고 싶은지 묻곤 했다.

그런데 그날은 아저를 뚫어지게 쳐다보면서 말했다. 옆에 있는 나는 눈에 보이지도 않는 것 같았다.

"아저, 피아노 선생님이 그러시는데 수업할 때 너 제대로 집중을 하지 않는다며. 그런데도 말대꾸를 하고. 네가 선생님보다 대단해? 자, 이리 와서 쳐 봐. 정말로 선생님보다 대단한지 봐야겠다."

말을 마친 아줌마는 다가와 미닫이 유리문을 닫고 자물쇠를 잠갔다. 그러고는 아저를 왼쪽에 있는 피아노방으로 끌고 갔다. 나는 집에 가지도 못하고, 아저를 따라가지도 못하는 어정쩡한 처지가 되고 말았다. 다행히 두 사람은 피아노방 문을 닫지 않았고, 나는 문 밖에서 두 사람을 보고 있었다. 감히 책가방을 내려놓을 수도 없었다.

아저 집의 피아노방에는 밖으로 난 창문이 하나 있었다. 가끔씩 아즈 아줌마는 창문을 활짝 열어 아저가 피아노 치는 소리가 밖으로 퍼지게 했다. 훠샤오좡에서는 아저가 피아노를 가장 잘 치니까 이웃들이 그 아름다운 소리를 들을 수 있게 하려는 거였다. 아즈 아줌마는 커튼을 걷어 올리고 벽 한구석에 서서 아저에게 피아노를 치게 했다. 아저는 몹시 긴장했다. 처음부터 여러 개의 음을 잘못 쳤다. 나처럼 문외한이어도 듣기 안 좋다는 걸 알아챌 정도였다. 아즈 아줌마는 벽 한쪽 구석에서 혼잣말을 중얼거리기 시작했다. 자기만 알아들을 수 있는 말이었다. 긴장한 아저는 또 음을 틀리고 말았다. 아즈 아줌마는 손에 옷걸이를 들고 낮은 목소리로 아저에게 일어서라고 했다.

"네 손을 때리진 않을 거야. 네 손은 피아노를 치는 손이니까. 어서 일어서!"

아줌마는 옷걸이를 들고 아저에게 다가가서 종아리를 때렸다. 말은 한 마디도 하지 않았다. 얼굴 위로 눈물이 흘러내렸지만 아저는 감히 소리도 내지 못했고 도망치지도 못했다. 나는 아즈 아줌마가 아무 말도 하지 않고 아저를 때리는 모습을 보면서 그곳을 벗어나고 싶었지만, 몸을 움직였다가 소리가 날까 무섭기도 했다. 아즈 아줌마 등 뒤로 어떤 여자가 서 있는 모습이 보이는 것 같았다. 문득 일고여덟 살 때의 악몽이 떠올랐다. 여러 날 동안 계속 똑같은 악몽을 꾸었다. 꿈속에 흰 옷을 입은 여자가 나타나 내 손을 잡아끌고는 어느 건물 단지의 커다란 화원 벽돌담 옆에 가서 앉았다. 여자는 울면서 자신이 나쁜 남자를 만나서 어떻게 그 남자와 말다툼을 했으며, 남자가 너무 흥분해서 어떻게 자신을 죽였고, 어디에 묻었는지를 자세히 얘기했다. 자신이 살해당하는 장면을 얘기할 때, 그녀는 지나칠 정도로 상세하고 냉정했다. 내가 받아 적기라도 하길 바라는 것 같았다. 하지만 나는 너무나 무서워서 감히 움직이지도 못했다. 나는 나 자신이 침대 위에 누워 있다는 걸 느낄 수 있었다. 엄마도 바로 옆에서 자고 있었다. 하지만 아무도 나를 도울 수 없었고, 나는 여전히 몸을 움직이지 못했다.

"이웃집 사람들이 우리를 어떻게 여기는지 알아? 왜 성공하려고 노력하지 않는 거야!"

꿈에서 깨고 나서는 여자가 한 말을 다 잊어 버렸다. 아저의 집에서 나온 후로 한동안 그 애 집에 갈 수가 없었다. 매번 아저의 집 앞을 지나칠 때마다 피아노 소리가 들렸다. 아저가 정말 대단하다는 생각이 들었다. 집에서 도망치지 않는 그 애의 인내심에 탄복하기도 했다. 그해 여름방학 때, 한번은 정말로 집에 있고 싶지 않았다. 네이산은 또 너무 멀었다. 문득 아저의 집에 컴퓨터가 있으니 함께 놀 수 있다는 생각이 들었다. 나는 참지 못하고 아저를 찾아갔다. 아저는 누군가와 함께 놀 수 있다는 생각에 몹시 반가워하면서 말했다.

"우리 집에 있던 그 귀신은 더 이상 감히 오지 못할 거야. 보라고."

피아노방 문에 평안부(平安符)가 한 장 붙어 있었다. 평안부 아래엔 병원에서 준 달력이 걸려 있었다. 아저의 방에 있던 컴퓨터도 피아노방 한쪽 구석으로 옮겨져 있었다. 컴퓨터 스피커에서 음악이 흘러나왔다. 아저는 그날 엄마가 자신을 때린 뒤로, 엄마도 집에서 그 여자 귀신을 보지 못하게 됐다고 했다. 아저의 엄마는 자신이 귀신에 빙의되었음을 알고 훠샤오좡 오부천세*의 묘당 지기를 찾아갔다고 했다. 묘당 지기는 늙기는 했지만 마음씨가 좋은 사람이었다. 늙은 묘당 지기는 그 집이 준공된 뒤부터 햇볕을 받지 못한 데다, 백 년 묵은 망고 나무 길이 햇빛을 죄다 빨아들이는 바람에 집 안에 감정이 남아 있다고 했다. 좋은 감정도 있고 나쁜 감정도 있는데, 이 모든 것들이 떠돌아다니는 혼들의 양식이 된다고 했다. 그러면서 아저의 집에 역신이 살고 있어서 엄마의 몸에 빙의한 것이라며 평안부 부적을 한 장 주면서 집에 돌아가 귀신이 빙의했던 곳에 붙이라고 했다. 그러면서 한 마디 덧붙였다.

"그리고 말이에요, 신들에게도 의지해야 하겠지만 사람

* 五府千歲. 중국 푸젠성 남부와 타이완 지역에 분포하는 전통 민간 신앙이다. 지역에 따라 '남곤신왕(南鯤鯓王)'이라 불리기도 한다(옮긴이).

에게도 의지할 필요가 있어요. 이 명함에 우리 딸이 개업한 작은 병원 주소가 적혀 있어요. 우리 딸을 찾아가서 예약을 하세요. 일단 귀신이 빙의하면 몸을 상하게 되거든요. 우리 딸이 잘 처치해 줄 거예요."

아저는 나를 데리고 가서 식탁 아크릴판 밑에 끼워져 있는 명함을 보여 주었다. 명함에는 '첸후이 신심과(千惠身心科) 병원'이라고 쓰여 있었다.

하지만 사실 귀신은 그렇게 쉽게 떨칠 수 있는 존재가 아니었다. 중학교에 들어간 뒤부터 나와 저우메이후이는 예전처럼 자전거를 함께 타고 등하교 하지 않았다. 때때로 학교가 파하고 아저의 집 앞을 지날 때면 단속적으로 피아노 소리가 들렸다.

중학교 때, 어느 해인가 성묘를 하게 되었다. 할아버지의 건강이 아직은 꽤 좋았을 때였다. 할아버지는 여기에 수백 년 동안 많은 사람들이 묻혔는데, 일본인들이 떠나고 국민당이 들어오고 얼마 지나지 않아서 이곳에 밤만 되면 우는 소리가 들리고 산 전체에 귀신불이 나타난다고 했다. 훠샤오좡 사람들은 이곳을 몹시 무서워했다. 당시 오곡왕묘의 묘당 지기는 야관을 이곳으로 모셔서 혼들을 위로해야 한다고 했지만, 무슨 이유에서인지 파출소 나리들은 감시를 당할 수 있다면서 야관에게 절을 올리면 안 된다고 했다. 이에 묘당 지기는 원래 오곡왕묘에 모실 예정이었던 야관의 신상을 무덤 언덕으로 가져갔다고 한다. 들리는 소문에 의하면 묘당 지기는 야관의 신상을 가장 오래된 묘비 아래 묻었는데, 그 야관 신상은 순금으로 만든 것이라고 했다.

"그 야관 불상을 손에 넣기만 하면 평생을 편하게 지낼 수 있을 거야."

나는 어른이 되어서야 저우메이후이가 꾸는 꿈이 일반적인 꿈이 아니라는 걸 알았다. 나도 꿈을 꾸지만 일반적인 꿈이 아니었다. 아마도 내 얼굴에 여드름이 나고 목소리가 굵어지고 인생 처음으로 자위를 하기 시작할 무렵이었을 것이다. 체내 호르몬에 격렬한 변화가 발생했고, 나는 인간이 도대체 어떤 존재인가, 나는 왜 사유 능력을 갖게 된 것인가 하는 문제로 고민하기 시작했다. 어느 날 밤, 나는 형의 방에서 잘 준비를 하고 있었다. 형은 이미 다른 현의 대학에 다니고 있어서 집에는 마침내 내가 혼자 쓸 방이 한 칸 생기게 되었다. 당시에 나는 자기 전에 운동을 하는 습관이 있었다. 운동 뒤에는 정좌하고서 심호흡을 했다. 밤 10시 59분쯤, 막 정좌를 시작한 지 얼마 지나지 않았을 때였다. 갑자기 머리가 어지러워지기 시작했다. 다행히 침대 위에 앉아 있었다. 내친 김에 나는 자리에 누워 버렸다. 어디 부딪힌 것도 아닌데 머리가 어지러워 혼절했지만, 의식을 잃지는 않았다. 꿈꿀 때와 비슷한 느낌이었다. 깊이 잠들면 꿈을 꾸어도 머리가 완전히 평화롭고 조용해지면서 몸의 움직임을 느끼지 못한다. 하지만 머리는 아주 편했다.

그 꿈에서 나는 훠샤오좡 밖의 산을 보았다. 나는 어지러운 무덤 언덕 서남쪽의 장 씨 할아버지 무덤을 찾았다. 묘비 앞에는 작은 호수가 하나 있었다. 할머니 한 분이 묘비 앞에 놓인 작은 봉공용 탁자에 앉아 있었다. 할머니는 내게 그곳 풍경이 너무 좋으니 매일 와서 자신과 이야기를 나누자고 권했다. 그러면서 너무 피곤하게 살지 말라고 충고했다. 삶이란 그냥 지나가는 것이라고, 돈을 너무 많이 벌면 다 쓰지도 못한다고 했다. 이야기 도중에 할머니는 갑자기 야관불조가 올 거라면서, 내게는 우선 보기만 하라고 말했다. 그제야 나는 원래 묘지 왼쪽에 있던 작은 후토묘*가 갑자기 커져 있는 걸 보았다. 어른 키만 했다. 나는 얼른 후토묘 뒤로 몸을 숨겼다.

감히 훔쳐 보지는 못했지만 소리는 들을 수 있었다. 저우메이후이의 목소리와 너무나 비슷했다.

"할머니, 혹시 후손들이 찾아오면 얼른 돌아가라고 하세요. 며칠 지나 내가 남쪽과 북쪽 사람들을 데리고 인간 세상으로 갈 예정이거든요. 후손들에게 귀신이 빙의하지

* 后土廟. 타이완의 전통적 장묘 습속으로 무덤 옆에 작은 비석이나 묘당을 세운 다음 '후토(后土)'라는 두 글자를 새겨놓는 것을 말한다. 무덤이 있는 땅의 수호신이라는 의미다.

않을까 걱정이네요."

할머니는 그녀에게 알았다고, 자신이 어쩌다 그곳에 왔는지 모르겠다고 했다. 그러더니 잠시 후 나를 데리고 자리를 떴다. 저우메이후이의 목소리는 다시 들려오지 않는 것 같았다. 잠시 후 할머니는 내게 또 이렇게 말했다.

"조금 있다가 집에 돌아가면, 여길 함부로 다시 와선 안 돼. 며칠 지나서 하늘가에 불이 타고 있는 걸 보게 되면, 날이 어두워진 후엔 절대로 전봇대 아래에 가서 놀지 마라. 알았지?"

"알았어요. 이만 돌아갈 게요. 만일 불이 나지 않으면……"

말을 마치기 전에 나는 꿈에서 깼다. 시간이 얼마나 지났는지 알 수 없었다. 운동할 때 머리에 났던 약간의 땀이 아직 마르지 않았다. 방 안 시계는 아직 밤 11시를 지나지 않았다. 찰나에 불과한 듯했다. 할아버지와 할머니에게는 이 일을 말하지 않았다. 몸도 이상한 데가 없었다. 오히려 혼절할 때는 머리가 아주 편했다. 결국 나는 이 일을 마음에 두지 않고 그냥 보통 꿈으로 여기기로 했다.

다음 날에도 정상적으로 학교에 갔지만 몸이 불편한 느낌은 없었다. 즐거운 마음으로 추석 연휴를 맞아 나는 또 다시 할아버지와 할머니가 부주의한 틈을 타서 네이산의 외할머니 댁으로 도망쳤다. 거의 모든 친척들이 네이산의 삼합원 건물로 모여들었다. 이때 가장 신이 난 사람은 아징이었다. 나는 그와 함께 이리저리 뛰어다녔다. 고등학교 1학년이 된 그는 오토바이에 나를 태워 천 씨 집안의 순타이(順泰) 상점에 가서 고기 구울 때 바르는 소스와 고기 굽는 철망, 숯 등을 사가지고 삼합원으로 돌아왔다. 이어서 우리는 마른 장작을 준비한 약간의 숯과 섞어서 불을 피웠다. 철망을 그 위에 펼쳐 놓고 낮부터 깊은 밤중까지 고기를 구웠다. 해가 서산에 질 무렵이 되자 네이산 용안 나무 뒤의 하늘이 불타는 듯 붉었다. 붉은 빛과 황금빛 구름이 뜨겁게 타오르며 굽이굽이 이글거리기 시작했다. 작은 이모는 내게 그 구름이 화소운(火燒雲)이며, 태풍이 올 것을 예고한다고 알려 주었다. 한참이나 구름을 바라보고 있던 차에 누군가 나를 불렀다. 사람들은 이미 마당에 탁자를 내다 놓고 카드 게임을 준비하고 있었다. 어른들은 3백, 혹은 5백 달러씩 판돈을 걸었고, 아이들은 빈틈이 보일 때마다 슬그머니 어른들의 맥주를 훔쳐 먹었다. 그렇게 고기를 구우면서 어른들의 카드 게임을 구경했다. 통상 아이 하나에 어른 하나씩 짝을 이루었다. 돈을 딴 어른은 짝이 된 아이에게 딴 돈의 일부를 떼어 용돈을 주었다. 부드러운 분위기를 해치지 않으면서 딴 돈도 전부 가져가지 않는다는 의미에서였다.

그날은 대략 밤 9시까지 카드 게임을 했다. 네이산 삼합원의 비탈 입구에는 가로등이 달린 전봇대가 하나 세워져 있었다. 바로 옆은 커다란 용안 나무가 있는 낭떠러지였다. 거의 모든 남자들이 나이를 불문하고 낭떠러지 가까이 가서 소변을 해결했다. 나는 한동안 작은 이모부 옆에서 카드 게임을 지켜보고 있었다. 운이 좋았는지 적지 않은 용돈을 챙길 수 있었다. 오후부터 밤중까지 온갖 음료와 맥주를 번갈아 마시다 보니 소변이 급해졌다. 이미 날이 어두워졌으므로 가로등 불빛이 있는 전봇대 아래서 해결하면 그만이었다. 나는 연못 쪽의 나무숲을 심리적으로 기피하고 있었다. 또 백 겹의 붉은 치마를 입고 발이 허공에 대롱대롱 매달려 있는 여자 귀신을 볼까 무서워서 그쪽으로 가까이 가지도 못했다. 다행히 이번엔 전봇대 아래에 이상한 물체가 없었다. 머리가 초록색인 파리 몇 마리만 전등갓에 달라붙어 있을 뿐이었다. 파리들은 미동도 하지 않았다.

내가 고기 굽는 자리로 돌아오자 아징이 선녀봉* 너덧 갑을 들고 방에서 나왔다. 처음에는 마당에서 불을 붙여서 춤추는 섬광을 즐길 작정이었지만, 마당에서 노는 건 별로 짜릿한 맛이 없어서 비탈 입구로 가서 놀기로 했다. 밤의 네이산에는 도로에 차가 없었고 양쪽이 전부 이끼

* 仙女棒. 불을 붙이면 은빛 섬광을 쏟아내다가 금세 꺼지는 소형 불꽃놀이 도구로 젊은이들에게 인기가 높다. 일명 '수지연화(手持烟花)'라 불리기도 한다(옮긴이).

낀 담벼락이었다. 담벼락 위아래로는 전부 대나무 숲 아니면 작고 구불구불한 길이 이어져 있었다. 푸른 이끼가 낀 담벼락과 대나무 숲을 제외하면 드문드문 서서 희미한 빛을 발산하는 전봇대들이 전부였다. 전봇대들은 가로등의 기능도 겸하고 있었다.

아징이 인솔자가 되어 선녀봉에 불을 붙인 다음, 우리는 긴 행렬을 이루어 가로등을 따라 앞을 향해 이동했다. 사방이 온통 깊은 적막이었다. 우리의 웃음소리 말고는 어떤 소리도 들리지 않았다. 얼마 가지 않아 나는 갑자기 모골이 송연해지는 느낌이 들었다. 대열의 맨 뒤에서 걷고 있었는데, 누군가 뒤에서 계속 나를 보고 있는 듯한 느낌이 들었던 것이다. 나는 얼른 바로 앞에 있는 어린 아이 앞으로 끼어든 다음 몰래 뒤를 돌아보았다. 방금 지나온 전봇대 아래 검은 우산을 들고 흰 옷을 입은 여자가 보였다. 옆얼굴이 보이는 걸로 보아 몸을 돌리려는 것 같았다. 이상한 일이었다. 이 시간에 비도 내리지 않는데 왜 우산을 들고 서 있단 말인가. 게다가 밤에 우산을 드는 건 대단히 불길한 일이었다.

나는 큰소리로 맨 앞에 가는 아징을 불러서 그만 돌아가고 싶다고 말했다. 아징도 너무 멀리 왔다는 생각이 들었는지 모두에게 돌아가자고 말했다. 고개를 돌리는 순간, 방금 전봇대 아래 있었던 여자는 이미 어디론가 사라지고 보이지 않았다. 나는 안도의 한숨을 내쉬고는 빠른 속도로 외할머니 댁을 향해 달리기 시작했다. 다른 아이들에게는 아무 얘기도 하지 않고 나는 듯이 뛰기만 했다. 다른 아이들은 달리기 시합이라도 하는 줄 알았을 것이다. 그렇게 다들 나를 따라 뛰어서 집으로 돌아왔다.

그날 밤 나는 네이산에서 아징과 사촌형, 사촌누나랑 함께 잤다. 자다가 꿈을 꾸었다. 내가 또 다시 전봇대 아래로 간 꿈이었다. 사방을 둘러보는데, 그 검은 우산을 든 흰 옷의 여자가 나타날까 두려웠다. 전봇대 가로등이 깜박이자 나는 외할머니 댁 방향으로 걷기 시작했다. 하지만 아무리 걸어도 그 비탈로 들어가는 입구를 찾을 수 없었다. 갈수록 긴장한 나는 달리기 시작했다. 전봇대를 하나 둘 지나면서 뒤를 돌아보니 검은 우산을 든 흰 옷의 여자가 내가 방금 지나온 전봇대 아래 서 있었다. 너무 무서웠던 나는 있는 힘을 다해 달려서 안개 속으로 들어갔다. 그러다가 갑자기 그 어지러운 무덤 언덕 입구에 이르렀다. 어떻게 그곳을 벗어나야 할지 몰라 쩔쩔매고 있는데, 날라리 소리와 징, 북, 소초* 소리가 들리기 시작했다. 후토묘가 또 다시 사람 키만큼 커졌다. 후토묘 뒤에 숨어 있던 나는 무덤 언덕 깊숙한 곳에서 행렬이 천천히 걸어 나오는 걸

* 小鈔. 심벌즈와 비슷한 구리로 만든 작은 북관 악기다(옮긴이).

보았다. 그들은 무기도 들지 않고 갑옷도 입지 않았다. 날라리를 부는 사람도 있고 북고나 통고(通鼓)를 든 사람도 있었다. 대부분 소초를 들고 두드리고 있었다. 하나같이 슬프고 엄숙한 표정으로 검은 상의에 검은 치마 차림에 손에 붉은 등을 든 여인의 뒤를 천천히 따라가고 있었다.

행렬이 후토묘를 지나자 나도 멀리 떨어져서 뒤를 따라가기 시작했다. 수류마묘 앞의 다리에 이르자 행렬은 아주 신중하게 다리를 향해 절했다. 행렬을 이끄는 여자 옆에 남자가 하나 있었다. 그가 명지(冥紙)를 뿌리면서 소리쳤다.

"다리를 건너라! 모두 다리를 건너라! 하나도 낙오되면 안 된다! 발을 조심하라! 개천 물에 쓸려 가면 안 된다!"

"다리를 건너라! 길이 나오면 따라가고, 길이 없으면 다리를 건너라!"*

행렬은 천천히 다리 위를 걸었다. 남자가 뿌리는 명지는 한 장이 세 장으로 변하고, 세 장이 열 장으로 변했다. 하늘 가득 명지가 흩날리며 춤을 추었다. 땅에 떨어진 명지가 다리 전체를 거의 다 뒤덮었다. 행렬을 이룬 사람들은 명지를 밟으며 다리를 빠르게 건넜다. 나는 수류마묘를 지나면서 완전한 알몸에 피부가 회색인 남자가 신감 안에 몸을 말고 있는 걸 보았다. 그의 눈빛은 뭔가 애걸하는 듯했

* 중국 장례 행사에서는 법사들이 망자의 영혼을 저승으로 보낼 때 망자의 길을 인도한 다음, '다리를 건너라'라고 외친다(옮긴이).

지만 말은 한 마디도 없었다. 그저 눈빛으로 천천히 수류 마묘를 지나가는 나를 배웅할 뿐이었다.

나는 멀찌감치 떨어져 행렬 뒤를 따라갔다. 검은 상의에 검은 치마 차림에 손에 붉은 등을 든 여자는 앞에서 길을 안내하더니 어느새 길 한가운데를 걷고 있었다. 길 양쪽에는 망고 나무가 늘어서 있었다. 이곳의 망고 나무는 훠샤오좡의 옛 도로처럼 그렇게 무성하지 않았다. 듬성듬성 서 있을 뿐이었다. 원래 여자 뒤를 따라 걷던 사람들이 갑자기 전부 망고 나무 위로 올라가 이 나무에서 저 나무로 날아서 이동하기 시작했다. 두 발이 허공에 떠 있었다. 나는 가장 가까운 나무 위를 보았다. 행렬에 있던 남자 하나가 나무 위에 쪼그리고 앉아 있었다. 나무 위에서 뭔가를 보고 있는 것 같았다. 나는 그의 뒤로 천천히 다가가서 최대한 그와 같은 각도에 선 후에야 그가 망고 나무 가지와 잎 사이의 작은 틈으로 붉은 벽돌담 한구석을 뚫어져라 보고 있다는 걸 알게 되었다. 남자의 눈길은 그 옆에 고정되어 있었다. 오래된 삼합원 주택인 것 같았다. 가운데 대청에서는 네 사람이 모여 한창 관락음* 의식을 진행하고 있는 듯했다. 대청 앞에는 한 노파가 두 눈을 붉은 천으

* 觀落陰. 중국 민간에 내려온 도가 법술로, 법사가 당사자를 원진궁(元辰宮)으로 인도하여 자신의 운명을 이해하고 저승으로 간 가족들과 소통하게 하는 의식이다(옮긴이).

로 가리고 두 발을 다 드러낸 채 앉아 있었다. 옆에 있는 법사가 노파에게 큰 소리로 소통할 상대의 이름을 부르게 했다. 노파가 큰 소리로 외쳤다.

"아푸(阿富), 아푸야, 빨리 이 어미를 만나러 오거라. 빨리 와서 이 어미에게 네가 어디에 묻혀 있는지 알려다오. 아푸야!"

노파는 목청이 찢어질 듯 큰 소리로 아들의 이름을 불렀다. 아들의 이름을 부르면서 울었다. 십여 차례 반복하다가 더 이상은 소리를 지르지 못하게 되었다. 법사가 뭔가를 보았느냐고 물었다. 노파는 붉은 천으로 눈을 가린 채 고개를 가로저었다. 이런 광경을 나뭇가지 틈새로 훔쳐보던 남자가 눈물을 흘리기 시작했고, 어느새 얼굴 전체가 눈물에 젖었다. 쉬지 않고 흐느껴 울던 남자가 참지 못하고 소리쳤다.

"엄마, 엄마! 저 여기 있어요. 그렇게 울지 마세요. 제발 그만 우세요."

나뭇가지 사이로 보이던 관락음 의식은 이제 끝났다. 붉은 천을 벗자 노파의 눈이 벌겋게 부어 있었다. 아무 소리도 들리지 않았다.

또 다른 망고 나무에도 남자 하나가 쪼그리고 앉아 몰래 나뭇가지 틈새로 뭔가를 훔쳐 보고 있었다. 꿈같은 장면이었다. 그 틈새는 카메라 같았다. 남자는 옷을 옆에 걸려 있던 양복으로 갈아입었다. 손에는 문서가 하나 들려 있었다. 문서 한쪽에는 '류(劉)'라는 글자가 쓰여 있고 다른 쪽에는 '복권(復權)'이라는 단어가 쓰여 있었다. 남자는 문서를 들고 다시 한번 자신의 옷차림과 풍채를 살핀 다음, 얼굴을 가볍게 두드리고는 웃음을 띠었다. 나뭇가지 틈새엔 어린 여자아이가 하나 있었다. 남자를 바라보고 있었다. 남자는 그 아이가 소리를 듣지 못한다는 걸 알고 있었을 것이다. 그래서인지 그는 따뜻하고 사랑이 가득 담긴 눈빛으로 아이를 바라보다가 손에 들고 있는 문서를 보여 주었다. 여자아이는 뭔가를 말하려는 것 같다가 끝내 입을 열지 않았다. 나뭇가지 틈새의 화면은 어느새 사라지고 없었다.

화면이 사라지자 남자의 웃는 얼굴도 서서히 사라졌다. 이어서 그는 눈물을 흘리기 시작했다. 남자는 양복을 조심스럽게 벗어서 옆에 다시 걸어놓고는 나무 위의 자신을 진정시키려 애썼다.

길 양쪽 망고 나무 전체에 사람들이 올라가 있었다. 꿈에서 이 길은 특히나 긴 듯 느껴졌다. 망고 나무는 계속 뻗어나가 끝이 보이지 않았다. 도로 한가운데를 걷고 있던 여인은 언제부터인가 보이지 않았다. 나는 도로 한가운데로 달려가 그 여인을 찾고 싶었지만 어디에서도 찾을 수 없었다.

여기까지 꿈을 꾸고서 잠에서 깬 나는 아징과 사촌형,

사촌누나와 함께 네이산의 침대 위에 누워 있었다. 날은 아직 밝지 않았다. 나는 몸을 움직이면서 다시 잘 태세를 취했다. 정말 기이한 꿈이라는 생각을 하면서.

막 고등학교에 입학했던 그해 여름방학 때, 나는 훠샤오좡의 친구들과 자전거를 타고 민슝 귀신의 집을 찾았다. 귀신의 집을 찾아간 건 그때가 처음이었다. 어려서부터 이 집에 관한 이야기는 익히 들어왔지만, 직접 실제 공간에 와 보니 그동안 내가 상상했던 것과 많이 다르다는 걸 알게 되었다. 인터넷이나 각종 도서 자료에서는 대부분 민슝 귀신의 집에 '오래된 우물'이 있다고 기술하면서, 그것이 네덜란드식 우물이라고 설명하고 있다. 하지만 이곳에 자전거를 세우고 내려다보면 밖에는 우물 대신 노천 카페가 있고, 한 남자가 톱을 연주하고 있다. 대학생들은 사진을 찍기 위해 이곳을 찾아오기도 한다. 처음 온 나는 잘못 찾아온 것 같다고 말하고 싶었지만, 이곳이 귀신의 집인 건 틀림없는 사실이었다.

들리는 바에 의하면 이 류 씨 집안의 옛 가옥은 1929년에 류룽루(劉容如)가 지었다고 한다. 그는 일제강점기에 시커우좡(溪口莊) 이장이었던 인물로, 민슝 주민들에게는 '류원외'*라고 불렸다. 류 원외는 훠샤오좡의 천스화 선생이

* 員外. 원외, 즉 원외랑(员外郎)은 중국 고대의 관직 명칭으로, 삼국시대 조조의 위나라 시기부터 사용되었다(옮긴이).

아름다운 서양식 건물을 지은 걸 보고서 자신도 모든 재력을 다 쏟아 부어 거액을 들여 이 집을 지었다. 류 씨 가문 후손들은 민숑 귀신의 집과 관련하여 일본 병사가 여기서 자살을 했다는 둥, 하녀가 우물에 몸을 던져 자진했다는 둥, 국민당 군대가 소년병들을 총으로 쏘아 죽였다는 둥 항간에 떠도는 갖가지 소문이 전혀 사실 무근이라고 말한다. 이른바 '귀신의 집'이라는 이름이 붙은 것은 1945년 이후 온가족이 교통이 편한 민숑 시내로 이사를 했고, 그 후에 정부가 또 주택 관련 세제를 정비하자 세금을 피하기 위해 건물 상단부를 철거했으며, 낡은 집에 들어와 사는 사람도 없고 전부 철거하려면 비용이 더 드니, 아예 그대로 방치해서 자연 풍화 상태에 놓였기 때문이었다. 당초엔 그렇게 다양하고 그럴듯한 이야기가 떠돌게 되리라고는 생각지도 못했다고 한다.

민국 36년(1947년) 4월 3일에 자이현 토지 부서의 정부 서류를 살펴 보면 「토지 지목의 변경과 특수 정부 징용지 조사를 위해 기사 우취안푸(吳泉福)를 본현 관할지역에 파견한다」*라는 제목의 파일에 "특종 군사 정보실 근무 요

* 류 씨 집안 후손들 얘기에 따르면 우취안푸는 타이난 사람으로 직책 분배 문제로 인해 자이현에 배정되었기 때문에 우리 따마오(즉, 민숑)에 관해서는 그다지 잘 알지 못했다고 한다. 그는 류 씨 집안과 상의하

원들의 숙박시설을 위해 민숭좡, 이차오(義橋)에 위치한 류롱루의 가택을 징용한다……"라는 기록이 남아 있다.

나는 민숭 귀신의 집에서 그 어떤 귀신도 보지 못했다. 단지 황량하게 잡초만 우거진 폐가에 용수 나무뿌리가 어지럽게 담장을 타고 기어오르는 걸 보았을 뿐이다. 만일 정말로 귀신이나 악귀, 여귀(厲鬼), 모든 생명을 멸절시키는 귀신이 있었다면 그 잡초들과 용수도 함께 말라 죽었어야 하지 않았을까? 하지만 안 그랬다. 사람이 발 들이지 못하고 여귀들만 가득 존재한다는 귀신의 집은 없었다. 인간이 아닌 생명이 이곳에서 무럭무럭 번성해 갔다. 용수와 건물이 완전히 하나로 융화되었다. 붉은 벽돌과 시멘트는 더 이상 인간들만의 전유물이 아니다. 모든 식물과 곤충, 동물들도 공동으로 누리는 공간이다. 여기에 귀신이 존재할까. 사람들이 거주하는 곳에서 우리는 온갖 곤충들과 바

며 서양식 건물을 정부가 사용하도록 제공하게 하려 했다. 이 건물은 삼면의 전망이 아주 좋았으나 방 하나는 묘지를 향하고 있어서 폐쇄했다가 그만 열쇠를 잃어버려서 열지 못하고 있던 터였다. 그런데 어찌된 일인지 우취안푸가 오자 문이 열렸다. 류 씨 집안 사람들은 감히 그 방에 들어가지 못했지만 우취안푸가 들어가 안에서 문을 잠갔다. 그가 방 안에서 무슨 일을 했는지는 아무도 알지 못했다. 단지 누군가와 얘기하는 소리만 들렸다고 한다. 어떤 여자와 얘기를 주고받았다는 것이다. 방에서 나온 그는 류 씨 집안 사람들에게 정부가 사용할 수 있게 해 달라고 간곡히 부탁했고, 류 씨 집안에서는 그렇게 하라고 기꺼이 승락했다.

쥐벌레, 쥐, 푸른 이끼, 미생물, 세균 등을 전부 박멸하고 있다. 인간 외의 생명들 가운데 우리의 생활 구역에서 요행히 살아남는 것들이 얼마나 될까. 누가 생명을 위협하는 여귀인가. 살아 있는 사람들일까, 아니면 눈에 보이지 않는 귀신들일까. 귀신의 집은 우리가 인류 외의 생명을 멸절시키는 공간인가, 아니면 생명으로 충만한 잡초와 용수, 곤충과 동물들의 폐허인가.

8장

밤의 신이 내려온다

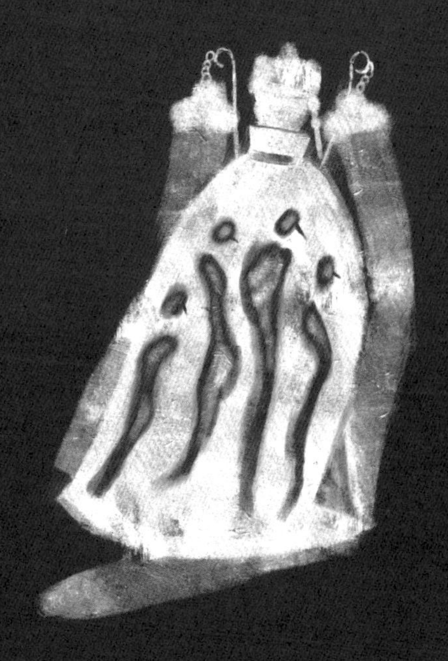

눈에 보이지 않는 귀신은 누구일까? 귀신의 집은 어느 집일까?

저우메이후이는 자신의 맨 처음 악몽이 어떤 것이었는지 내게 말해 주지 않았다. 하지만 나는 내 첫 악몽을 기억하고 있다. 이미 돌아가신 다섯째 고모 댁에서였다. 다섯째 고모도 훠샤오좡에서 살았지만 우리와 함께 살지는 않았다. 형의 방은 맨 처음엔 다섯째 고모의 방이었다. 형이 대학에 입학한 뒤로 그 방은 내 방이 되었다. 다섯째 고모는 천스화 선생의 서양식 건물 옆에 있는 아파트에 살았다. 당시엔 그 서양식 건물이 아직 개방되지 않았고 천 씨 집안의 사유지였다. 우리는 담장 하나를 사이에 둔 바로 옆집에 살았지만 보이는 건 담장 위로 올라오는 망초와 나뭇가지뿐이었고, 그 담장 안이 어떤 모습인지는 상상만 할 뿐이었다.

그런데 도로 건너편에는 커다란 아파트 건물이 있었다. 우편물을 받아 주는 경비원이 따로 있고 비를 피해 오토바이를 세워 놓을 수 있는 주차장도 있었다. 엘리베이터를 타고 편하게 오르내릴 수 있었다. 우리 집보다 훨씬 고급스러운 주택이었다. 어렸을 때는 다섯째 고모의 아파트로 놀러 가는 게 무척 좋았다. 다섯째 고모의 얼굴에는 자줏빛 반점이 있었다. 할아버지는 고모가 어릴 때부터 이 병원 저 병원 데리고 다니며 침을 맞게 했다고 했다.

"자전거를 타고 네 고모를 데리고 시내에 나갔지. 의사 선생님한테 주사를 좀 놔 달라고 부탁하려고 말이야. 그것도 매주 갔었어. 고모 얼굴의 그 반점을 깨끗이 없애 주고 싶었거든. 나중에 시집을 못 갈까 걱정이 돼서 말이야."

다섯째 고모는 끝내 결혼하지 않았다. 들리는 바에 의하면 남자를 몇 명 사귀긴 했지만 모두 오랜 반려자 관계는 되지 못했다고 한다. 내가 네댓 살 되었을 때의 일인 것 같다. 다섯째 고모와 함께 고모의 아파트에 갔었다. 고모는 정식 직장 외에 집에서 따로 가내 수공 일을 했기 때문에 집 안에 안경테와 거울이 담긴 상자가 잔뜩 들어차 있었다. 고모는 내게 수공 방법을 가르쳐 주기도 했다. 평소에 음식을 하지 않던 고모가 그날은 몇 가지 음식을 만들어 나와 함께 저녁을 먹고 TV를 봤다. 다 보고 나서 고모는 나를 욕실로 데리고 가서 목욕을 시켜 주었다. 방에 가서 자려고 하는 순간 갑자기 엄마가 보고 싶어서 눈물이 났다. 집에 가고 싶었다. 당시 다섯째 고모가 나를 어떻게 달랬는지는 기억이 나지 않는다. 그날 나는 집에 가지 못하고 아마도 울다가 지쳐 다섯째 고모랑 같이 잤던 것 같다. 바로 그날 나는 인생 최초의 악몽을 꾸었다. 꿈속에서 고모의 침대 끝에 사자가 한 마리 앉아 아주 흉악한 눈빛으로 나를 노려보고 있었다. 사자는 방 안 조명에 아무런 영향도 받지 않았다. 스스로 빛과 소리를 지니고 다니는 것 같았다. 황금빛 갈기와 길고 날카롭고 하얗게 튀어나온 이빨이 무시무시해 보였다. 사자가 입을 크게 벌리고 포효하는 순간에 꿈에서 깨지도 못하고 온몸이 빳빳하게 굳어 버렸다. 그러다가 너무 지쳐서 또 잠이 들었다. 다음 날 아침에 깨서 또 울기 시작했고 몸에 열이 나기 시작했다.

엄마는 내가 자다가 놀란 거라고 하면서 다시는 다섯째 고모 집에 가지 말라고 했다. 아마도 엄마에겐 혹시 나를 고모에게 빼앗기지는 않을까 하는 두려움이 있었을 것이다. 엄마는 내가 다섯째 고모의 양자가 되는 걸 원치 않았다. 다섯째 고모가 나를 집으로 데려다 주려면 옆집인 저우메이후이네 금지 가게를 지나야 했다. 저우메이후이 엄마와 아빠가 이혼하기 전이었다. 그 애 아빠는 금지 가게 안에서 친구들과 차를 우려 마시며 담소를 나누고 있다가 우리가 자전거를 타고 천천히 다가오는 걸 보고 뛰쳐나와 인사를 건네고 웃으면서 말했다.

"아전(阿貞), 이 녀석 어디서 훔쳐 온 거야? 어려서부터 그렇게 집에 있기 싫어하는 걸 보니 어른이 되면 돈 많이 벌겠네."

저우메이후이도 마찬가지로 네댓 살 때라 그 애 엄마가 애를 데리고 금지 가게 옆 공터에서 산책을 하곤 했다. 얼마 후 나는 계속 자랐고 아버지랑 엄마는 갈수록 더 바빠졌다. 갈수록 말다툼도 잦아졌다. 고등학교 시절에는 어쩌다 집에 있을 때면 점심 때 다섯째 고모가 집에 와서 밥을 해 준 적도 있었다. 나는 할머니와 할아버지, 다섯째 고모와 함께 식사를 했다. 왠지 모르지만 우리는 식사하는 자리에서 무거운 화제로 얘기를 나눈 적이 거의 없었다. 내 공부가 어떤지 묻는 일도 없었다. 집에 있지 않고 대체 어디로 싸돌아다니느냐고 묻지도 않았다. 부모님 일을 돕는지 역시 마찬가지였다. 나는 이것이 가족 전체의 성격과 무관하지 않다고 생각했다.

내 기억으로는 할머니가 돌아가셨을 때 할아버지가 몹시 슬퍼했던 것 같다. 할아버지가 눈물을 흘리는 모습은 거의 본 적이 없었다. 할아버지는 아버지에게 말했다.

"모든 일은 네가 알아서 결정해서 처리해라. 나는 알고 싶지 않으니까. 난 너무 슬퍼. 너무나 슬프단 말이다."

당시 나는 옆에서 그 얘기를 들으면서 할아버지가 좀 무정하다고 생각했다. 하지만 지금 생각해 보니 너무 정이 많아서 그랬던 것 같다. 할아버지는 할머니와 아주 오래전부터 조석으로 함께 지내 왔다. 모든 일이 할머니가 할아버지를 돕거나, 할아버지가 할머니를 돕는 식이었다. 그러니 할아버지가 뭘 더 알고 싶었겠는가. 할머니가 더 이상 당신 일에 호응할 수 없다는 건 알았을까. 장례를 마치면 할머니와 영원히 작별해야 한다는 건 알았을까. 그것이 일종의 도망이라는 걸 알았을까.

나는 항상 내가 도망에 능한 게 엄마의 유전자 때문인지 아니면 아버지 쪽인지, 아버지와 엄마는 왜 도망치지 않는지, 그래서 서로 말을 한 마디도 안 하면서 왜 함께 사는지, 말다툼과 손찌검이 서로를 대면하는 방식인지 아니면 도피의 방식인지 등 가족과 관련된 다양한 문제들을 생각하곤 했다.

시간이 날 때마다 나는 집에서 도망쳤다. 후바이 개천에 가서 머뭇거리며 배회하기도 하고, 물속 생물들이 나한처럼 자유롭게 마음껏 헤엄치는 모습을 바라보기도 했다. 하지만 아무리 자유로워도 다음 끼니가 걱정이었다. 생존은 오로지 다음 끼니를 위한 것이었다. 그렇다면 하루 종일 마을 안을 떠돌아다니는 나도 나한 아닐까?

나는 저우메이후이와 함께, 수류마가 신을 모시는 작은 신감에 갇혀서 하루 종일 고약한 돼지 분뇨 냄새를 맡으면서 윤회에 진입하지 못하는 걸 보았다. 원하든 원치 않든 간에 나도 하루 종일 엄마와 함께 돼지 축사에서 일했다. 엄마가 혈육의 정에 근거해서 목소리를 높이면, 나도 저 신감 위에 서 있어야 하는 걸까?

그날 나는 밭 한가운데 있던 여자와 인사를 주고받았다. 저우메이후이는 아무 말도 하지 않았지만 낯빛이 좋지 않았다. 나는 밭 한가운데 있는 여자가 우리와 다르다는 걸 알고 있었다. 하지만 그게 무슨 상관이란 말인가. 저우메이후이가 야관의 환생이라는 건 나만 아는 게 아니라 우리 엄마 아빠도 안다. 옆집 이웃들도 알았고 훠샤오좡 전체가 알았다. 떠돌아 다니는 저 고혼들과 야신(野神)들도 알았다. 그리고 다들 그 사실을 굳게 믿었다. 그런데도 왜 저우메이후이는 저 고혼에게 선의를 베풀지 않는 걸까. 밭 한가운데서 하루 종일 땡볕을 쬐다가 어렵사리 해가 서산에 지려고 할 때면 모든 생명이 숨을 돌리고 휴식을 취하는데, 그녀도 숨을 좀 돌리고 자유로워야 하지 않을까. 그래서 일말의 희망이나마 가져야 하지 않을까.

다섯째 고모는 결국 암으로 세상을 떠났다. 나는 계속 도망 다니면서 집안 전체로부터 벗어나서 가족이라는 타고난 환경을 잘 운용했다. 나는 집에 가는 일이 드물었고 친척들과 얘기를 나누는 일도 거의 없었다. 사실 나는 다섯째 고모가 어떤 암에 걸렸는지도 잘 몰랐다. 그저 내가 고등학교에 다닐 때 화학 치료를 받아 약간 회복되는 것 같더니, 내가 대학에 들어간 뒤에 재발해서 암세포가 크게 확산되었으며 끝내 통제할 수 있는 범위를 넘어섰다고 들었을 뿐이다. 대학에 다닐 때 한번은 집에 돌아왔는데 다섯째 고모가 자전거를 타고 왔다. 병 때문에 너무 고생한 탓인지 고모는 무척이나 초췌해져 있었다. 머리에는 털모자를 쓰고 있었다. 고모는 내게 시간이 나는 대로 자주 좀 와서 할아버지와 엄마 아버지를 뵈라고 충고했다. 나는 최근에 학교 공부가 바쁜 데다 용돈이 부족해서 아르바이트를 하고 있다고 말했다. 이 말에 고모는 잠깐만 기다리라고 하더니 자전거를 타고 다시 가 버렸다. 그러더니 잠시 후에 다시 와서 내게 5백 달러짜리 지폐를 한 장 쥐여 주었다.

"이웃집 사람들이 다들 우리를 어떻게 대하는지 알아? 왜 출세하고 잘나가려는 노력을 아예 안 하는 거야!"

다섯째 고모는 내게 당신의 건강 상태에 대해 한 번도 말한 적이 없었다. 그 시절 고모를 만나면 항상 몸이 어떠냐고 묻곤 했지만 고모는 별 대꾸하지 않고 늘 좀 좋아졌다고만 대답했다. 하지만 몸은 갈수록 수척해져 갔고, 마지막에는 병실에 누워 있어야 했다. 내가 누나한테 병원으로 고모를 좀 만나러 가도 되냐고 물었더니, 누나는 다섯째 고모가 사람들이 많이 찾아오는 걸 별로 좋아하지 않는다고 했다. 다른 사람들이 걱정하게 하는 게 싫은 모양이었다. 하지만 결국 병원에서 고모가 위독하다는 통지가 왔던 게 기억난다. 며칠 전에 나는 다섯째 고모에게 만나러 가겠다고 약속한 터였다. 나는 원래 타기로 했던 기차를 놓치고 다음 날 아침 일찍 동쪽 산간지대를 거쳐 서쪽으로 가는 기차를 탔다. 하지만 이미 16시간이나 지난 후였다.

암을 앓는 동안 다섯째 고모를 보살피던 넷째 고모는 내게 다섯째 고모가 줄곧 내가 왔는지를 물었다고 말했다.

다섯째 고모의 장례는 집에서 치르지 않았다. 할아버지 댁이나 넷째 고모 댁에서 치르지도 않았다. 우리는 할머니나 할아버지에게 했듯이 고모에게도 칠칠사십구 송이의 종이 연꽃을 접어 주지도 않았고, 네 자루, 다섯 자루, 여섯 자루의 금원보(金元寶)를 마련해 주지도 않았다. 고모는 틀림없이 가장 가난한 귀신이 되었을 것이다. 우리는 겨우 고모를 화장장으로 모시고 가서 공동으로 사용하는 영당에 일률적으로 제공하는 옷과 용돈을 드렸을 뿐이다. 넷째 고모의 아들이 고모의 영정 사진과 위패를 들고서 다섯째 고모에게 출발 전에 서방 극락으로 가셔야 한다고 말했다. 고모가 정말 극락으로 가셨을까. 나는 지금도 다섯째 고모가 누군가의 제배를 받고 있는지, 아니면 공립 납골당 안에 그대로 계신지 알지 못한다. 과거 관념대로라면, 출가하지 않은 다섯째 고모는 고혼이 되지 않았을까. 혹시 고낭묘*에 들었을까. 종사**에 들지 못하면 서방 극락에 가지 못하고, 나쁜 짓을 하지 않았으니 지옥에서도 받

* 姑娘廟. 음신묘(陰神廟)의 한 가지 유형이다. 초기 타이완 민간 신앙에서 결혼하지 않은 여성은 종사에 들어서 향과 제배를 받을 수 없는 고혼이나 야귀(野鬼)가 된다. 이런 여성은 영혼 결혼을 시키거나 구랑묘에 모셔서 봉공하여 갈 곳 잃은 고혼이 시골 들판을 떠도는 일이 없도록 한다.

** 宗祠. 일족의 조상을 함께 모시는 사당을 가리킨다(옮긴이).

아 주지 않는다는데, 그렇다면 삼계* 밖으로 나간 걸까, 아니면 삼계 안에 움직이지 못하게 묶여 있는 걸까.

아마도 다섯째 고모는 고혼이 되었을 것이다. 저우메이후이는 우리 다섯째 고모를 받아들였을까. 야관이 모든 고혼들을 지켜 준다고 하지 않았던가. 고혼들이 놀라서 무서워할 때 야관이 귀를 막아 주면 다시 놀라는 일이 없다고 하지 않았던가. 다섯째 고모는 무얼 무서워할까. 무얼 걱정할까. 내가 밥을 배불리 먹었는지, 너무 늦게까지 일을 하지는 않는지, 편의점 음료를 너무 많이 마시지는 않는지를 걱정할까.

나는 정말로 남부로 달려가 저우메이후이가 일하는 미술관에 가서 그녀를 만났다. 하지만 다섯째 고모가 세상을 떠나고 이미 여러 해가 지난 후였다. 일 때문에 남부에 갔다가 잠깐 틈이 나서 여자 친구와 함께 미술관을 구경하러 갔었다. 미술관에 도착해서야 저우메이후이가 이곳에서 일한다는 사실이 생각났다. 우리는 시간 약속을 하고 만나서 함께 식사를 하면서 얘기를 나눴다. 어렸을 때의 꿈 이야기도 했다. 저우메이후이는 최근 꿈에서 나를 보았다고 하면서 내게 꿈 이야기를 들려주었다.

"내가 수류마묘 앞의 큰길에 서 있는데, 몸이 예닐곱 살

* 三界. 불교에서는 인간 세상을 욕계와 색계, 무색계의 삼계로 나눈다(옮긴이).

때로 돌아간 것 같았어. 밤이라 사람이 하나도 없는데 도로 한가운데 서 있었지. 멀리서 한 무리가 다가오는 게 보였어. 맨 앞에서 대오를 이끄는 그림자가 바로 야관이었지."

내가 어떻게 그게 야관이라는 걸 알았느냐고 묻자 저우메이후이는 이상하다는 표정을 지으며 되물었다.

"너 정말 몰라서 묻는 거야?"

그녀는 야관이 검은 비단 옷을 입고 있었고, 얼굴이 나랑 똑같았다고 말했다. 지금 내 모습처럼 수염이 없을 뿐이고 피부도 그렇게 거칠지 않았다고 했다. 그러면서 그녀는 지금의 내 얼굴을 가리키며 얘기를 이어갔다.

"나는 줄곧 도로 한가운데 서 있었는데, 야관은 나를 보지 못한 것 같았어. 내 옆으로 와서 걸음을 멈추더라고. 야관의 행렬은 내가 안내하는 대로 사방으로 흩어져서 망고 나무 쪽으로 달아났어. 야관은 도로 한가운데 서서 잠시 주위를 두리번거리더니 몸을 돌려 앞으로 나아가기 시작했어. 나는 우리가 왜 야관을 따라가는지 모르면서도 마을 어귀 패루를 지났지. 야관의 손에는 요령(搖鈴)이 하나 들려 있었어. 야관은 요령을 흔들면서 주문을 외었지. 계속 반복했어.

고혼과 야귀들이 훠샤오쾅 산속에 서식하여
개천이 다 말랐을 때 비로소 야관은 잠을 잘 수 있노라 알고 보니 패루 옆으로 다리를 저는 젊은 여자가 하나 지나고 있었어. 과거에 마을에서 항상 자전거를 타고 다니던 마을 주민이었지. 어느 날 갑자기 어디로 갔는지 그녀가 보이지 않기 시작했어. 나는 그녀가 시집을 간 거라고 여겼어. 그녀가 나를 바라보며 빙긋 미소를 지었어. 말은 하지 않고 우리를 따라 계속 앞으로 가고 있었지. 우리는 오곡왕묘 앞에 이르렀어. 묘당 왼쪽의 무너진 지방극 무대가 다시 지어지고 있더라고. 벽돌과 기와, 목재들이 하나하나 허공을 날았어. 마치 영화 필름을 되감는 것처럼. 사라진 훠샤오좡 지방극 무대가 다시 나타났어. 오곡왕묘의 청룡 옆으로 엄마 선녀 아메이와 언니 선녀 아주, 동생 선녀 아쉐가 지나가더라. 다들 무지개 같은 채색 띠로 만든 궁중 복식 차림에 신발은 신지 않고 있었어. 땅을 딛지 않고 허공에 약간 뜬 채로 다니는 것 같았어. 수류마는 백발이 휘날리는 늙은 선옹(仙翁)으로 변해서 왼손에는 나무 지팡이를 들고, 오른손에는 장수를 상징하는 복숭아를 들고서 천천히 지방극 무대 위로 오르고 있었지. 천스화 선생이 기록했던 나한은 수심 가득한 얼굴을 꼿꼿이 쳐들고, 여기저기 해진 부분을 꿰맨 남루한 옷을 입고 큰 걸음으로 무대 위로 오르고 있었어. 동생 선녀가 가장 무서워하는 보살도 나온 것 같았어. 보살은 관음보살 조각상 모습이었고, 그 밑을 밀랍 인형 같은 금동옥녀가 받치고 있었지. 동생 선녀는 관음보살 조각상을 잠시 바라보더니 그 손에 들려 있던 정화수 병을 빼앗아 병에 꽂혀 있던 버들가지를 휘둘렀어. 허풍쟁이 예랑125도 나왔지만 예랑을 타고 있진 않았어. 예랑은 영혼이 있는 늑대처럼 줄곧 무대 주변을 맴돌더라. 무대 위에서는 이 신들의 「분선」*이 공연되고 있었어.

야관은 우리를 데리고 계속 나아갔어. 너희 구멍가게 앞을 지날 때 보니까 가게 안의 견본 진열대가 그대로 있더라. 너희 할아버지와 할머니는 방금 도착한 빨간 라벨이 붙은 미주(米酒)를 정리하고 계셨어. 오른쪽에 있는 천스화 선생의 서양식 건물은 담장 둘레에 양철판으로 울타리가 쳐져 있었어. 하지만 내 눈길은 그 양철판을 투과할 수 있었지. 천스화 선생의 서양식 건물은 완전무결했어. 우리 엄마는 계단 위에 앉아 달을 바라보고 있었어. 바로 옆에는 우리 금지 가게가 있었지. 가게 안에는 금지와 은지, 양초와 연꽃, 원보가 가지런히 쌓여 있었어. 《창류》 잡지도 진열장 위에 전시돼 있었지. 금지를 사러 오는 사람들에게 이 잡지를 무료로 나눠 주었어.

우리는 작은 골목을 가로질러 갔어. 야관은 우리를 데

* 扮仙. 전통 지방극에서 아주 중요한 서장 부분의 대목이다. 먼저 「분선」이 공연되지 않으면 그 뒤의 극 전제가 시작되지 않는다. 주요 내용은 복(福), 록(祿), 수(壽)의 세 신선이 복을 기원하는 것이다.

리고 후바이 개천으로 갔지. 여기저기 드넓은 논에 벼가 자라 있었어. 우리는 논밭을 가로질렀어. 논밭 한가운데 발을 딛고 서 있는 흰 옷 차림의 여인이 빙글빙글 돌면서 춤을 추었어. 그녀만의 춤이었지. 이 자난 평야의 논밭과 함께 추는 춤이야. 우리는 훠샤오좡 서쪽을 향해 더 나아갔어. 이어서 우리는 훠샤오좡에서 피아노를 가장 잘 치는 아이의 집을 지나게 되었어. 집 안에서 듣기 좋은 피아노 소리가 들려왔어. 창가에는 아즈 아줌마로 보이는 여자가 눈을 감은 채 피아노 소리에 귀를 기울이고 있었어. 아주 평온하고 편안한 표정으로 말이야.

우리는 이어서 어렸을 때 들개가 가장 많았던 곳을 지나갔어. 다양한 색깔의 수많은 들개들이 우리를 에워싸고 꾸물거리며 따라왔지. 나는 개들을 만지고 품에 안고 싶었어. 아예 이 들개들도 우리를 따라오게 하고 싶었지. 고개를 돌리니 방금 만났던 다양한 사물과 사람과 귀와 신들이 모두 우리 뒤를 따라오고 있었어. 심지어 연극 무대까지도. 쇠사슬에 묶인 강시들이 그 무대를 끌고 있었어.

저 앞에 망고 나무 터널이 펼쳐져 있었어. 야관 주위에 갑자기 날라리를 부는 두 명의 북관 악사들이 나타나 〈신보천악〉*을 연주하기 시작했어. 금지와 은지, 복숭아꽃,

* 新普天樂. 북관 전통 곡으로, 북관 희곡의 행진과 과장(過場), 노를 저어 강을 건너는 대목 등에 자주 쓰인다.

작은 물푸레나무꽃, 채색 띠, 붉은 종이, 망고가 하늘 가득 날리며 춤을 추더라고. 세 선녀가 망고 나무 속으로 날아 들어가자 나무에 튼실한 망고 열매 세 개가 맺혔어. 나한은 백 년 된 망고 나무 몸체 안으로 들어갔어. 그러자 망고 나무에서 굵직한 가지들이 새로 막 돋아났어. 수류마는 몸을 말아서 아주 작아지더니 망고 나무에 벌레들이 파 놓은 작은 구멍 안으로 들어갔어. 그러자 녹색 터널 전체가 눈에 띄게 푸르러지면서 초록색 잎들이 전부 물기를 머금은 모습으로 변하더라고. 땅 위에 발을 딛고 서 있던 흰 옷의 여자는 나무 끝에서 돌고 있었어. 한 바퀴 돌 때마다 시멘트로 덮인 망고 나무 뿌리가 흔들리면서 약간 헐거워졌지. 들개들과 연극 무대도 망고 나무 가지들 사이 틈새로 들어갔어. 나는 너희 할머니가 너를 데리고 나와 무대 아래서 연극을 관람하는 모습을 보았지. 우리 아빠는 금지 가게에서 들개 한 마리의 머리를 쓰다듬더니 목욕까지 시켜 주더라. 그리고 녀석에게 남은 보살 고기를 먹이로 주었어.

야관은 분명히 도로 한가운데 서 있었는데, 내가 눈을 한 번 깜박이는 사이에 흔적도 없이 사라져 버렸어."

저우메이후이는 꿈이 여기에서 끝났다고 했다. 그 꿈은 마치 내가 꾼 꿈 같았다. 심지어 나는 이것이 꿈이 아니라 야관불조가 정말로 우리를 데리고 순찰을 한 게 아닐까 하는 의심이 들었다. 나도 저우메이후이에게 내 꿈 이야기를 들려주었다. 저우메이후이는 요즘은 천장 선풍기 돌아가는 소리가 거의 들리지 않는다고 말했다. 그러면서 지금은 미술관 안에서 타이완 역사 문화의 전시 기획을 맡고 있다고 했다. 나는 그녀와 서로 상대방이 있는 현이나 시에 오게 되면 꼭 연락하기로 약속했다. 나는 저녁에 일이 있어서 먼저 작별인사를 하고 미술관을 나섰다.

훠샤오좡 같은 취락들은 망고 나무를 심었다. 덕분에 도로가 온통 푸른빛이었다. 이는 타이완 남부에서 흔히 볼 수 있는 풍경이었다. 1928년 11월 1일, 일본에서 쇼와(昭和) 천황이 황위를 계승했다. 정부는 천황의 등극을 경축하기 위해 타이완 각지에 나무를 심었다. 특별히 망고나 용안, 연무(蓮霧), 빈랑 같은 경제 가치가 있는 유실수들을 골랐다. 한편으로는 햇볕을 가리는 효과가 있고, 아름다운 경관을 누릴 수 있으며, 경제적인 보조 효과도 있었다.

할아버지는 예전에 이런 말을 했다.

"지금 훠샤오좡 파출소 위치는 일제강점기 때 '아문'이 있던 자리야. 잘못을 저지르는 사람들을 경찰 나리들이 거기로 끌고 가서 종아리를 마구 때렸지. 우리를 끌고 가서 길 닦는 일을 시키기도 했어. 집집마다 사람을 보내야 했지. 나무 심는 일도 해야만 했어. 나무 심으러 가지 않을 수 없었지. 안 가면 경찰 나리가 잡아다 '아문' 앞에 무릎을 꿇리고 종아리를 때렸거든."

일제강점기를 지낸 타이완 사람들은 습관적으로 일본 경찰을 '나리'라고 불렀다. 예컨대 할아버지는 민국 백년(2011년) 이후에도 경찰을 보면 나리라고 불렀다. 할아버지는 장(蔣) 씨*가 내려온 시기에 나리들이 크게 달라졌다고 했다. 야관은 그 몇 년 후에 훠샤오좡의 오곡왕묘에서 마을 밖 어지러운 무덤 언덕으로 옮겨졌다. 내 기억으론 몇 년 전에 파출소를 개축하면서 땅 밑에서 일제강점기 때 할아버지가 '아문'이라고 말한 공공기관의 옛터가 발굴되었다. 이 옛터 한가운데 약 3미터 정도 깊이에서 회목(檜木)으로 만든 상자가 하나 발견되었다. 길이 50센티미터, 너비 30센티미터, 높이 50센티미터 정도의 상자였다. 다들 상자 안에 뭐가 있는지 추측하기 시작했다. 어떤 사람은 일제강점기에 일본인들이 남기고 간 황금이 들어 있을 거라고 했고, 어떤 사람들은 일본군 군사 기밀 지도가 들어 있을 거라고 했다. 망고 나무를 심은 것에 대해서도 실증이 불가능한 추측이 있었다. 적군의 항공 정찰이나 촬영을 피하기 위해서 나무를 심었고, 일본인들은 나무가 가려주는 도로

* 국공내전에서 패전하고 1949년에 타이완으로 도망쳐 온 장제스를 가리킨다(옮긴이).

를 통해 군수 물자와 병력을 수송했다는 거였다.

또 어떤 사람들은 일제강점기에 봉인된 악귀 혹은 훠샤오좡에서 제사를 받을 수 없는 요괴가 들어 있을 거라고 추측했다. 훠샤오좡 사람들 모두 온갖 추측을 하는 가운데 얼마 지나지 않아 고궁 박물관 남원(南院) 준비 위원회의 전문가들이 나타났다. 전문가들은 아무 데서나 함부로 상자를 개봉해서는 안 되고 온도와 습도, 심지어 광선의 영향까지 고려해야 한다고 지적했다. 그러면서 상자를 충분한 설비와 기자재가 갖춰진 공간으로 옮겨 열어야 한다고 했다. 충분히 일리가 있는 주장이었지만 마을 사람들은 이를 받아들이지 못했다. 상자 안에 황금이 들어 있다고 생각한 사람들은 감춰진 보물을 나눠 받지 못할까 걱정했고, 상자 안에 봉인된 악귀나 요괴가 들어 있을 거라고 생각한 사람들은 전문가들이 가져가서 상자를 연 뒤에 훠샤오좡에 화가 미칠 것을 염려했다. 마을 사람들은 전부 나와서 전문가들을 에워싸고 자리를 뜨지 못하게 했다. 당시는 이미 계엄이 해제된 뒤라 훠샤오좡의 경찰관들은 걱정하면서도 상자 안에 뭐가 들어 있을까 하는 호기심도 상당히 갖고 있었다. 그리하여 전문가들에게 상자를 오곡왕묘에서 열어 보고 안에 무엇이 들어 있는지 확인하자는 제안을 했다.

보아하니 금세 갈 수도 없을 것 같고, 경찰도 자기들을 도와줄 생각이 없다는 생각이 전문가들의 머리를 스쳤다. 해는 뜨겁게 내리쬐고, 공터에는 햇볕을 가릴 만한 곳이 없었다. 시간을 더 끌다가는 상자 안에 들어 있는 유물에 영향을 미칠 것 같았다. 결국 전문가들은 경찰의 제안에 동의하며 상자를 오곡왕묘로 옮기게 되었다.

훠샤오좡의 전 촌장인 천(陳) 촌장은 나이가 이미 여든 여섯이라서 상자 안에 든 것이 악귀나 요괴일 상황을 가장 걱정했다. 그는 먼저 모든 사람에게 향을 태우고 훠샤오좡의 평안을 기원하는 기도를 올리게 했다. 이어서 전문가들에게 상자를 제물을 바치는 공탁 위에 올려 놓고 오곡왕 신상이 내려다보는 가운데 상자를 열게 했다. 전문가들은 이미 녹이 슨 황동 자물쇠를 풀고 조심스럽게 상자를 열었다. 상자 안에는 황금도 없었고 군사 지도도 없었다. 악귀나 요괴는 더더욱 나오지 않았다. 상자 안에 들어 있는 것은 일본식 두루마리 몇 권이었다. 땅속 습기에 오래 영향을 받아서 벌레가 먹거나 썩지는 않았지만 이미 누렇게 바래 있었다. 또한 안에는 금색으로 꽃무늬가 새겨진 중국식 두루마리도 있었고, 그것에는 음산한 여신의 모습이 그려져 있었다. 얼굴과 복식이 관음보살 같기도 하고 마조 같기도 했다. 몸에는 검은 비단을 두르고 있었고, 등 뒤에는 초혼기가 걸려 있었다. 초혼기에는 '길이 있으면 따라가고 길이 없으면 다리를 건너라'라고 쓰여 있었다. 그리고 그 바탕에는 '야관순장'이라는 글이 쓰여 있었다. 두루마리의 금빛 꽃무늬는 두루마리를 다 펼쳐 보고 나서야 발견한 것으로, 뒤에는 그림이 한 폭 그려져 있었다. 밝게 빛나고 따스한 느낌을 주는 여신의 그림이었다. 마찬가지로 얼굴과 복식은 마조 같기도 하고 관음보살 같기도 했다. 그녀의 등 뒤에 걸린 깃발엔 '바람과 비가 순조로우면 오곡이 풍성하리라'고 쓰여 있었다.

천 촌장은 이것이 바로 '야관'이라고 했다. 일제강점기의 야관이라는 거였다. 국민당 정부가 타이완으로 철수해 올 때, 고혼들에게 야관이 필요했는데, 파출소 나리들이 야관이 밖으로 출현해선 안 되니 순금으로 주조된 야관 불상을 무덤 언덕에 묻어야 한다고 말했다고 했다. 그러면서 이제 우리가 일제강점기 야관의 화상을 찾아낸 것이라고 했다. 그는 희미하게나마 어린 시절에 어른들이 야관 화상에 관해 얘기하는 걸 들었다고 기억했다. 야관의 화상을 찾아 낸 사람은 하루저녁에 부자가 된다고. 그 덕분인지, 하룻밤 사이에 휘샤오좡에 유행의 첨단을 걷는 멋진 서양식 건물들이 지어지기 시작했다.

화하매인(花下媒人)

마을에 혼사가 있을 때면 후야가 중매인이 되어 신랑신부를 이끈다. 오늘 두 사람이 혼인합니다. 후야가 낮은 목소리로 말하면 귀신 호수 전체가 쩌렁쩌렁 울린다. 나한들은 이 소리를 듣고 가벼운 걸음으로 물귀신들을 거느리고 와서 술과 음식을 먹는다. 마을 밖 산꼭대기에 사는 야관도 이 소식을 듣고 무덤이 어지러이 흩어진 언덕에 있던 사람들을 데리고 날라리를 불고 징과 북으로 즉흥곡을 연주하면서 와서 혼례를 축하해 준다. 얼핏 보면 귀신들의 기운이 하늘을 찌를 것 같지만 왕생의 주문을 외던 사부님도 축하의 노래를 부르고 있다. 이 자리에서 과거의 사람들과 현재의 사람들이 서로 손을 잡고 화해한다. 서로 자신의 잘못을 고백하면서 사과한다.

후기

늙은 메이후이의 백일몽

해가 서산에 지면 자이 시내는 아무 소리 없이 조용해진다. 루(盧) 선생의 병원은 이미 두 달째 문을 열지 않았다. 들리는 바에 의하면 루 선생이 군대에 의해 끌려간 지 이미 열흘이 넘었다고 한다. 슈메이 사모님은 매일 밤잠을 이루지 못하고 남몰래 눈물로 소매를 적시고 있다고 한다. 사모님의 다섯 달 된 어린 아기는 내가 돌보고 있다. 새벽 1시가 좀 넘으면 아기는 쉴 새 없이 울어댄다. 아무리 달래도 울음을 그치지 않는다. 슈메이 사모님은 그제 밤중에 아래층으로 내려갔다가 루 선생님이 돌아오셔서 대청 탁자에 엎드려 울고 계기는걸 보았다고 말했다. 가슴엔 선혈이 낭자했다고 한다. 그런데 눈을 한번 깜박이자 루 선생님은 보이지 않았다. 그 얘기를 들은 뒤로 나는 무서워서 감히 대청에 가지 못했다.

"메이후이, 우선 좀 쉬고 있어. 아이를 오래 업고 있었는데도 계속 우네. 그냥 울게 내버려둬야 할 것 같아. 그러니 너 먼저 좀 쉬고 있어."

슈메이 사모님이 위층에서 내려와 아기를 안았다.

"소식을 들었어. 내일 정오에 군대가 기관차 앞에서 그분들을 총살한대. 내가 보기에 아친은 돌아올 길이 없는 것 같아."

슈메이 사모님이 아기를 안고 어르면서 말했다.

"한 가지 부탁 좀 하자. 내일 아침 일찍 따마오 훠샤오좡의 천(陳) 부자 댁을 찾아가서, 해가 지면 아친의 시신을 수습해 야관불조에게로 데려다 달라고 전해 줘. 그러면 내가 다음 날 아친을 데려올 수 있을 테니까 말이야."

메이후이는 겨우 열두 살밖에 되지 않았다. 슈메이 사모님이 아기를 돌보기 위해 고용한 보모로, 자기 집은 훠샤오좡에 있었다. 메이후이는 사모님을 어떻게 위로해야 할지 몰랐다. 의사인 루 선생님이 군대에 의해 총살을 당한다는 소식이 그저 놀랍고 당혹스러울 뿐이었다. 하지만 사모님이 이미 처리 방식을 정한 터라 메이후이는 극렬하게 뛰는 심장을 애써 달래면서 대답했다.

"네, 알겠습니다!"

다음 날, 슈메이 사모님은 날이 밝자마자 집을 나서면서 큰딸에게 해가 서산에 지면 아빠가 돌아오실 테니 문 앞에서 기다리고 있으라고 당부했다. 어린 남동생 둘도 함께 나와 있으라고 했다. 가장 중요한 건 옆에 서서 그냥 지켜보는 것이라고, 아기를 안고 어르고 있던 메이후이가 말했다. 저녁이 되자 슈메이 사모님은 루 선생님을 집으로 모시려고 했다. 의사 선생님은 네 사람에 의해 들려 집 문 안에 들어섰다. 그 뒤를 사모님을 도우는 한 무리의 민중이 따르고 있었다. 이 행렬에는 법사도 있고 경문을 외는 염경단(唸經團)도 있었다. 전부 자이시 민중들로, 루 선생님이 군에 의해 총살당했다는 소식을 듣고 돕기 위해 모인 사람들이었다.

슈메이 사모님은 여러 사람들을 자리에 앉아 휴식을 취하게 하고는 대청의 신명과 조상들의 위패를 신명탁(神明桌) 아래로 내려놓았다. 붉은 촛불 신명등도 내려놓자 대청은 루 선생님의 영당이 되었다. 때가 되어 슈메이 사모님은 앉아서 면전에 있는 루 선생님을 자세히 살펴보았다. 그녀의 눈이 붉어지더니 눈물이 한 방울 또 한 방울 떨어져 내렸다. 슈메이 사모님은 그날 저녁 자신이 보았던 모습과 똑같다고 말했다. 가슴이 온통 피였다.

장례는 아주 빨리 끝이 났다. 루 선생님은 옷 주머니에 편지를 한 통 남겼다. 자신의 장례를 요란하게 하지 말고 간단하게 처리하라는 것이었다. 슈메이 사모님도 법회를 눈에 띄게 화려하게 거행할 수가 없었다. 집 안팎을 감시하는 사람들이 있었기 때문이다.

루 선생님의 장례가 끝나고 얼마 지나지 않아 슈메이 사모님은 내게 더 이상 아이들을 돌보러 올 필요가 없다고 말했다. 들리는 바에 의하면 사모님은 친정집에서 너무 많이 돕는 걸 원치 않는다고 했다. 나는 남아서 계속 돕고 싶었지만 내 생활 때문에 결국 다른 일을 찾아야 했다. 그 뒤로 2, 3년이 지나 나는 슈메이 사모님이 재가를 했다는 소식을 들었다. 루 선생님의 누나와의 관계가 안 좋아진 게 그 원인이었다.

슈메이 사모님을 다시 만난 건 그녀가 미국에서 돌아왔

을 때로, 이미 아주 오랜 세월이 지난 뒤였다. 타이완의 계엄령도 이미 해제되고 내 나이도 적지 않을 때였다. 기억이란 정말 미묘한 것이다. 나는 루 선생님의 병원이 이미 루씨 가문에 의해 정리된 걸 분명히 기억했다. 따라서 슈메이 사모님도 병원 안에 들어갈 방법이 없었다. 하지만 나는 루 선생님의 병원에서 슈메이 사모님을 만났던 것도 분명히 기억하고 있다.

"……아친, 여기 세 가지 가축과 네 가지 과일을 마련해 놓았어요. 부디 기쁘게 받아 주세요. 편히 가세요."

사모님은 대청 문 앞에서 절을 올리고 있었다. 이미 노부인이 된 모습이었다. 머리칼은 푸르메리아 꽃처럼 희었지만 여전히 아름다우셨다. 내가 대청 안으로 들어가자 사모님은 단번에 날 알아보고는 내가 이미 어른이 다 됐다고 말했다. 사모님이 나를 만나러 찾아올 기회도 없었는데, 어찌된 일인지 내 눈에서 눈물이 흘러내렸다. 내가 분명히 쉰이 넘어 곧 예순이 되어가는 나이인데도 슈메이 사모님의 눈에는 여전히 어린 소녀로 보이는 모양이었다.

슈메이 사모님은 루 선생님이 떠나시고 1년쯤 지나 큰딸도 아빠를 따라 세상을 떠났다고 말했다. 큰딸과 아빠는 사이가 가장 좋았다고 했다. 루친 선생님이 큰딸을 너무나 애지중지했으니 두 사람은 다른 세상에서 아주 즐겁게 살고 있으리라는 게 사모님의 생각이었다. 사모님은 또 이렇게 말했다.

"몇 달 전에 아친이 돌아온 걸 보았어. 큰딸의 손을 잡고 있더구나. 나도 두 사람 손을 잡고 함께 이 세상을 떠나고 싶었어. 하지만 어찌된 일인지 반드시 돌아와야 한다는 생각이 들었어. 돌아와서 이 병원을 둘러봐야 할 것 같았지. 또 어찌된 일인지 네가 찾아온 거야."

"보여? 아친이 병원 문 앞에 있잖아. 몸이 아주 깨끗해. 아주 용감하고 건강한 모습이야. 얼굴도 젊었던 모습 그대로이고. 아, 너무 잘생겼어."

또 한 번 눈을 깜박이자 슈메이 사모님은 이미 루 선생님 옆으로 가 계셨다. 어느새 소녀 시절의 모습으로. 피부도 매끄럽고 머리칼도 완전히 검었고, 푸르메리아 꽃 한 송이를 꽂고 있었다. 사모님은 루 선생님의 손을 잡고 병원 문을 나서고 있었다.

나는 이 일단의 기억이 사실인지 환상인지 잘라 말할 수가 없었다. 우리 아들은 내 백일몽의 기억에 문제가 있다고 말했다. 우리가 마지막으로 슈메이 사모님을 만난 건 지룽(基隆)에서였다는 것이다. 아들은 지룽에서 선생님 사모님 일행이 차를 마시면서 담소를 나누고 있었다고 했다.

작가의 말

『밤의 신이 내려온다』는 대학 시절부터 구상하고 쓰기 시작해서 여러 차례의 분산과 전환을 거쳐 완성되었다. 대략 5년 정도의 시간이 걸린 것 같다. 이 책이 지금의 이런 모습으로 완성되리라고는 생각지 못했다. 막 시작했을 때의 생각은 일종의 실험이었다. 한 가지 개념을 실험하는 동시에 문학과 음악으로 창작을 마무리하려는 의도였다.

여기에 가장 큰 영향을 미친 건 2016년 밥 딜런의 노벨 문학상 수상이었다. 1년 후에는 직접 내 귀로 셩샹(生祥)이 부르는 〈풍신(風神)125〉를 듣게 되었다. 이 두 가지 사건이 내게는 커다란 충격이었고, 내 창작관 전체를 활짝 열어 주었다. 이런 영향을 바탕으로 해서 『밤의 신이 내려온다』가 탄생하게 되었다. 사실 나는 이처럼 음악과 문학을 결합한 형식이 효과가 좋을지 어떨지 예상하지 못했다. 심지어 어떻게 해야 이 두 가지 형식이 효과를 드러낼 수 있을지도 생각하지 못했다. 그저 열심히 음악을 들으면서 소설을 읽어야 하나, 아니면 소설을 소리가 있는 책으로 만들어야 하나 하는 생각을 했을 뿐이다. 사실은 지금까지도 어떻게 하는 게 좋은지 단정하기가 어렵다.

하지만 어쨌든 나는 첫 작품을 내놓았다. 나는 지금까지 소설 『밤의 신이 내려온다』의 진정한 완성이 창작의 완성이라고 생각했다. 음악과 소설이 결합되어야만 하나의 작품이 되는 것이다.

5년 전에 이 작품을 쓰기 시작했을 때 나는 타이완어(臺語)*를 전혀 할 줄 몰랐다. 또한 건반악기와 현악기, 날라리 등을 연주할 줄도 몰랐고, 심지어 현대적인 녹음 기술로 음악을 완성할 줄도 몰랐다. 지금 돌이켜 보면, 그것을 진정으로 깨닫는 시간이 오묘했고 신비한 기억으로 남았던 것 같다.

사실 탈고에 가까울수록 마음속으로 두려움을 떨칠 수 없었다. 내가 쓰고자 하는 것은 마술적 리얼리즘 영역의 작품이었다. 유년의 기억에서 출발해서 글을 시작하면서, 가족과 친척들에게 해를 끼치지 않을까 몹시 걱정하기도 했다. 심지어 나 자신의 '잠행과 도망'에 관해 쓴 부분도 가족들에게 피해를 주지 않으리라 확신할 수 없었다. 하지만 글을 쓰는 동안 이른바 사실은 반드시 환상의 뒤에 있

* 중국 푸젠성 남부 방언인 민남어(閩南語)를 기초로 하여 타이완 원주민들의 언어와 네덜란드어 등 식민 국가들의 언어 일부가 혼합되어 형성된 타이완 특유의 언어로, 민남어와는 의미와 억양에 있어서 상당한 차이를 보인다. 장제스와 장징궈 부자의 집권 시기에는 사용이 금지되었다(옮긴이).

어야 하고, 진실한 역사는 너무 빨리 드러내선 안 된다고 믿었다. 지우거(九歌) 출판사의 기획 편집자인 홍페이저(洪沛澤)는 나의 마술적 리얼리즘 계열의 글쓰기에는 반드시 환상이 가미되어야 한다고 말했다. 나는 모든 창작자들이 그러하리라고 믿었다.

나는 선의에서 출발하는 작품이 악의를 갖고 출발하는 작품보다는 사람들을 더욱 감동시킬 수 있을 거라고 믿었다. 항상 내 작품을 움직인 것은, 진술에 얼마나 힘이 있는가 혹은 얼마나 진실을 담고 있는 작품인가 하는 게 아니라, 아무리 잔혹한 상황에서도 따스하고 이치에 맞는 작가로서 내 상태를 유지하는 것이었다. 그렇게 할 수 없을 거라는 생각이 들기도 했지만 그런 창작자가 되기를 고대했다.

내가 '늙은 메이후이의 백일몽'을 본문 안에 넣지 않은 건 린슈메이와 루빙친의 삶의 피날레가 이 백일몽 안에서는 지나칠 정도로 아름답지만 실제로는 그렇지 않았기 때문이다. 현실 속에서의 린슈메이는 재혼했다. 들리는 바에 의하면 루빙친의 누나가 린슈메이의 재혼을 용서하지 않았고, 나중에 린슈메이 가족은 미국으로 이주하면서 지룽에도 거처를 남겼다고 한다. 린슈메이는 2009년에 세상을 떠날 때까지 매년 루빙친의 묘소를 찾았다고 한다. 내게는 재난을 당한 가족을 마음대로 대변할 권한이 없지만, 개인적으로는 내심 그 가족을 위해 원만한 세상을 상상하고 싶었다. 그들의 파란만장한 삶이, 세상을 떠나 피안으로 건너간 뒤에는 천국이나 정토, 혹은 선경에서 다시 이어지기를 기대했다. 그들의 극락과 평안은 어떤 것일까. 내 상상으로는, 6, 70년 후에 다시 만나서 다시 한번 아기자기한 삶의 내용을 이야기하는 게 아닐까 싶다.

마지막으로 둥화대학교 중문학과와 예술 센터에 감사의 뜻을 전하고 싶다. 그곳은 이 작품의 탄생에 가장 직접적인 영향을 미친 장소다. 우밍이(吳明益) 선생께도 감사한다. 우밍이 선생님의 창작 강의는 직접 들은 적 없지만, 선생이 개설한 '중국어 대중 음악' 수업이 내게 깊은 영향을 미쳤다. 나는 지금도 우밍이 선생님이 강의실에서 우리와 함께 밥 딜런의 노래 가사를 읽었던 일을 생생하게 기억한다. 그때 우리는 〈세찬 비가 내릴 거예요(A Hard Rain's a Gonna Fall)〉를 함께 낭송했다. 이런 깊은 탐구와 지도를 받지 않았다면 나는 밥 딜런이 노벨 문학상을 받은 게 뭐 그리 대단한 일이냐고 여겼을 테고, 음악과 문학을 동시에 창작하는 길은 더더욱 떠올리지 못했을 것이다.

둥화 예술 센터의 웨이(魏) 주임과 웨이룬(葦綸), 수카이(書愷) 등에게도 감사한다. 내 모든 음악의 하드웨어 기술과 창작의 자양과 훈도가 모두 이곳에서 실무적인 계몽과 학습의 기회를 얻었기 때문이다.

좡카런 밴드 멤버들에게도 감사한다. 거의 모든 멤버들

이 소설을 읽지 않으리라는 걸 알지만 그래도 상관없다. 우리는 정확하게 핵심 개념을 표현해 냈다. 나는 내가 데모 테이프를 만들고 녹음을 하는 과정에서 모두를 강제해서 미치게 만들었다는 걸 잘 알고 있다. 음악은 원래 즐거운 것이어야 하지만 디바오(迪堡)에게 음악이 고통스럽다는 느낌을 갖게 한 것도 미안하게 생각한다. 그리고 다 포용해 준 데 대해 감사한다. 제작 과정에서는 특별히 자무랑(嘉木郎)에게 감사한다. 자무랑은 실무 제작을 상의해 주고, 많은 제안과 도움을 주었다. 샤오거(小各) 선생의 말씀은 알아듣지 못했지만 샤오주(小朱)의 말은 알아들을 수 있었다. 결국 작품이 개념과 완벽하게 결합될 수 있었다. 그리고 북관 음악 부분에서 큰 가르침과 도움을 준 백합화의 이슈오(奕碩)와 딴수이(淡水), 난베이셴(南北軒), 아홍스(阿弘師)에게도 감사한다. 이들은 북관 음악에 관련하여 많은 보충 학습이 필요했던 나를 귀찮아하지 않고 충분한 자료를 제공해 주었다. 샤오디팡(小地方) 공연 공간의 책임자인 팡바이(方柏)에게도 감사한다. 그에게는 두둑한 금일봉을 드리고 싶다. 제작 전단계에서 그의 제안과 자문 덕분에 마음을 놓을 수 있었다.

최초의 칭작 단원인 전펑(振峰)에게도 감사한다. 그는 이 악곡들이 내 작품이라고 생각하지만, 나는 그렇게 생각한 적이 없었다. 나는 이 시대에 탄주의 기교가 모든 것에 우선한다고 믿지 않는다. 기타를 연주하는 영웅의 시대는 이미 지났다. 나는 창작의 개념과 핵심 의도가 가장 중요하다고 믿는다. 이 두 가지 요소에서 그는 가장 뛰어난 재능을 갖고 있다. 그가 앞으로 무슨 일을 하든 나는 항상 그의 입장을 지지할 것이다.

니(婗)에게도 감사한다. 그녀는 음악은 물론 문학의 영역에서도 많은 제안을 해 주었고, 연출에 필요한 촬영과 라이브 영상 제작을 도맡아 주었다. 내 고집을 다 받아 준 데 대해서도 미안하고 고맙게 생각한다.

마지막으로 우리 아빠와 엄마에게 감사드린다. 두 분은 내가 하고 싶은 걸 할 수 있도록 방임해 주셨다.

2022년 7월 11일 오후. 타이베이 동후(東湖)
좡웨이 문화음성공작실에서 장자샹

추천의 글1

유기된 생명의 진실을 전승하다

관중샹*

장자샹을 알게 된 건, 그가 중정대학교의 대학로 재건 프로젝트 글쓰기 작품 공모에 참여하여 「유토피아로 다시 돌아가다 : 남국·훠샤오좡」이라는 제목의 글을 투고하면서부터다. 이 글의 일부 단락은 내게 아주 깊은 인상을 남겼다.

녹색 터널을 지나면 그 밖으로 수많은 도로들이 서로 이어지면서 끝없이 펼쳐졌다. 앞을 향해 달릴수록 나는 훠샤오좡에서 멀어졌다. 그렇게 갈수록 멀어져 마침내 나는 보이지 않게 되었다.

* 管中祥. 중정대학교 신문방송학과 교수로 재직하고 있다.

그의 글에는 고향을 떠나 유랑하는 사람의 전형적인 심경이 담겨 있었다. 멀리 떠나가 있지만 어릴 때 가졌던 흩어진 기억들을 꽉 움켜쥐고 놓지 않으려는 마음이다. 이 글에 담긴 훠샤오좡이라는 마을은 민슝의 펑셔우촌이고, 녹색 터널은 마을 안에 길게 늘어서 있는 망고 나무들을 가리킨다. 이곳의 망고 나무는 일본 천황 등극을 경축하기 위해 심은 것이다. 시골 사람들이 이 노동에 강제 동원되긴 했지만 뜻밖에도 아름다운 풍경을 남기게 되었다. 중정 대학교는 두 차례 강제 철거와 이전의 위기에 처했고, 남아 있는 나무들은 손가락으로 헤아릴 수 있을 정도로 줄어들었다. 식민 시대의 기억은 개발을 명목으로 하나둘 사라져 버렸지만, 한 시절의 아름다움은 향민들과 작가 장자샹의 기억에 그대로 남아 있었다.

얼마 후 장자샹은 내게 자기 밴드의 음악이 수록된 전집 앨범 「야관순장」을 보내 왔다. 이 음악을 듣고 나는 페이스북에 이렇게 썼다.

> 진지하게 말하자면 이 전집은 내가 최근 2년 동안 들은 것 중 가장 감동적인 타이완식 로큰롤 전집이다. 가사 내용도 깊이 있어서 땅과 문학에 대한 연결점을 갖추고 있다.
>
> 사실은 같은 제목의 이 소설도 이러한 풍격을 담고 있다.

『밤의 신이 내려온다』에서는 처음부터 훠샤오좡 마을과 물귀신인 수류마(水流媽)에 관해 언급한다. 전해지는 바에 의하면 '수류마'라고 불리게 된 사연은 이렇다. 마을 사람들이 논밭의 물을 살피러 나갔다가 이름 없는 여자의 시신을 발견하게 된다. 사람들은 누구인지 알 수 없는 시신의 유골을 정성스레 항아리에 담아 개천가에 작은 사당을 지어 봉공했다.

이 이야기는 무척 감동적이다. 하지만 그렇게 특별할 것까지는 없다. 이런 이야기가 있는 곳은 무수히 많기 때문이다. 특별한 것은 장자샹이 수류마 이야기를 2·28 사건까지 연결해서 독창적인 구도로 소설에 쓰고 있다는 것이다.

사실 수류마와 2·28 사건은 아무런 관계도 없다. 기이하게도, 장자샹의 작품에 등장하는 수류마는 마을에 사는 여러 나한이나 신명들 중에서 뜻밖에도 승천하여 '신'이 된 희생자 루빙친에 감응하고 있다.

루빙친은 자이 지역 사람으로, 젊었을 때 좌파 단체에 참여했다가 처형되었다. 2·28 사건이 발생했을 때 그는 의사이자 참의원으로서 '평화 사절'로 추천되어 국민당 정부와 협상을 하러 갔지만, 뜻밖에도 가서는 영영 돌아오지 못했다. 3월 25일, 그와 천청보(陳澄波), 판무지(潘木枝), 커린(柯麟) 등이 자이시 기차역 앞에서 총살을 당하고 말았던 것이다.

희생되기 하루 전, 루빙친은 담뱃갑 안의 은박지를 이용해서 아내 린슈메이에게 작별의 편지를 보냈다. 자기 사후의 일들을 당부하면서 그는 이렇게 썼다.

> 나는 하늘로 올라가 '신'이 될 것이오. 마지막으로 나 빙친은 당신에게 금생에 인연이 닿아 당신을 아내로 맞은 것은 나의 가장 큰 만족이었음을 분명히 밝히려 하오. 모든 가족, 친척들과 사별하면서 소중한 작별 인사를 전하오!

루빙친은 과연 '신'이 되었을까? 나로서는 확신할 수 없다. 하지만 장자샹은 그가 린슈메이를 찾았는지 묻고 있다. 대단히 인상 깊은 대목이 아닐 수 없다. 그가 왜 이런 질문을 던졌는지 물어보진 않았다. 어쩌면 루빙친이 저세상에서 평안하게 잘 지내고 있는지 알고 싶었던 것인지도 모른다. 아니면 자신의 창작에 완전함을 더하기 위한 장치일 수도 있다. 하지만 나는 장자샹의 마음속에 한 가지 내려놓지 못하는 근심이 있었으리라 믿는다. 2·28 사건의 '여러 신명들'이 타이완 사람들에게 중요한 기억으로 남아 있고, 심지어 적지 않은 사람들의 일생에 큰 영향을 미쳤듯이, 루빙친이 실제로 당했던 일도 장자샹의 마음속에 중요한 각인으로 남아 있었을 것이다.

루빙친과 함께 자이에 갔던 천청보의 가까운 친구였던

민숭 출신 화가 류신루(劉新祿)는 그때부터 의기소침하여 붓을 꺾고 더 이상 그림을 그리지 않았다.

류신루는 1906년에 태어났다. 그의 아버지 류팅후이(劉廷輝)는 따마오구 구청장으로, 어려서부터 집이 부유하여 다양한 유형의 훌륭한 인사들과 교류했다. 타이난 사범전문학교를 졸업한 그는 따마오 공학에서 교편을 잡으면서 역시나 예술을 사랑하는 천청보와 교우하게 되었다.

당시 타이완 예술가들은 대부분 일본에 가서 공부했으나 류신루는 1929년에 상하이 예술 전문학교를 선택해서 서양 유화를 공부했다. 상하이는 그에게 자유로운 분위기와 함께 서양 문화를 접촉할 소중한 기회를 주었다. 또한 일본이라는 이민족의 통치를 혐오하고 거부했던 그는 조국인 중국에 큰 기대를 걸고 있었다.

상하이의 자유로운 분위기와 다원화된 문화는 그의 화풍과 붓 터치를 풍부하게 했고, 동시에 사유와 행동을 자극했다. 상하이에 머무는 동안 그는 루쉰과 바진(巴金), 천뚜슈(陳獨秀), 저우쭈어런(周作人) 같은 지도자들이 쓴 사회주의 사조의 저작물들과 문학 작품을 대거 섭렵하고 노동운동과 민권 운동에 관한 토론에도 참가했다. 류신루는 자산 계급 출신이긴 했으나 노동자 농민 계급의 지식 청년들에게 큰 관심을 보였다.

1945년에 일본이 투항하자 타이완으로 돌아와 담배와

술의 전매 업무를 담당하는 연주공매국에서 타이베이 총국 고위 관리로 재직하던 그는 1947년 2·28 사건이 발생하자 자이로 돌아와 연초 절도와 부패 사건을 조사하게 되었다. 3월 25일 아침, 류신루는 자이 기차역에서 20년 넘게 교우했던 친구 천청보가 총살 당하는 모습을 직접 보았다. 그날은 마침 중화민국 미술의 날이었다.

그날 류신루는 극도의 두려움에 휩싸였고, 자이역에서 집으로 돌아가는 기차를 탈 수도 없어서 세 시간을 걸어 솽푸산(雙福山) 국군 부대를 우회해서야 간신히 민슝에 있는 자기 집으로 돌아갈 수 있었다. 꼬박 일주일 동안 아무것도 먹지 못하고 잠도 자지 못한 그는 이때부터 심한 우울에 빠져 아무런 즐거움도 찾지 못했다. 천청보의 죽음은 류신루에게 더 없이 큰 충격을 안겨주었고, 깊은 상심에 세상을 저버릴 생각마저 갖게 되었다. 그는 병을 핑계로 일을 그만두고 그 뒤로 세상과의 교류를 거의 끊었다. 수십 년이 지나도 기차역 앞을 지나기만 하면 당시의 참상이 생각났다.

류신루의 딸 류잉구이(劉迎歸)는 이런 아버지를 이렇게 묘사한 바 있다.

> 이때 아버지는 직장을 그만두고 다시 화필을 잡으려 하셨으나 붓을 들 때마다 그 공포스러운 장면이 눈앞에 떠

올랐다. 타이완 사람으로 태어나 타이완을 위해 일생을 공헌한 선구자가, 자신이 뜨겁게 사랑하는 조국의 손에 생명을 잃었다. 아버지는 이를 생각할 때마다 무력감에 사로잡혔고 너무나 고통스러웠다. 극도로 갈등했다. 죽을 때까지 계속 그림을 그린들 무슨 소용이 있겠는가 하는 생각을 했다. 이때부터 낭만과 열정이 전부 차갑게 얼어 버렸다.

1966년에 류신루는 공직에서 사퇴하고 나서야 다시 붓을 잡으면서 '녹음화실(綠蔭畫室)'을 열어 학생들을 가르치기 시작했다.

이런 비극은 류신루 한 사람으로 그친 게 아니었다. 류신루의 집에서 500미터 떨어진 곳에서 희원(戲院) 극단을 경영하던 장마오쭝(張茂鐘)도 2·28 사건으로 인해 인생이 바뀌었다.

장마오쭝은 민숭 희원의 2대 경영자였다. '민숭쭈어(民雄座)'라고도 불리는 민숭 극단은 1935년에 설립되었다. 1959년에 설립된 제일 희원과 구별하기 위해 민숭 사람들은 모두 '구(舊) 희원'이라고 부른다.

2·28 사건이 일어난 날은 장마오쭝에게 대단히 중요하고 기쁜 날이기도 했다. 그는 일찍이 인터뷰에서 3월 13일에 신혼의 아내를 데리고 기차로 처갓집으로 가던 길에 2·28 사건 희생자들이 총살당하는 광경을 직접 목격하게 되었다고

밝힌 바 있다. 기차에서는 검은 제복을 입은 군인들이 객차에 올라 여행객들의 짐을 멋대로 수색하면서 태도가 마음에 들지 않는 사람이 있으면 거리낌 없이 폭행을 가했다. 이 잔인한 광경은 그의 눈에 너무도 선명하게 각인되었다. 장마오쫑은 자신의 삶에 만족하는 평범한 민중에 지나지 않았으나, 이 사건은 그의 마음속에 반항의 씨앗을 심어 주었다.

2·28 사건 이후 국민당 정부는 국민들의 저항이 다시 시작될 것을 염려하여 이른바 '오방연보(五房連保)' 조치를 시행했다. 한 집에 일이 생기면 인근 다섯 집이 연대 책임을 지고 재난을 당하게 되는 정책이었다. 백색 테러는 연이어 계속됐다. 언론을 제한하고 다른 의견을 지닌 집단을 탄압하면서, 타이완 전체가 바람소리나 학 울음소리만 들어도 놀라서 떨었다. 레이쩐*이 체포되자 장마오쫑은 이론을 제시하는 간행물에 대해 호기심을 갖고 유통이 금지된 《자유 중국》을 구해 읽기 시작했다.

이때 제3세계 국가들이 줄줄이 식민 상태에서 벗어나 독립을 선언하자 장마오쫑의 마음속에 '타이완을 독립시

* 雷震. 1960년 9월 4일, 타이완 정부 당국은 '비적과 간첩을 보위하고 반란을 선동했다'는 죄명으로 레이쩐과 《자유 중국》 주간인 푸정(傅正)과 사장 마즈쑤(马之骕), 경리 담당자 류즈잉(刘子英) 등을 체포했다. 레이쩐은 징역 10년형을 선고받고 복역하다가 1970년 9월에 만기 출소했다(옮긴이).

켜 타이완 사회로 귀환시켜야 한다'는 구상이 싹트게 되었다. 하지만 '혁명'이나 '독립'은 당시 후웨이의 황금희원(黃金戲院) 극단에서 관리자로 일하던 그에게는 실행 불가능한 일이었다. 하지만 그는 이로 인해 쉬스셴(許世賢)과 쑤동치(蘇東啓) 등, 의무조선*을 통해 사회에 관심을 갖는 수많은 열혈 청년들과 교류하면서 힘을 키우기 시작했다.

1961년 3월 10일, 국군 제1074부대 제2대대는 후웨이의 방어기지를 펑산(鳳山)으로 이전할 예정이었다. 그는 린동겅(林東鏗) 등과 함께 바로 하루 전에 공격을 단행하기로 결정하고 윈린의 동지들에게 '물건을 반드시 납기일에 맞춰 납품해야 한다'라는 암호를 통해 행동할 준비를 하라고 통지했다. 군 장비를 탈취하여 미래의 혁명 장비로 사용하려는 계획이었다. 그날 밤 십여 명의 동지들이 수즈쟈오(樹仔腳) 군영 내무반에 도착했지만 사람 수가 부족하다는 걸 알게 된 데다, 대대가 보유하고 있는 무기가 전부 대포뿐이라 운반할 방법이 없어서 결국 행동을 취소하기로 결정했다. 그럼에도 쑤동치 등은 계속 동지들을 흡수하여 다음 거사를 도모하려 했다.

하지만 9월 18일에 쑤동치가 체포되었다. 다음 날 오후

* 義務助選. 국가에서 행하는 선거 기간 동안 지원자들이 무상 자원봉사로 특정 후보자에게 갖가지 도움과 지원을 제공하는 행위를 말한다(옮긴이).

약 너덧 시쯤 민숑 파출소 경찰관들은 민숑으로 돌아와 극단 업무를 보고 있던 장마오쭝을 파출소로 불러서 군대 위문 영화 상영 문제를 상의하자고 했다. 하지만 경찰은 찾아온 그를 타이베이 보안처로 보내 심문하기 시작했다. 1962년, 쑤동치와 장마오쭝 등은 사형 선고를 받았으나 얼마 후 무기 징역으로 감형되었다. 그러다가 1976년에 장제스가 사망하면서 감형되어 출옥했다.

이 모든 일들은 허구가 아니라 실제로 일어난 역사적 사건들이다. 하지만 때로는 실제 일어난 역사 사건들을 기이하고 환상적인 허구를 통해서밖에 말할 수 없다. 이는 부조리한 일이다. 총살당했을 때 루빙친의 나이는 겨우 서른다섯 살이었다. 그의 아내 린슈메이는 묘비명에 '역사 위에서 죽다(死在歷史上)'라고 썼다. 희생자는 선혈과 생명으로 역사를 썼고, 장자샹은 음악과 문학으로 유기된 생명을 되살려 이어지게 했다. 고향에 있든 먼 타향에 있든, 그는 허구를 쓰고 있는 것 같아도 사실은 진실로 노래를 전하고 있는 것이다.

추천의 글2

이야기 속에 살아 있는 신과 괴물들

정순총*

딸과 아내는 모두 도시에서 성장했다. 매번 두 여자를 데리고 자이 민슝에 있는 옛집을 찾아갈 때면 나는 항상 일부러 논밭이 펼쳐진 들판을 우회해서 차를 몬다. 그녀들은 '바다처럼 드넓게 펼쳐진 논밭' 위로 바람이 불어오는 한가롭고 즐거운 정취를 견디지 못한다. 극도의 무료함을 참지 못해 툴툴거릴 뿐이다.

어디를 가든 전부 똑같은 풍경이네요.

* 鄭順聰. 자이 민슝 출신 작가로, 동룽(東榮) 초등학교와 민슝 중학교, 자이 고등학교, 중산대학교 중문학과, 타이완 국립사범대학 국문연구소를 졸업했다. 『시간표』, 『가내공장』, 『해변에는 열정이 충분하다』, 『유랑지』, 『지룽(基隆)의 냄새』, 『흑백영화에서는 크게 웃어야』, 『타이완어의 좋은 세월』, 『밤은 길이 끝나는 곳에서 머리칼을 묶는다』 등의 작품을 발표했다.

이런 말을 들으면 나는 자세히 보면 지나치는 풍경들이 전부 다 다르다고 곧장 반박한다. 방사형으로 이어진 밭이랑을 바라보면 풍부한 생기가 감춰져 있는 걸 느낄 수 있다. 화초와 유실수, 그리고 끝없이 펼쳐진 논에 개구리와 잠자리, 모기, 각종 벌레, 뱀 등이 더해지면, 커다란 나무는 항상 대지와 비바람의 혈 자리 위에 안정적인 자세로 앉아 있다. 날씨가 청명한 날에는 먼 산을 볼 수 있고, 자유롭게 날아다니는 새들과 열심히 일하는 농부들의 모습이 보인다.

가는 곳마다 다 다른 풍경이라고.

아내와 딸은 전혀 내 말을 듣고 싶지 않은 눈치다. 귀가 자동으로 닫히고 시끄럽고 요란하게 노는 쪽으로 화제를 옮긴다.

고향에 돌아갈 때마다 항상 똑같은 화제가 반복된다. 애플 아이튠스의 반복 기능 버튼을 누른 것 같다. 하지만 좡카런 밴드가 「야관순장」 앨범을 낸 뒤로는 사정이 달라졌다.

같은 구두선에 같은 풍경이다.

징소리와 북소리가 서장을 열면, 고취악(날라리)이 가장 높은 음역대로 치솟는다. 이어서 다양한 악기의 연주가 쏟아진다. 생사가 요동치는 가운데 묘당과 마을, 들판을 에워싸고 진실이 교차하는 소리의 장이 구축된다.

솔직하게 말하지 않았지만 딸들이 극도로 무료해 하는 풍경이 내 눈에는 모든 구석과 그늘 속에 아주 오래된 이야기들이 숙성되고 있는 것으로 보인다. 슬픔을 말하지 못하는 사람들, 쫓겨난 사물과 귀신과 사람들이 떠돌고 있는 것이다.

내가 읽은 『밤의 신이 내려온다』는 비허구소설이자 실제 사건들의 기록이다. 이야기 속에 묘사되는 사물과 귀신과 사람은 조금도 이상하지 않고 어떠한 공포감도 주지 않는다. 전부 들판에서 자란 내가 어려서부터 보고 듣던 것들이기 때문이다. 예컨대 분선(扮仙)은 날마다 이웃집에서도 이루어졌고 위험한 들판이나 묘당, 개천, 그리고 영혼을 볼 수 있는 아이들의 눈 속에서도 공연되었다.

옛 이름이 '따마오'인 민슝은 우리 고향 들판의 일상이었다. 항상 질병과 시간 속에 머물러 살고 있는 할머니들이 있었고, 현실의 압박에 눌린 친척들이 있었으며, 말이 없고 엄숙한 아버지들이 있었다. 그리고 '저우메이후이'라고 불리는 큰누나가 있었다. 홍밍다오(洪明道)의 『예물(等路)』에 나오는 홍소저를 연상시키는 누나다. 이 여인들의 생리 혹은 생활의 배경에는 채울 수 없는 결핍이 존재한다. 타이완 중남부 사회의 전통 구조에 얽매어 미천하게 남아 마지막 몸부림과 기대를 온몸에 받고 있는 것이다. 또한 서술자의 호기심과 모호함, 거울 속 형상 등은 역사와 생명의 역정에 대한 회고라고 할 수 있다.

장자샹이 그려내는 인물들은 훙밍다오보다 훨씬 더 자질구레하고 주변적이다. 간단히 말해서 '하층 사회'라고 할 수 있다. 타이완 도시 변두리나 농촌의 외진 구석에 존재하는 이들은 외지에 나가 성공할 능력이 없다. 공간적, 사회적 탈출이 불가능하다. 거친 들판과 낭떠러지 아래 버려져 층층이 쌓인 악취의 근원과 선인들이 남긴 낡은 집들이 갖는 현대 이전의 기능들이 '생물질층(生物質層)'처럼 존재하고 있는 것이다.

인간과 함께 사는 떠돌이 귀신들과 버려진 혼귀들도 이런 공간을 벗어나지 못하고 시골의 들판을 배회한다. 이들은 신(神)은 신인데 신령은 아니고, 귀(鬼)는 귀인데 흉악하지 않다. 결핍의 신세와 슬픔과 원망의 심정으로, 그들보다 더 무서운 거대 구조에 통제되고 있는 것이다.

귀와 신과 인간의 운명은 다르지 않다. 일찍이 타이완 대도시와 작은 향촌에 존재했던 귀신들은 우리 민속에만 있었던 게 아니라 타이완 전역에 두루 분포하고 있었다. 하지만 따마오 사람들의 경우는 비교적 특별했다. 우리는 문학과 예술로써 이들을 새기고 기록하고 있으며, 끊임없이 텍스트화하고 있다. 예컨대 중정대학교의 '대학로 재건 프로젝트'에서는 이에 대한 상세한 기록과 함께 활성화를 시도하고 있다. 롼극단(阮劇團, Our Theatre)에서 선보이는 일련의 극본과 공연은 극의 장소와 배경을 민숭에 근원을 두고 있다. 타이완어로 각본을 쓰는 루즈쥐(盧志杰)의 작품 분위기도 바뀌고 있고, 나 역시도 「가내공장」, 「유랑지」, 「대사야의 두터운 화기」 같은 시를 통해 지속적으로 새로운 문학의 구축을 지속하고 있다. 영화감독 루잉량(盧盈良)의 다큐멘터리 영화 「신인(神人)의 집」은 고향에 대한 응시를 보여주고 있다.

나는 투쿠즈* 출신으로 서정적인 시가 내 본령이지만, 옆 마을의 장자샹은 담담하고 애수 어린 필체와 다큐멘터리 같은 수법으로 안개 자욱한 망고 나무 터널을 통과하여 독자와 청중들을 훠샤오좡이라는 마술적이고 환상적인 공간으로 안내한다. 이는 일종의 신비한 소환이다. 장자샹이라는 집 나간 떠돌이를 고향으로 불러들여 기억 속에 번뜩이는 기이한 존재들과 요괴들을 소환함으로써 현대과학과 분류의 스펙트럼이 귀납하지 못하는 진실을 응시하는 작업이다.

* 土庫仔. 타이완 윈린현에 속한 작은 진(鎮)으로 윈린현 중심지대에 자리하고 있다(옮긴이).

정물의 그림자를 세밀하게 묘사하는 듯한 오늘날의 도시 서사와는 달리, 장자상의 서사는 북관 음악의 격앙되고 날카로운 소리와 함께 사람들의 귀에 자연스럽게 녹아든다.

문학사에 관해 훨씬 더 철저하게 사유하는 오늘날, 이런 유형의 문학을 '향토 문학' 혹은 '신향토 문학'으로 칭하는 것은 텍스트 분류 상의 차별이자 오명이 아닐 수 없다. 기이하다는 눈으로 바라보지 말라. 어떤 허위의 연민도 거부한다. 학술적 거리와 이론의 틀은 고약한 궤략일 수밖에 없다. 이것은 우리 생명의 진실이다.

> 나는 모든 사람이 성장하기 전에 천성적으로 약간씩은 주문과 법술, 무술을 알고 있으며, 영험한 순간을 경험한다고 생각했다. 그게 얼마나 황당한 생각인지도 몰랐다.

똑같이 동룽(東榮) 초등학교 학우인 자샹과 즈쥐, 나는 모두 이 모든 것들을 직접 목격하고 경험했다. 우리는 이야기 속에 살아 있는 사냥꾼들로서 이를 깊이 있게 기억하고 텍스트로 써내려 간다. 나의 본령은 시인이고, 즈쥐는 극작가이자 공연예술가이며, 자샹은 허리를 굽힌 개처럼 있는 힘을 다해 외치고 있다. 그는 징소리와 북소리의 깨달음 속에서 고취악을 울리며 기세등등한 대오를 이끌고 곧 화려하고 번화한 들판에 나서려 한다.

야관의 뒤를 이어 무리를 이끌고 다리를 건너려 한다!

추천의 글3

고향의 이방인

우승*

아무래도 음악으로 이야기를 시작하는 게 좋을 것 같다.

장자상이라는 이름을 알게 된 건 좡카런 밴드로부터 시작되었다. 대중 음악 작업 상의 필요 때문에 나는 음악계에 출현하는 신인들에 대해 특별한 관심을 갖고 있었다. 특히 타이완어 가요계에 젊은 세대가 등장하면 반드시 알아 보려고 노력한다. 나 자신이 시대의 행보에 뒤처지지 않기 위해서다.

그의 이름을 기억하는 건 아주 쉬웠다. 내가 쓴 노래 〈공소몽(空笑夢)〉에 등장하는 나이 든 전우 우자상(吳嘉祥)과 성은 다르지만 이름이 같기 때문이다. 밴드 이름이 '좡카런'이라는 점도 무척 재미있었다. 예술계에서는 유명하

* 武雄. 작사가로서 여러 차례 금곡상(金曲賞) 후보명단에 오른 바 있고, 수상하기도 했다. 최근 수상작으로 〈아빠의 도다리〉가 있다.

든 안 유명하든, 거물이든 신인이든 간에, 무대 위에 설 수 있다는 것 자체가 하나의 역할이 있다는 의미이고, 모두가 알아 줘야 한다는 걸 의미한다. 하지만 현실에서는 재능뿐 아니라 각종 기획의 포장에 의지해야만 아주 조금씩 지명도를 축적하고 서서히 유명세를 누릴 수 있다. 그러다가 어느 날 대스타가 되기도 하는 것이다. 이 몇 명의 젊은이들은 현대적인 뜻으로는 자신들이 '꾸며낸(裝)' '스타들(咖)'이라고 주장한다. 약간 겸손하기도 하고 귀엽기도 하다. 이 단어 '좡카런'을 타이완어 성조로 읽으면 '샹싸런(鄉下人)' 즉 '시골 사람'이 된다. 소박하면서도 흙냄새 나는 농촌 마을의 형제들이 되는 것이다. 정말로 현대 젊은이다운 사유와 창의가 아닐 수 없다. 내게 깊은 인상을 주게 된 이유도 바로 이것이다.

서로 만나 얼굴을 익히는 건 또 다른 이야기다. 어느 날 타이완 국립사범 대학교 타이완어 어문학과 뤼메이친(呂美親) 교수가 집으로 인터뷰를 하러 찾아왔다. 그녀의 학생 세 사람도 함께 왔다. 그 가운데 하나가 박사 과정을 밟고 있는 오랜 친구이자 '이사장 밴드(董事長樂團)'의 메인 보컬인 지동(吉董)이었다. 그가 내게 장자샹을 소개하면서 그가 사인한 앨범을 하나 선물해 주었다. 디지털 음악 시대에 CD란 일종의 '명함 같은 증거물'이다.

장자샹의 음악을 듣는 것과 그의 소설을 읽는 것은 사

뭇 다른 느낌이었다. 그가 들려 주는 소설 이야기는 그가 태어나 살았던 자이 훠샤오좡을 배경으로 한다. 텍스트 안에서 그는 어렸을 때부터 성장할 때까지의 가족과 땅, 그리고 자기 자신에 대한 갖가지 사유와 탐색을 비교적 상세하게 적고 있다. 여기서 나는 이 젊은이가 내가 노래에서 들었던 사람이 아니라는 사실을 깨달았다. 직접 만나 그 풋풋함을 보니 그의 개성 안에 어느 정도 반역의 기질이 담겨 있고, 성장 과정이 우울했으며, 마음이 좀 어둡다는 걸 알 수 있었다. 이 모든 것들이 노래만 들었을 때는 전혀 느껴지지 않았다.

그의 이런 특징에 나는 상당한 흥미를 느꼈다. 좡카런의 음악은 타이완 전통 희곡 요소들을 잘 결합하고 있었다. 내가 어렸을 때 알았던 날라리의 8음과 남북관은 설이나 경축의 의미를 지닌 명절을 제외하고는 대부분 슬프고 엄숙한 분위기였다. 줄곧 서양 음악에 편중되어 새로운 방향을 모색해 온 대중 음악계의 일원으로서 내가 귀에 익은 전통 음색의 노래를 들을 때마다 특별한 친밀감을 느끼는 것도 이런 심경에서 온 것이다. 「야관순장」 노래 속에서 소년이 발산하고 있는 것은 성장 과정에서 체험했던 갖가지 불안의 신호인데도, 음악이 너무나 좋다 보니 이런 불안의 요소를 미처 감지하지 못했다.

나이로 말하자면 나는 장자샹의 윗세대에 속한다고 할

수 있다. 내 고향은 자이 바로 옆에 있는 윈린이다. 아주 어렸을 때, 집 근처에서 구전으로 들었던 일들과 사실인지 허구인지 모를 갖가지 귀신 이야기와 전설은, 어르신들이 멀리 타이베이로 일하러 간 뒤로 점점 잊혀 갔다. 그런데 장자샹의 이야기는 우리로 하여금 먼 기억을 되살리게 했다. 이야기 안에 등장하는 그의 고향은 서서히 나의 고향과 중첩되었다. 그는 소설에서 '고향의 이방인'의 심정을 썼지만 나는 '타향의 고향 사람'으로 충분히 이에 공감했다. 이런 동질감은 말로 형용하기 어려운 친근감이었다.

문득 시대의 걸음이 더 빨라져 있음을 느낀다. 아주 많은 일들이 빠르게 변화하고 있다. 하지만 충분히 느렸던 일들, 심지어 그 안에서의 변화는 감지하기가 어려웠다. 혈류 속의 DNA나 마찬가지였다. 모든 사람이 갖고 있는 대지와 고향, 혈육의 정에 대한 갖가지 감정과 속박, 감개는 몇 세대를 걸쳐도 동일하게 나타난다. 인간은 반드시 시대가 발전한다고 더 총명해지는 건 아니다.

도시 생활은 날라리의 8음과도 같아서, 세월을 떠들썩하고 경사가 넘치는 시간들로 만든다. 조심하지 않으면 마음속 다른 영역에 8음이 깃든 또 다른 세계가 있다는 걸 의식하지 못하게 된다. 그러다 보면 천지와 귀신들에 대한 경외, 사람과 대지에 대한 깊은 사랑도 점차 소실될지 모른다는 생각이 든다.

다들 음악을 들으면서 이 책을 읽으라고 권하고 싶다. 노래도 1인칭 서술자 시점으로 고향을 노래하고, 소설도 1인칭 시점으로 고향을 이야기한다. 하지만 소설에서 더 많은 마음속 감정의 신호를 읽을 수 있다. 여기에는 바로 이전 세대 남녀의 혼인에 담긴 은혜와 원한이 있고, 아랫사람들이 가부장제 사회에서 느끼는 억울함도 있다. 젊은이들이 고향을 떠나 외지에서 마주해야 했던 갖가지 곤경과 인생의 만남이 있다. 해결되었든 그렇지 못하든 간에 점점 나이가 들면서 기억했던 일들도 있고, 기억하지 못한 일들도 있다. 이 모든 것들을 지금 천천히 하나하나 되새길 수 있을 것이다. 이것이 바로 이 소설이 우리에게 주는 사유의 과제일 것이다.

「야관순장」 앨범은 이미 음악계에서 상당히 긍정적인 반응을 얻고 있다. 노래는 좡카런 밴드의 데뷔 앨범이고, 소설도 장자샹의 첫 소설이다. 게다가 이제 그는 겨우 대어어문학과 대학원 학생일 뿐이다. 일단 졸업을 하고 나면 그의 성취에는 그 어떤 제한도 없을 것이다. 그가 음악 창작이라는 길을 찾은 걸 진심으로 축하한다. 이는 그의 인생에 대한 갖가지 사유의 출구가 될 것이다. 그가 문학 창작의 방식을 찾은 것도 정말 반가운 일이다. 자이의 아들로서 고향에 대한 감정이 문학을 통해 깊이 있게 표현될 것이다. 나는 음악이 그에게 더 적극적인 즐거움을 가져다

주고, 문학이 그의 내면의 숙성을 더해줄 거라고 확신한다. 더더욱 확신하는 것은 '쫭카런'이라는 이름이 반드시 '찬미와 아름다움'을 의미하는 단어가 되리라는 것이다. 이는 그의 마음속에서 우러나온 가장 진실한 감정의 결정이자 우리의 대지를 향해 발산하는 가장 아름다운 소리이기 때문이다.

옮긴이의 말

귀신들과의 동거

'귀신들의 땅'에 와 있다. 이 책을 번역하는 동안 내내 타이베이 지하철 옐로 라인 종점이 있는 루저우(蘆州)의 창문 없는 방에서 다양한 귀신들과 씨름했다. 등골이 오싹해지는 일이 한두 번이 아니었고, 어린애도 아닌데 다섯 걸음이면 갈 수 있는 화장실 가기가 무서워 오래 참기도 했다. '그 무언가'가 내 방 화장실에도 있을 것 같았다. 갑자기 화장실 거울에 내 앞모습이 아닌 뒷모습이 보일 것만 같았다.

천쓰홍의 『귀신들의 땅』을 번역하면서 체험했던 것보다 훨씬 가까이에서 귀신들을 체감하는 느낌이었다. 천쓰홍의 『귀신들의 땅』은 주로 융징(永靖)과 원린, 장화, 셔터우(社頭) 등 타이완 중서부 지역인데 비해, 장자샹의 소설에 나오는 귀신들은 주로 남서부인 타이난시 자이 민슝의 귀신들이다. 천쓰홍의 귀신들은 현세에서의 처절한 고통과 원한을 체현하는 귀신들인 데 비해 장자샹의 귀신들은 왠지 모르게 멍청하고 쓸쓸하고 불쌍한 느낌을 준다. 천쓰홍의 귀신들은 현실의 삶에 대한 메타포인데 비해 장자샹의 귀신들은 현실 자체다. 공교롭게도 나는 오래전부터 번역을 통해 타이완 귀신들을 만난 적이 있다. 리앙(李昂)의 『눈에 보이는 귀신』을 번역하면서 타이완 동서남북과 중앙을 망라한 오방의 귀신들을 접했다. 리앙의 귀신들은 잔인하고 슬픈 사회와 국가의 폭력, 그리고 수백 년 식민의 역사에 대항하지 못하고 무력하게 죽어간 수많은 민초들의 고혼이었다. 이러한 고혼들의 몸에는 역사의 기억과 창상, 그리고 이를 극복하려는 용서와 화해의 흔적이 점철되어 있었다. 일종의 거대 서사를 담지하고 있는 혼들이었다. 그래서 슬프면서도 막연하고 아름답고 귀엽기까지 했다. 특히 대륙의 고향을 찾아가기 위해 여객기를 따라 비행하면서 여객들을 훔쳐보는 귀신은 정말 여성 귀신다운 인격을 지니고 있었다.

장자샹의 귀혼들은 하나같이 사소하지만, 사람들의 생활 속에 깊이 들어와서 생활의 모든 일거수일투족에 구체적으로 개입하고 있다. 거의 귀신들과 동거하고 있는 상태다. 이 소설이 반영하고 있는 귀신의 세계는 귀의 세계와 신의 세계로 구분할 수 있다. 신은 존엄과 권능을 가지고 있고 시공을 초월하여 존재하지만, 귀는 한과 슬픔을 품고 있는 가련한 존재들로 생전의 삶과 죽음의 현장을 벗어나지 못한다. 따라서 귀의 존재는 이야기를 갖고 있고 대단히 구체적이며 현세적이다. 때문에 갖가지 신들은 의지의 대상이지만, 온갖 유형의 귀들은 하나같이 기피와 두려움의 대상이다. 중요한 것은 그들이 동정의 대상이기도 하다는 점이다.

타이완에는 귀의 종류가 대단히 다양하다. 역사적 혹은 사회적 비극은 물론, 지진이나 홍수 같은 천재지변, 역병, 개인적 원한과 범죄 등으로 인해 수명을 다하지 못하고 죽은 사람들은 전부 저승으로 가지 못하고 귀신이 되어 이승을 떠돈다. 이들에게는 유형에 따라 고혼(孤魂), 역귀(疫鬼), 악귀(惡鬼), 야귀(野鬼) 등 유형과 출현 양상에 따라 무수한 이름들이 존재한다.

타이완에서는 음력 7월 15일 중원절이 되면 이른바 귀문(鬼門)이 열리고 온갖 귀신들이 전부 자신들이 살았던 세상으로 돌아온다. 아직 살아 있는 사람들은 이들을 맞아 대대적으로 위로하고 이승에 있을 때의 한을 풀어 주려고 노력한다. 중원절이 아니어도 타이완 사람들은 도처에 묘당과 사원, 신감을 만들어 놓고 귀가 아닌 신들에게 제배를 올리고 향을 피운다. 이런 신들 가운데는 관우나 공자처럼 실존했던 인물들도 있다. 또한 수없이 많은 황도

길일이 찾아오면 치러우(騎樓)에, 동네 어귀에, 집 대문 앞에 화로를 내가 놓고 지전을 태운다. 신과 귀들의 힘을 빌려 현실의 삶을 더 평안하고 풍요롭게 만들고 싶은 생각에서다. 이처럼 의식과 행동으로 빈번하게 귀와 신들을 부르고 소통하는 것이 타이완 사람들의 특별한 생활방식이다. 이것이 귀신들과의 동거가 아니면 무엇이겠는가.

이 책을 번역하는 동안 집요하게 역자를 괴롭힌 것은 텍스트 전반에 흩어져 있는 타이완어 방언이었다. 타이완은 1987년에 38년간 유지되었던 계엄이 해제되고 장제스의 국민당 일당 독재가 막을 내리면서 그동안 거의 금지되었던 타이완어의 사용이 전면 개방되었고, 이른바 국어로 불리던 중국어 표준어만 써야 했던 지식인들도 공공연한 자리에서 자유롭게 타이완어를 쓸 수 있게 되었다. 그 뒤로 거의 40년에 가까운 세월이 흐르면서 타이완어는 타이완 사회의 주류 언어 중 하나로 자리 잡았고, 일부 대학에는 타이완어 어문학과가 개설되기도 했다. 타이완어는 타이완 사회의 족군(族群, ethnic) 분포에서 가장 큰 비율을 차지하는 푸젠성 출신들이 고향에서 사용하던 민남어(閩南) 방언에 식민의 유산인 네덜란드어와 일본어, 외래어, 일부 원주민 언어 등이 혼합되면서 장기간에 걸쳐 형성된 타이완 고유의 방언이다. 타이완의 문화적 정통성과 그 바탕이 되는 무속, 생활에 깊이 뿌리 내린 귀신 신앙을 효과적으로 표현하기 위해서는 타이완어의 사용이 상당이 유효했을 테고, 심지어 필수적이었을 것이다. 더욱이 이 소설은 전통 음악을 현대 음악과 결합시킨 같은 제목의 실험적인 음악 앨범과 서로 호응하고 있는데, 이는 매우 적확한 창작 방식이라 할 수 있다. 하지만 표준 중국어에만 익숙한 외국인 역자에게 타이완어의 번역은 거의 다른 언어의 텍스트를 대하는 것과 다르지 않았다. 타이베이에 와 있었던 게 이 문제를 해결하는 데 결정적인 도움이 되었다. 직접 작가에게 중국어로의 전환을 요청하거나, 친절하고 우호적인 편집자들의 도움을 받을 수 있었기 때문이다. 그런 점에서 특별히 작가 장자샹과 유명 산문 작가이자 출판사 경문학 문학개발부 집행 주간인 장후이징(張惠菁)님에게 깊은 감사의 마음을 전하고 싶다.

이 책은 번역가로서 대단히 특별하고 의미 있는 경험이었다. 그 특별함과 깊은 의미가 모든 독자들에게도 그대로 복제될 수 있기를 기대한다.

2025년 봄

김태성

옮긴이 김태성

서울에서 출생하여 한국외국어대학교 중국어과를 졸업하고 같은 학교 대학원에서 타이완 문학 연구로 박사학위를 받았다. 중국학 연구공동체인 한성문화연구소(漢聲文化研究所)를 운영하면서 중국 문학 및 인문저작 번역과 문학 교류 활동에 주력하고 있다. 중국의 문화번역 관련 사이트인 CCTSS 고문,《인민문학》한국어판 총감 등의 직책을 맡고 있으며『인민을 위해 복무하라』,『사람의 목소리는 빛보다 멀리 간다』,『풍아송』,『마르케스의 서재에서』,『귀신들의 땅』,『67번째 천산갑』 등 150여 권의 중국 저작물을 우리말로 옮겼다. 2016년 중국 신문광전총국에서 수여하는 '중화도서특별공헌상'을 수상했다.

밤의 신이 내려온다

1판 1쇄 찍음 2025년 5월 23일
1판 1쇄 펴냄 2025년 6월 10일

지은이 장자샹
옮긴이 김태성
발행인 박근섭, 박상준
펴낸곳 (주)민음사

출판등록 1966. 5. 19. (제 16-490호)
서울특별시 강남구 도산대로1길 62(신사동) 강남출판문화센터 5층
(우편번호 06027)
대표전화 02-515-2000 팩시밀리 02-515-2007

www.minumsa.com

ISBN 978-89-374-2870-8 03820

* 잘못 만들어진 책은 구입처에서 교환해 드립니다.

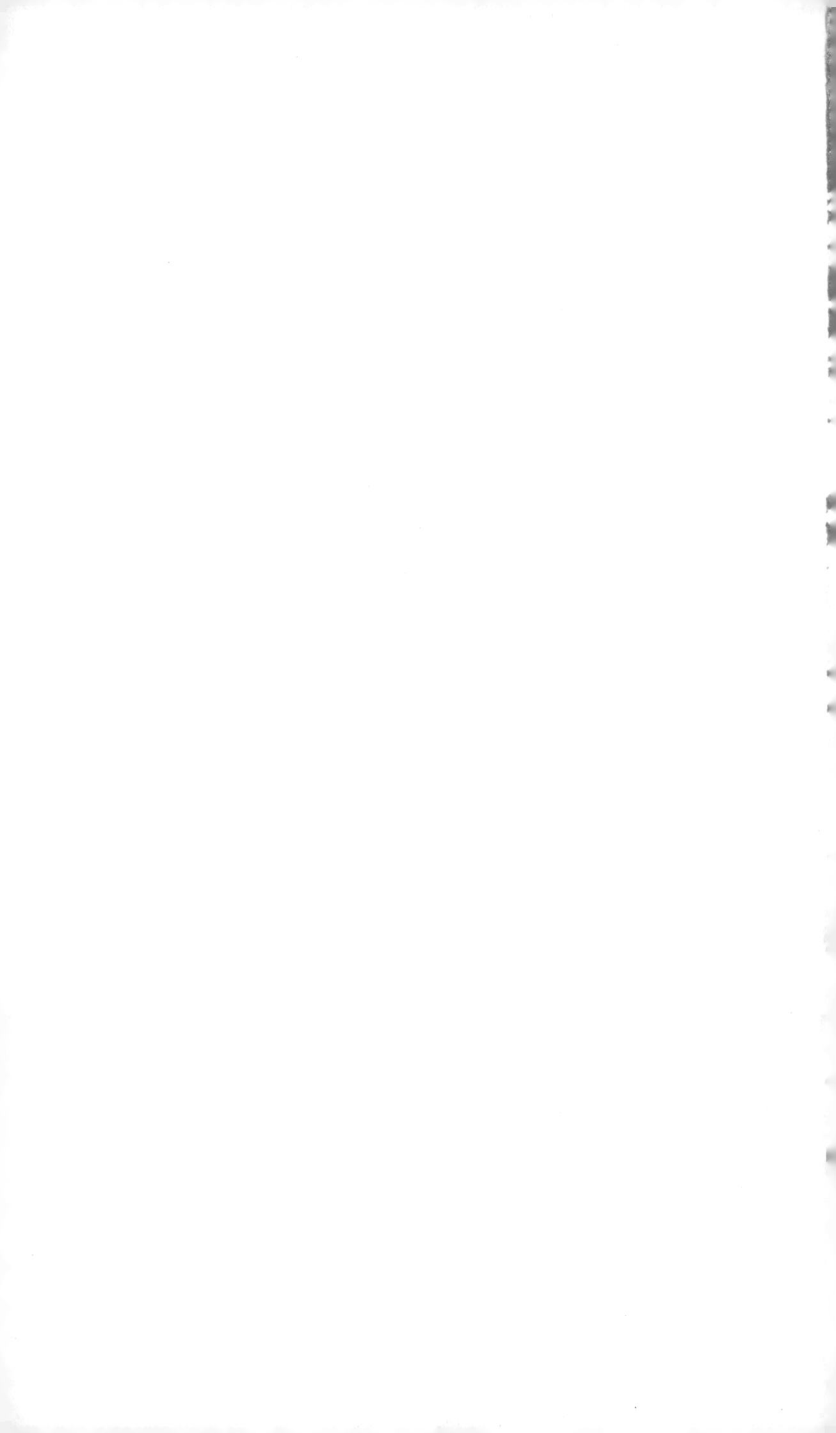

추천의 말

좋은 독서를 하고 나면 꼭 몸이 덥다.

나는 이 책의 마지막 장을 덮고, 창문을 열어 얼굴을 식혔다. 먼 여행에서 막 돌아온 사람처럼 내 동네의 밤냄새를 꼼꼼히 맡으며 방금까지 머물렀던 대만 자이시의 작은 마을 훠샤오좡을 생각한다.

훠샤오좡을 중심으로 펼쳐지는 회고적이면서도 전위적인 이야기는 환상과 리얼리즘, 현재와 과거를 오가며 정교하게 설계되어 있다. 그 형식적 낯섦 속에서—더군다나 대만의 지명이나 역사에 무지한 외국인인 나는—마음껏 기쁘게 어지러울 수 있었다.

훠샤오좡에서 태어나고 자란 화자 '나'의 삶에는 가족으로부터, 고향으로부터 멀어지고 싶다는 지속적인 도망의 욕구가 있다. 그러나 '나'는 그 끝에서 다시는 과거로 돌아갈 수 없다는 사실만 확인하게 된다. 그러한 개인적 비감은 훠샤오좡 곳곳을 떠도는 '야신', '고혼', '야관' 같은 귀신이나 '선녀', '나한'처럼 어딘가 정상의 경계 밖에 선 인물들을 통해 타인에 대한 비감으로 확장되고, 2.28 사건 같은 대만의 비극적 역사와 겹쳐지며 더 거대한 슬픔의 서사로 이어진다. 심지어 들개나 벌레들, 자전거와 절벽, 용안 나무와 허수아비 같은 사소하기 그지 없는 것들에게까지 슬픔은 살살이 닿아 있다.

나는 산 자와 죽은 자, 생물과 무생물을 아우르는 이 슬픈 공평함에서 동시에 묘한 활기를 느꼈다. 어쩌면 이 역동